Seiga & Akira
「守護者がささやく黄泉の刻」

「ん……く……」
焼けつくような熱さが、じんわりと唇から全身へと広がっていく。凱斗に口づけられる時、いつも同じ感覚に清芽は襲われた。普段はどうして忘れていられるのかと己に問いたくなるほど、彼の愛撫が恋しくて仕方がない。
（本文P.65より）

Chara

守護者がささやく黄泉の刻

守護者がめざめる逢魔が時2

神奈木 智

キャラ文庫

この作品はフィクションです。
実在の人物・団体・事件などにはいっさい関係ありません。

目次

口絵・本文イラスト／みずかねりょう

僕の家には、化け物が棲《す》んでいます。

小さい頃、そいつは僕と同じくらいの大きさで、もやもやした黒い煙のようでした。けれど、僕が大きくなるにつれて、そいつも少しずつ成長したようです。段々、煙の中に目と鼻と口ができてきて、ちょっとだけ表情がわかるようになりました。

そいつには、手と足もありました。

普通の人間より、ずっと長い両手でした。おまけに、肘《ひじ》から変な方向へ捩《ね》じれていて、そいつが動くとぶらんぶらん、と重そうに揺れるのです。僕は気にしない振りをしていたけれど、そいつは僕のすぐ後ろまで来て、耳元で囁《ささや》くように言いました。

「……△△△△」

もちろん、振り向いても誰もいません。そいつがどんな様子で、どうやって近づいてきたのか手に取るようにわかるのに、いざ見ようとすると隠れるのです。

そいつの話をすると、僕のお母さんはいつも怖い顔をしました。そうして、「おかしなことを言わないで。嘘をつく子は、お母さん大嫌い」と言いました。

だから、僕は我慢をすることにしました。

化け物なんていない。あれは、お母さんが言うように僕の頭が作りだした偽物だ。そう自分に言い聞かせ、一日に何度も「いないんだ」と呟《つぶや》きました。

ぶらんぶらん、と空気が揺れて、捩じくれた手をしたそいつがやってきます。

僕は知らん顔をしたまま本を読んだり、テレビを観たりしますが、すぐ側《そば》まで来るのがわかります。鳥肌がたつからです。真夏でもひどく寒気がして、嫌な臭いがしてきます。

「……△△△」

不意に、耳元でそいつの声がしました。僕はぎくりと身体を固くします。いつもと違う、そう思いました。いつもより、声がはっきり聞こえます。でも、何を言っているかはわかりません。声は聞こえるのに、僕にはそいつの言葉がわからない。

「△△△だから、△△△いくよ」

「え?」

思わず訊《き》き返してから、失敗したと思いました。せっかく知らない振りを続けていたのに、嘘だとそいつにばらしてしまったからです。

どうしよう、と僕は焦りました。背中を、冷たい汗が流れていきます。生憎《あいにく》と家の中は僕一人で、他には誰もいませんでした。でも、いたとしても同じです。助けて、と言ったところで、僕にしかそいつは見えないんだから。

「△△△だから、シ……」

シ、という言葉だけが、やたらと鮮明に聞こえました。シ。シって何だろう。

「△△△△」

　ああ、まただ。また、わからなくなった。

　僕が「シ」にこだわっている間に、そいつは再び意味不明なことを言い出しました。でも、何か嫌なことを言っているのは伝わります。土気色の唇が裂けて、そいつが笑うからです。どんより濁った白目をむいて、口許だけが笑っています。

　ふと、僕はあることに気がつきました。

　もしかしたら、「シ」って――。

「痛い！」

　自分で出した自分の声に、僕はひどく驚きました。腕が痛い。両腕がぎちぎちと、絞られるように痛みます。誰も触っていないのに。まるで捩じ切られるような痛みです。

「痛い！　痛い！　痛い！」

　畳の上で、僕は転げまわりました。そいつの姿は消え、けれど様子を窺《うかが》っているのがわかります。左右の二の腕に、雑巾を絞るように凄《すさ》まじい力が加えられます。

　激痛で、意識が霞《かす》んでいきました。そうして、僕は悟ったのです。

　そいつが、ずっと何て言ってきたのか。

「ちょうだぁい」

　耳元で、そいつの声がしました。ねっとりした、腐った水槽の臭いがしました。

「おまえの手、ちょうだぁぁあぁあぁい」

誰かの爪《つめ》が、肉に食い込む感触がします。みし、と骨が軋《きし》みました。

気が遠くなります。もうダメだ、と思いました。お母さん、と心の中で叫びます。

お母さん。

お母さんのせいだ。

お母さんが、信じてくれなかったから。

僕を嘘つきだと決めつけたせいで、お母さんのせいで、僕は死んでいく。

シ――んでいく。

「死んで。ネエ、死んでよ。そしたら、手をちょうだあぃ」

どす黒い笑い声が撒《ま》き散らかされ、ぽたぽたと耳たぶに唾液《だえき》が落ちてきました。冷たい、と身を竦《すく》ませ、僕はいよいよ観念します。両腕をもぎ取られ、血の海の中で息絶える息子の骸《むくろ》を見れば、お母さんも少しは反省するでしょうか。

「い……やだ……」

声が出ました。ほとんど無意識でした。僕は必死に痛みに耐え、何とか目を開きました。

そうして。

次の瞬間に。

目が。

「う……わあああああああああああああああっ」

あらん限りの声で、僕は叫びました。

そいつと、目が合いました。顔を擦《こす》りつけるようにして僕を見下ろしています。僕の腕が千切れるのを待ち侘《わ》びて、口からは涎《よだれ》が溢《あふ》れていました。

「ねェ」

ニタリ、とそいつは笑いました。

「どうせシぬんだから、ちょうだぁあいよぉ」

「うわあああああ、うわあああああ、うわああああああ――っ」

僕は、喉《のど》が潰《つぶ》れるほど絶叫しました。

声が止まりません。もう無我夢中でした。

そいつの言葉に耳を傾けたら、今度こそ連れて行かれると思いました。

「何を騒いでいるの！」

左頬《ほお》に、鋭い痛みが走りました。お母さんでした。

買い物から戻ったお母さんが、居間で金切り声をあげている僕を叩《たた》いたのです。その瞬間、そいつの臭いが消えました。腕の痛みが、嘘のように引いていきます。

「本当にこの子は！　薄気味が悪い！」

涙でぐしゃぐしゃの顔を一瞥《いちべつ》し、お母さんは濡《ぬ》れた右手を僕の服で嫌そうに拭《ふ》きました。そこから悪いモノが移る、とでも思っているようでした。

　悪いモノ。

　それは、「シ」かもしれません。

「悪ふざけも、大概にしてちょうだい。ああもう、うんざり。おまえなんか」

「え……？」

「△△△△、△△△」

　ドキリ、としました。お母さんの言葉が、僕にはわかりませんでした。

　さっきまで確かに理解できたのに、もう僕にはお母さんが何を言っているのかわからない。

　わからない、と訴えれば、また叩かれるでしょう。お母さんは、化け物と同じになったんだと思うしかありませんでした。僕は気づかない振りをして、「ごめんなさい」と言いました。

　僕の家は、化け物が二匹に増えました。


　それから数年が過ぎて、僕は中学生になりました。

　僕の腕は相変わらずそいつに狙《ねら》われていて、気を許すともぎ取っていこうとします。

　お陰で、僕は夏でも長袖《そで》を着るしかありませんでした。絶えず痣《あざ》ができるので、周りからおかしな目で見られるからです。「親からの虐待《ぎゃくたい》を疑われている」と、先生から言われたこともありました。お母さんは、それでますます僕を疎《うと》んじるようになりました。

いいえ、間違えましたね。お母さんは、もういません。

あれは、化け物です。僕を、「早く死ね」という目で見ます。

死んだら、お母さんだった化け物は僕から何を奪っていくのでしょうか。

1

先刻から、弟が納戸の一角を凝視している。

開けっ放しにした扉の前にしゃがみ、ジッと同じ場所を眺めている様は、まるで匿《かくま》っている野良猫の様子でも窺っているようだ。無論それは単なる比喩《ひゆ》で、このマンションはペット不可だし、弟はあまり動物が好きではない。

（いや、逆か。動物の方が、あいつの前だと萎縮《いしゅく》しちゃうんだよな）

冷蔵庫から冷えた缶ビールを取り出し、直飲みをしながら葉室清芽《はむろせいが》は思った。幼い頃、たまに近所で捨て猫を見つけたりもしたが、弟が手を伸ばすと怯《おび》えて逃げて行ってしまい、わんわん泣かれたものだ。

（あの頃は、明良《あきら》も可愛《かわい》かったよなぁ）

明るい良い子、と書いて明良。そんな明朗な名前を持つ二つ下の弟には、普通の人にはない特殊な『力』がある。そのせいで四六時中怖い目に遭っては、清芽の元へ逃げ込んでくるのが常だった。どこへ行くにも清芽にくっついて回り、「お兄ちゃん、お兄ちゃん」と煩《うるさ》く纏《まと》わりついてきた姿を思い出す。

「あ、いいもの飲んでる」

視線に気づいたのか、明良が顔を上げてこちらを見た。

「優雅だね、風呂上がりにビール。俺にもちょうだい」

「バカ、おまえ未成年だろ」

清芽の缶を奪おうと伸ばしてきた手を振り払い、隣へ並んでしゃがみ込む。何を見ていたんだろうと思ったが、狭い納戸には引っ越し時に押し込んだ古本やら冬物の衣類ケース、掃除機なんかがあるばかりだ。今年の春、明良が田舎のY県から東京《とうきょう》の大学へ進学したのを機に同居することになり、ここへ越してきてからまだ四ヶ月足らずだった。

「あのさぁ」

「うん」

「念のために訊くけど……何か〝視《み》える〟のか?」

「う〜ん……」

思い切って尋ねると、肯定の代わりに苦笑いが返ってきた。

ああこれはいるな、と思ったが、何となくその先を聞くのが怖い。清芽の気持ちを察したのか明良はさっさと立ち上がると、「俺も何か飲もうっと」と台所へ向かった。

「あ、そうだ。兄さん、明日は家庭教師の日だろ。俺も一緒に行く」

「は？　何言ってんの、おまえ。何でバイトにまでくっついてくるんだよ」

「え、だって区立図書館でやるって言ってたじゃない。俺、ちょっと用事があるんだよね」

「だーめ。それなら、時間ずらすか別の日にしろ。そんなこと言って、どうせちょっかい出してくる気だろ。おまえが来ると、勉強にならなくなるのは目に見えてる。今、一学期の期末が目前で追い込みに入ってるんだから」

「ふぅん、そんなに俺のこと意識しちゃうんだ」

ニヤニヤと満更でもない顔をされ、大きく溜《た》め息《いき》が出る。出来の良い弟は文武両道、弓道では全国クラスの選手だし、大学も清芽が寝ずに頑張った国立大に思い付きで受かるくらい頭がいい。おまけに女子ウケのする、凛《りん》と整った容姿の持ち主だ。

「ああ、意識するよ。ただし、俺じゃなくて生徒の方がね」

「ええ〜……」

まともに取りあわずに受け流すと、明良は露骨にがっかりした声を出した。しかし、兄弟間で意識するも何もないじゃないかと、清芽は別の意味で嘆息する。考えてみれば、弟が煩く纏わりついてくるのは昔も今も大差がなかった。いや、以前はさほどでもなかったが、ここ半年ほどで拍車がかかったようだ。

「俺の生徒たちが、おまえのファンなの知ってるだろ。それでなくても、東京に進学したって聞いて〝会いたい、会いたい〟って騒いでるんだから」

「ファンって、西四辻家《にしよつつじ》の二人のこと？　女の子なら歓迎するけど、中学生男子二人に騒がれたところで別に嬉《うれ》しくないよなぁ。ま、彼らが俺に興味を持つのはわかるけどさ」

「そう言うなよ。あの子たちだって、業界では名の通った霊能力者なんだぞ」

「知ってるさ。西四辻家と言えば、裏の陰陽道としてかつては帝《みかど》に仕えたこともある名門の一族だ。本家と分家の息子でコンビを組んで、『協会』の仕事をしてるんだよね？」

飲み物を取りに行ったくせに、明良は話しながら冷蔵庫を素通りする。そのままダイニングテーブルに置いてあった新聞から折り込みチラシを引っ張り出すと、手近のサインペンで印刷されていない裏面に何やら書きつけ始めた。

「でも、俺は感心しないな。兄さんが、そうやって『協会』関係者と親しくするなんて」

サインペンのキャップを口に銜《くわ》えたまま、もごもごと不明瞭《ふめいりよう》な発音で彼は言う。

「はっきり言って、霊感皆無の兄さんが『協会』に関わってどうするのさ。あそこは、登録された霊能力者を除霊や呪詛祓《じゆそはら》いに派遣する機関なんだよ？　兄さんには無縁だと思うけど」

「わ……悪かったな、霊感皆無で」

「何で？　そこが、兄さんの凄《すご》いところなのに」

コンプレックスを刺激されて思わずムッとする清芽に、明良はキョトンと真顔で問い返してきた。彼にとって、今のセリフは嫌みでも何でもないのだ。

「とにかく、早いところそういう世界とは手を切って普通の生活を満喫しなよ。ついでに、出張ばかりでろくにデートもできないろくでなし男とも別れてさ」

「なっ、何で話がそこに飛ぶんだよっ。大体、ろくでなし男って……っ」

「あ、ガムテかセロテープある？」

清芽の文句を綺麗《きれい》に無視して、にっこりと書き上げたチラシを掲げる。そこには、一見して意味のわからない奇妙な文字と記号が書き込まれていた。

「呪符《じゅふ》？　おまえ、何だってこんな物……」

「うん、一応保険はかけておこうかと。これ以上育つの、あんまり良くないし」

「………」

建立《こんりゅう》数百年の『御影《みかげ》神社』で代々宮司《ぐうじ》を務める葉室家が、清芽の実家だ。直系に優れた霊能力者が多く生まれる家系の長男として、その手の知識もそれなりにはある。だから、明良が落書きでもするように書いた札が死霊から身を守る『解精邪厄符《かいせいじゃやくふ》』なのもわかった。

問題は、それを雑談混じりにチラシの裏に書いてしまう弟の粗雑さだ。しかも、呆《あき》れたことに修行を積んだ高僧のそれよりも下手をしたら効力がある。

「〝天地の玄気を受けて、福寿光無量〟」

呪符を両手で挟《はさ》んで目を閉じ、聞き取れないほどの早口で七回唱えた後、明良は渡されたセロテープを持って納戸へ戻った。本来、呪符に念を込めるのには身を清め、清浄な空気の中で敬虔《けいけん》に行わなくては意味がないのに、彼の場合は頭から無視だ。

（これが、俺と明良の差なんだよなぁ……）

物心ついた頃からさんざん思い知らされてきたことだし、今更傷ついたりはしないが、こうして明良の実力を目の当たりにするとつくづく己が身の凡庸《ぼんよう》さが身に沁《し》みる。なまじ長男に生まれてしまったので、密《ひそ》かに溜め込んだ劣等感は半端ではない。

（……でも、それは半年前までの話だ。俺だって、今までとは違うんだから）

そう、確かに今までとは違う。

半年前、いきなり巻き込まれた『悪霊退治』の出来事が、あらゆる意味で清芽の人生を変えたのだ。だから落ち込むことなんかないと自分を励ましていたら、不意に携帯電話が鳴り出した。もうすぐ日付が変わろうという時間に、メールではなく直接かけてくる相手はそんなにいない。もしや、と急いで取り出すと、期待に違《たが》わず発信は『二荒凱斗《ふたらかいと》』となっていた。

「もしもし、凱斗っ？」

『悪い、まだ起きていたか？』

気負い込んで出たせいか、向こうは多少面食らったようだ。清芽は急に気恥ずかしくなり、甘い動悸《どうき》を抑えながら改めて口を開いた。

「どうしたんだよ、仕事は？　確か、あと数日はかかるんだよな？」

『ああ、それが思いの外早く片付いた。後始末をして、明後日には東京へ帰る。だから』

「うん？」

『…………』

「凱斗？　もしもし？　どうかした？」

電波でも悪いんだろうかと慌てたが、すぐに『いや、何でもない』と返事がくる。続けて聞こえてきたのは、愛想はないがまろやかな愛情を含んだものだった。

『帰ったら、飯でも食いに行くか。おまえさえ良ければ』

「行く！」

『即答だな』

今度は、はっきりと笑っている。しかし、恋人と一週間ぶりの逢瀬《おうせ》となれば自然と張り切らざるを得なかった。何しろ、電話の相手——二荒凱斗と両想いになってから半年、二人きりでゆっくりできた日々は数えるほどしかないのだ。

「どこへ行くのかなぁ、兄さんは。ろくでなし男と不毛なデートかなぁ？」

「わっ、な、何だよっ」

意気揚々と電話を切った直後、真後ろから明良が冷やかしてくる。口調はふざけているが、その目は決して笑っていなかった。

「あのな、明良。何度も言うけど、凱斗を悪く言うのはよせってば」

「放っておいてもすぐ別れると思ったのに、意外としぶといな、あいつ。さては、まだ本性を見せてないんだな。まったく、いくら兄さんが田舎者で世間知らずだからって……」

「おい、ドサクサ紛れに何言ってんだよっ！　大体、俺が田舎者ならおまえだって同じだろ。それに、凱斗の本性って何だよ。人聞きの悪いことを……」

「だって、そうじゃないか。あの男は兄さんが五歳の頃に見初めて、以来つかず離れず見守ってたっていうドン引きエピソードを持つ男だよ？　兄さんがボンヤリさんだからポーッとしてるだけで、普通そういう奴は〝ストーカー〟って呼ぶんだよ、わかる？」

「い、いや、だから、それは……」

「兄さんに救われたか何だか知らないけど、そんなんで性別超えて恋人同士になれるなら、俺の方がよっぽど資格があるのに」

「おい……」

さすがにツッコむ気力もなく、清芽はげんなりと口を閉じる。

凱斗とは『協会』を通じて昔からの知り合いらしく、加えて現在は兄の恋人ということもあって、明良の彼への風当たりは非常に強かった。凱斗の方が十歳年上なので適当にあしらってくれるが、もし二人が真剣にぶつかったらと思うと冷や汗が出る。

（二人とも、霊能力者としての実力は半端ないからなぁ……）

それでも、今はまだ平和な日々だ。何だかんだ言いつつ明良も黙認してくれているし、凱斗は『協会』の依頼であちこちの霊障を鎮めて回っているため忙しい。人間関係の煩《わずら》わしさから所属は辞めたと言っていたが、上層部との付き合いは続いているようだ。

「あ、勘違いしちゃダメだからね、兄さん」

「へ？」

まるで胸の中の独白を聞いたかのように、明良がにっこりと微笑《ほほえ》んだ。何を、と問うのを遮るように背中から腕を回し、そのまま清芽の身体を引き寄せる。いつの間にか追い越された身長に憮然《ぶぜん》としていると、彼は甘えるように右肩へ顎《あご》を乗せてきた。

「明良……？」

「俺が静観しているのは、二人がまだ他人だから」

「……え？」

「見ていればわかるよ。凱斗、甲斐性《かいしょう》なしだよねぇ。半年間、何やってたんだろうね」

「お、おま、おまえ、何の話……ッ」

「一線超えないまま別れてくれれば、兄さんもキズモノにならずに済むんだけどな」

「明良っ！」

たまりかねて大声を出しても、明良はくすくすと笑っている。図星を指されて真っ赤になりながら、清芽は一瞬でも平和だなどと思った自分を呪《のろ》うばかりだった。

つまりね、と動かしていたシャープペンを止めて清芽は顔を上げた。

「二次方程式の基本は因数分解を理解してないとダメなんだ。しっかり覚えないと」

「だってよ、尊《たける》。おまえ知ってた？」

「知ってるも何も、この前の授業で習ったばかりじゃないか」

目の前に並んで座った二人の少年が、呑気《のんき》な会話をくり広げている。向かって右側が短髪で凛々《りり》しい顔立ちの西四辻煉《れん》、左側が艶《つや》やかな黒髪を耳の下で切り揃《そろ》えた美少年、西四辻尊だ。同じ苗字だが兄弟ではなく従兄弟《いとこ》同士で、尚且つ『仕事』上の相棒でもある。二人ともまだあどけなさは消えないが、初対面の頃と比べて煉の身長は五センチも伸び、図書館の椅子《いす》がいかにも窮屈そうだった。尊が少女と見紛う華奢《きゃしゃ》な容姿なので、余計に成長が際立って見える。

「だーっ、もういいって。習ったばっかかって、それいつの話だよ。俺、記憶にねぇよ」

「ええと……T市の交差点で地縛霊を祓った後だから……二ヶ月前？　かな？」

「かな？　じゃねぇよ、尊。中三にもなって。まぁ、可愛いから許すけど」

分家の煉は本家跡取りの尊を溺愛《できあい》しているので、こういう会話も日常茶飯事だ。臆面もなく誉めそやす言葉の数々に初めこそ驚いたが、今は笑顔でスルーできるようになった。

「大体さ、数学なんか俺らに必要ないんだよ。悪霊祓うのに、因数分解が必要か？」

「また、そういう極論に走る。しょうがないだろ、僕ら義務教育中なんだから」

「出席日数ギリギリで、こうやってカテキョに頼まなきゃ授業にもついていけないけどな」

「それを言っちゃ……」

「はいはい、愚痴《ぐち》はそこまで。今日のノルマ、時間内に終わらないぞ」

何故だか彼らに気に入られ、家庭教師という割の良いバイトにありつけた清芽だが、実際はあまり必要ないんじゃないかと思っている。二人とも呑《の》み込みは早いし、尊に至っては教科書を読んだだけで大体のことは把握してしまう。煉が小生意気な口さえ利かなければ、こんなに楽していいのかと思うくらいだ。

「それにしてもさ、図書館で勉強ってのは落ち着かねぇよな」

ノートに何かの図形を落書きしながら、煉がボソリと呟いた。

「え、そうかな。むしろ家より集中できて良くないか？」

「…………」

意外に思って問い返すが、煉ばかりか尊まで無言のままだ。サラサラ、と悪戯《いたずら》書きのペンの音が響く中、この場所を指定した清芽は非常に居心地が悪くなった。普段は尊の実家である西四辻の本家に出向くのだが、今日は日が悪く血族でない清芽は出入りを禁じられてしまったため場所を変えたのだ。

「ほ、ほら、この自習室は防音だし、気が散るようなものは何もない……」

「…………」

「何も……ある……のか……？」

意味深な沈黙に、おそるおそる尋ねてみた。自習室は個室になっており、簡素な長机と椅子が置かれているだけの狭い空間だ。当然、自分たち三人以外は誰もいないし、分厚い扉の向こうから音が漏《も》れてくることもない——のだが。

「煉くん……尊くん……」

「その、扉のところにですね」

清芽の表情が強張《こわば》るのを見て、渋々と尊が口を開いた。

「子どもが、ずっと立っているんです。五、六歳くらいかな。最初は児童書の方にいたんだけど、僕たちに憑《つ》いてきちゃったみたいで。それで、さっきからずっと……」

「何か言ってんだよ。ええと〝かえして〟とか〝ぼくのだよ〟とか」

面倒臭そうに後を継ぎ、煉がやれやれと肩を竦める。

「その声が、段々大きくなってるんだ。多分、俺たちが無視しているからだな。喧《やかま》しくて勉強になんねぇよ。な、尊？」

「うん……あんまり、良くない感じかな」

「良くないって……」

「ぶっちゃけ、顔だけ腐ってる」

「か……おだけって……」

「要するに、胴体しか荼毘《だび》に付されてないんじゃないかと。殺されて、頭だけどこかに遺棄されたまま腐ったんだと思います。恐らく……まだ見つかっていません」

尊は淡々と説明するが、想像するだに怖ろしい光景に清芽はぞっとする。しかし、どれだけ目を凝らしても自分には何も〝視えない〟し〝聴こえない〟のだ。やがて煉が「あ～あ」と伸びをすると、ポイと握っていたペンを放り出した。

「しょうがねぇなぁ」

ボソリと呟き、いきなりパン！　と目の前で手を合わせる。

「ノウマク・サンマンダ・ボダナン・キリカク・ソワカ……」

「ダメッ、煉！」

口の中で唱え始めた真言を、凄い勢いで尊が止めた。その途端、煉のノートがボッと発火する。慌てて火を消そうとした清芽の前で、あっという間に炎は燃え尽きてしまった。

「君たち何を……」

「ごめんなさい、清芽さん。でも、止めないと煉が祓っちゃうから」

「祓っちゃうって……でも、それが煉くんの特技なんじゃ……」

分家ながらその能力の高さ故「先祖返り」とまで言われる稀代《きたい》の祓い師、それが弱冠十五歳になる煉の本当の顔だ。それなのに、祓ってはダメとはどういう意味だろう。

「本当は、無闇やたらに祓うのも善し悪しなんです。その、たむろっている霊たちのバランスパワーを崩してしまうことにもなるので」

「バランス……パワー……」

「はい。強い霊が一人いると、自然と雑霊たちは統制が取れます。別の言い方をすれば、支配されてしまうんですね。だけど、秩序は保たれる。その一角が崩れると、必ず暴走する奴が現れます。僕たち人間社会と同じです。だから、実害が出ているとはっきりしている場合以外、やたらに祓うのも考えものなんです」

「早い話が、必要悪ってヤツ」

「あのね、煉！　君が何かと言うと自分の力を誇示したがるの、あれどうかと思うよ！」

まるきり悪びれない従兄弟に腹を立て、尊がこんこんと説教を始めた。これもいつものことなので珍しい光景ではないが、霊にもバランスパワーがあるというのは興味深い。

（こういうの、明良は教えてくれないもんな）

清芽が霊的な世界に関わるのを、明良は快く思っていない。兄さんには普通でいてほしい、というのが口癖で、何かあれば俺が守るからと言って譲らないのだ。

けれど、以前とは状況が変わってしまった。

破邪《はじゃ》の剣を御神体とする『御影神社』の長男に生まれながら、まったく霊感を持たない清芽はそういう世界と無縁に過ごしてきた。しかし、それが「持たない」からではなく「持たされていない」のだと知ってしまった現在、自分はどう生きるべきかの岐路に立っている。

（そう、今まで通りの平凡な学生でいるか、それとも……）

西四辻の二人や凱斗のように、あえて未知の世界へ一歩を踏み込むか。

その選択によって、自分の人生は百八十度変わるのだ。だからこそ慎重に考えねばならないし、決断のための勉強は幾らでもしておきたい。そういう意味では、年下とはいえ煉と尊は理想的な教師だった。表面上は清芽が彼らの『先生』だが、事実は逆転している。また、彼らもけっこう面白がって世話を焼いてくれるので渡りに舟な気持ちだった。

「センセエさ、やっぱ全然わかんねぇの？　嫌な感じとかも？」

「……うん、まぁ」

煉にズバリと切り込まれて、仕方なく清芽は白状した。

「その、よっぽど凄いのになれば、さすがに感じるけど……」

「そうですね。霊感のない人でも波長が合ったり、霊自体が無視できないほどの悪意を放っている場合もありますし。あと、清芽さんは二荒さんに霊能力を一時的に貸してもらったから、その影響が残っているんでしょうね。ちょっと、信じ難いことだけど」

「他人の霊能力を移し替えるとか、そんなの聞いたことねぇもんな」

つくづく感心した、というように、煉が羨望《せんぼう》の色を目に浮かべる。到底真似《まね》のできない力をまざまざと見せつけられて以来、二人とも凱斗には一目置いているフシがあった。

「でもさ、センセエだって〝加護〟があるじゃん」

羨望の矛先を清芽に向け、無邪気に煉は言い放つ。

「あれこそ、まさにチートじゃね？　アルティミット・スペック！　な、尊？」

「うん、そう思う！」

それまでの大人びた態度はどこへやら、尊が喜色満面に同意した。もともとアニメや漫画が大好きな二人は、何故そこでカタカナ……と面食らう清芽を置いてきぼりに盛り上がる。

「だって凄いじゃないですか！　あらゆる霊的影響を無にしちゃうなんて、まさに無敵だと思います！　それって、清芽さんにはどんな悪霊も指一本触れられないってことですよ！」

「実際、目の当たりにした時は身震いしたもんな？　化け物みたいな奴が、センセエの光に弾き飛ばされちゃってさ。俺、あんなのアニメでしか見たことないし！」

「その弊害で霊感も奪われているだけで、清芽さんは本当は凄い凄い人なんですよ！」

「そうそう。自信持てよ、センセエ！」

「はは……」

いきなり絶賛されても、苦笑いしか出てこなかった。

確かに彼らが言うように自分には何者かの『加護』があり、その詳細は不明ながら「神格に近い」と聞いている。けれど、清芽自身に自覚がなく、自分の意志で使いこなすことができないため、あまりピンと来ていないのが実情だ。おまけに、加護を使って他人を助けるには自らが危険な立場に身を置くしかなく、明良や凱斗はそれを良しとしない。どれだけ凄いと言われても、それでは扱いに困るだけなのだ。

（だって、本当は俺……）

うっかり沈んだ顔を見せてしまったせいか、はしゃいでいた二人がいつの間にかおとなしくなっていた。いけない、と慌てて表情を取り繕おうとしたら、気を利かせた尊が「話が戻りますけど」と先に話題を変える。

「さっきの子、寄贈された本に憑いていた霊ですね。恐らく、一緒に埋葬されるはずの本が何かの事情でそうされずに、図書館に贈られてしまったんでしょう」

「え、そんなことまでわかるんだ？」

「ええまぁ、おぼろげに。正確なところは、憑依《ひょうい》させて話してみないと無理だけど」

「…………」

言っている内容はギョッとするのに、尊の表情はあくまで可憐《かれん》だ。男の子なのにこういう表現もどうかと思うが、浮世離れした風情や夢を見ているような瞳、そして人形のように綺麗な容姿はそうとしか形容できなかった。

だが、煉が稀代の祓い師であるように、尊もまた優秀な霊媒師だ。見た目のたおやかさとは裏腹に強靭《きょうじん》な精神力の持ち主で、どんな悪霊と対峙《たいじ》しても乗っ取られるということがないらしい。そんな彼らは、トップランクの実力者と業界に認められているコンビなのだった。

（業界、か。まぁ、他に呼びようがないよな）

霊能力者たちには、独自のネットワークがある。幾つかの団体の中でも一番古くに設立された『日本呪術師協会』――正式名がおどろおどろしいため、現在は単に『協会』と略される方が多い――は最も権威があり、裏では政財界との繋《つな》がりも強固だというから驚きだ。

「でも、よほど大事な本だったんだろうね。追いかけてくるなんて」

「できたら、本をお焚《た》き上げしとくといいんだけどな。どうする？」

「知らないよ。依頼が来ているわけじゃないし、煉が自己責任で何とかすれば？」

「ちぇっ。何だよ、冷たいの。ああいうのが続くと、頭痛が起きるくせに」

「じゃ、僕のために祓おうとしたっていうの？」

「う、うっせぇな。そんなこと言ってないだろっ」

煉はヤブヘビだとばかりに尊からそっぽを向き、「あ」と何か思い出したような顔をする。

「なぁ、センセエ。あの話さ、結局どうなったんだよ？」

「あの話？」

「とぼけんなって。『協会』が進めているプロジェクトだよ。特化した能力の違う霊能力者を集めて、チームで除霊にあたるってやつ」

「わあ、僕、ちょっと楽しみにしているんです。だって、現実でそんな話が出るなんて夢にも思わなかったし。もし実現したら、チームに名前とかつけるのかなぁ」

「バッカ、尊。アイドルグループじゃないんだぞ。〝チーム・お祓い〟とか〝オカルト5〟とか付けんのかよ。うわ、言っていて寒くなった。ダッサダサの極みじゃん」

「違うよぉ。僕が言っているのは、コードネームとかさ……」

　答えあぐねている間にどんどん会話が進み、二人はチーム名についてああだこうだと議論を交わし出した。しかし、さすがに途中でバカバカしくなったのか、今度は揃ってこちらに向き直り「で、どうなの？」と詰め寄ってくる。

「いや、どうなのって言われても俺は『協会』関係者じゃないし。第一、霊感もない俺には最初から縁のないプロジェクトなわけで……」

「でも、清芽さんは二荒さんと親しいですよね。二荒さんはプロジェクト推進の要だし、何か聞いているんじゃないかなぁって」

「あれっきり何の打診もないから、難航してんのかなって尊と話してたんだよな？」

「………」

　霊能力者を集めて、チームで除霊する。

　荒唐無稽《こうとうむけい》なように思えるが、『協会』がそのデータ収集のために動いているのは事実だ。清芽が巻き込まれた怨霊《おんりょう》退治の件がそうだったし、その際には西四辻の二人も参加している。

（でも、俺には関係がない……）

　どんなに加護が強力でも、扱いかねている現状では戦力になりえない。そう判断された清芽はプロジェクトの候補から除外され、凱斗も進んで参加させようとはしなかった。内心、清芽はそのことがショックで今もずっと心に引っかかっている。それならば、騙《だま》すような真似をして悪霊退治に連れ出し、加護について無理やり自覚させたのは何故だったのだろう。

(わかってる。無自覚なまま不安定な加護に頼るより、しっかりと自分の運命を見据《みす》えてほしい――凱斗は、俺にそう望んだんだ。だから、荒療治だったけど、俺を喰おうとつけ狙っていた悪霊と対峙させた。明良は後でひどく彼を罵《ののし》ってたけど、俺は良かったと思っている)

でも、と溜め息が出てしまう。

いくら自覚したところで、プロジェクトから外されてしまったのでは意味がなかった。それでは凱斗の側にいられないし、役に立つこともできない。どれだけ無敵と言われようが、発揮する場がないのでは宝の持ち腐れではないか。

(そりゃあ、好きに扱えないのは事実だけどさ。でも、この前だって俺が何度か助けてあげたのに。いざって時になれば、ちゃんと加護も働いたんだし……)

凱斗を庇《かば》って飛び出し、襲いかかってきた悪霊を撃退した。どんな凄まじい化け物も、加護の前では清芽に手を出せない。それは、紛れもない事実なのだ。

そこまで考えて、ふと明良との会話を思い出した。

あれは、彼が上京して一緒に引っ越し準備をしていた時のことだ。清芽がプロジェクトに参加しないと聞いて、くっついてくるつもりだった明良もたちまち興味を失ってしまい、やっぱり『協会』なんかと関わらない方が正解だ、なんて言っていた。それでも、清芽の浮かない顔に思うところがあったのか、本音を見透かしてきたのだ。

『あのさぁ、兄さん』

『うん？』

『本当はさ、まだ諦《あきら》めてないんじゃないの？　〝霊能力者戦隊〟計画に参加すること』

『おまえなぁ、そうやって茶化すのやめろよ。凱斗たちだって、遊びでやってんじゃないんだから。それに〝戦隊〟じゃなくて〝チーム〟だよ』

『似たようなもんじゃないか、どっちだって。それより質問に答えてよ』

『………』

ジッと真剣に見つめられ、しばし答えるのを躊躇《ちゅうちょ》する。

いくら並外れた霊能力の持ち主でも、さすがに心の中が読めるわけではない。それでも、明良の視線に晒《さら》されると嘘がつけなかった。

『おまえが言いたいことは、わかってるよ……』

下手な言い訳は諦めて、渋々と清芽は認める。

『俺の加護は、いつどうなるかわからない不安定なものだ。そんなあやふやな能力を武器にチームに参加しようなんて、無謀にも程がある——だろ？』

『凱斗も、その点は俺と同意見だと思うけど』

『ああ、そうだよ。テストを兼ねた前回の依頼では、俺に加護がついている自覚を促すために参加させただけだって、そうはっきり言われたし。実際、一時的に霊の〝視える〟〝感じる〟世界は、想像を絶するものだったよ。でも……』

『凱斗の側にいたいから、こっちの世界へ来る覚悟をしてるってこと？』

『………』

こっちの世界、と明良は言った。

本来、生者の踏み込むべきではない、滅んだ肉体と魂だけの世界。

その狭間《はざま》に立って生と死を見つめ続けるのは、想像を絶する精神力が必要となる。現世に留まる死者たちの多くは憎悪や悲哀の塊で、引きずられたら最後、後戻りは利かないからだ。

明良は、その恐怖を嫌というほど知っている。

『チーム作りは、人選に難航しているって聞いたよ。前例がないからね』

『だからこそ、第一号として凱斗たちが上手く機能すれば道が開けるんだよ。それに、能力の違うメンバーが協力し合えば各自の負担はいっきに軽くなる。互いに弱点をカバーして、危険な悪霊とも立ち向かうことが可能になるだろ。俺、この前の依頼でそれを実感した』

『兄さん……』

『霊媒の尊くん、霊を捕縛する櫛笥《くしげ》さん、それを祓う煉くん。そこに、全員の連携と足りない能力を強化できる凱斗の力が加わって、あんな化け物じみた悪霊を除霊できたんだ。お陰で、俺も魂を喰われないで済んだし』

『は？　兄さんを、そんな目に遭わせたりしないよ。俺がいるんだから』

心外な、という目つきで明良は請け負うが、確かに大きな説得力があった。何しろ誰もが手を出しあぐねていた悪霊を清芽の側から引きずり出し、『協会』が管理する屋敷に封縛するという離れ業をたった一人でやってのけた実力者だ。

『それにさ、肝心の凱斗が反対しているんじゃしょうがないじゃん』

『う……』

『兄さんが言ったように、〝想像を絶する〟世界だったんだろ？　免疫もないのに、霊障の現場になんて何度も耐えられるわけないよ。いくら加護があっても、兄さんのメンタルが先にやられるのがオチだ。いい？　俺や凱斗、それに他のメンバー候補は皆、物心ついた頃から霊がのべつまくなし視えていたんだよ？　その違いは、兄さんが考えているより大きいよ』

『…………』

そうまで言われると、もう返す言葉がない。悔しいが、一から十まで、明良の意見はもっともだった。清芽だって、自分が凱斗の足手まといにならないとは断言できない。加護の力は「あらゆる霊的干渉を無効にする」ものだから、清芽が盾となれば悪霊の攻撃は効力を失う。だが、誰だって自分の恋人にそんな危ない役目はやらせたくないだろう。

（おまけに、俺の加護は正体がわかっていない。どんな存在の、何の力が俺を守っているのかも謎なままだ。要するに、いつ失うかもしれない諸刃《もろは》の剣《つるぎ》だ……）

明良や尊の霊視をもってしても、加護の存在は視えないと言う。

ただ、一度だけ尊はそれらしき霊を降ろしたことがあり（正確には「乗っ取られた」らしく、彼にとっては初めての経験だったようだ）、それによると神格に近い感じがしたと聞いている。

もしそれが真実なら、おいそれと干渉できないと明良は嘆いていた。

神様には、容易に触れてはならないからね。

それは、もっとも犯してはいけない不文律なのだ、と彼は言った。

『でも、やっぱり今のままじゃ嫌なんだ。せっかく、俺にだって特別な力があるってわかったのに。今更、それに見ない振りをして生きるなんて……』

『いいじゃないか、それで。何が不満なの？』

『明良……』

『いつか加護が消える日が来たとしても、兄さんのことは俺が一生守ってあげる。何も心配いらないよ。だから、今まで通りの兄さんでいてよ。ね？』

『…………』

どこまで話しても、平行線だった。

何でもできる優秀な弟は、それこそどんな未来でも摑《つか》みとる可能性を秘めているのに、持って生まれた特別な力を全て清芽のために使うと言って憚《はばか》らない。この位置だけは凱斗にも譲らないと、はっきり公言しているほどだ。

（だけど、俺は……そんなのは、やっぱり嫌だ）

弟の負担にも、凱斗のお荷物にもなりたくない。自分の身は自分で守りたい。

そのためには、きっと自分も立てるようにならなくてはいけないのだ。

黄泉《よみ》の刻《とき》を告げる、生者と死者の狭間の一線に。

「センセエ……？　おい、センセエってば。俺の声、聞こえてる？」

「え……あ、ご、ごめんっ。何？」

「大丈夫かよ、いきなり黙り込んで小難しい顔してさ。びっくりするじゃん」

言葉は乱暴だが、煉は本気で心配していたらしい。清芽は急いで気を引き締め直し、物思いを頭から振り払った。気がつけば、そろそろ自習室の利用時間が終わりに近づいている。因数分解の説明が途中だったので場所を移そうか、と言ったが即座に却下されてしまった。

「大体は把握したので、問題ないです。それに、何だか申し訳なかったし」

尊が、しょんぼりと項垂《うなだ》れる。

「ごめんなさい。僕たちが、余計な話をしちゃったから。清芽さんとは前回の依頼で一緒だったし、もしチームになるなら絶対組めると思ってたので……」

「え、そんな、尊くんが謝ることないよ。それに、俺も諦めてるわけじゃないから」

「そうなんですか？」

スルリと口から出た言葉に、パッと彼が顔を上げた。隣の煉ともども期待に満ちた眼差しで見つめられ、清芽も改めて自身に宣言する。

「うん、諦めてないよ。俺も、チームの一員になりたい。君たちや凱斗、櫛笥さんたちと一緒に行動したいんだ。そのためにも、早く加護を使いこなせるように努力するよ」

「でも、具体的にはどうするんですか？　正体もよくわからないんですよね？」

「そんなの、場数を踏むしかないんじゃねぇの」

尊のもっともな疑問に、あっさり煉が答えを出した。

「正体とか何とか頭で考えているより、どんどん加護を使えばいいんだよ。その内、タイミングや加減も摑めてくると思うし。な、尊？　俺たちだって、最初はそうだったよな。えーと、何だっけ、習うより慣れろってヤツ？　本家のジイさん、スパルタだったもんなぁ」

「だけど、それには清芽さんが現場に出ないと……」

「二荒さん、同行させてくんねぇの？　だったら、俺たちにくっついてくりゃいいよ。アシスタントとか何とか言ってさ。そういや、悪霊退治の時もそんなパターンだったよな」

「逆だよ。あの時は、二荒さんが清芽さんの助手って触れ込みだったんだよね」

何だかずいぶん昔の話のように、懐かしい気持ちになる。

あれから、自分は何か成長しただろうか。そう自分に問いかけ、清芽はいいやと答えた。多分、何も変わっていない。今のままでは、前回に学んだことさえ忘れてしまいそうだ。

今まで通りの兄さんでいてよ。

脳裏を掠《かす》める明良の声に、ごめんと呟いた。

霊感皆無の葉室家の落ちこぼれ。そんな立場には、もう戻りたくない。何より、凱斗の隣に立てる自分になりたかった。どんな危険な現場にも付いていける、信頼を勝ち取りたかった。

「んじゃ、センセエは俺たちのアシスタントに決定な！」

能天気な煉の決断に、尊は（いいのかなぁ）と不安げな顔をする。

しかし、ようやく新しい一歩を踏み出せる喜びに、清芽はすっかり高揚していた。

「あれ、そういえば……」

帰り支度をして扉を開けようとした時、ふと子どもの霊を思い出した。結局、尊が止めたので祓わないままだったが、煉も途中から「煩い」とは言わなくなったからだ。

「ああ、さっきのですか」

尊がちら、と煉を窺い、うんと頷《うなず》き合う。

「実は、いなくなりました。きっと、執着している本が貸し出されたんじゃないかな」

「じゃあ、本に憑いていっちゃったってこと？」

「そうなんじゃね？　ま、悪さするとも限らないし。もう関係ないじゃん」

「え……うん……そう、だな」

関係ない、と言い切ってしまうのは、多少複雑な気分ではあった。だが、だからと言ってやれることがあるわけでもない。霊に過度な感情移入は禁物だ、と自分へ言い聞かせ、清芽はそれ以上深く考えるのは止めておいた。


そこは、暗くて湿っていた。小さな虫がうじゃうじゃいて、嫌な臭いが鼻を突く。無遠慮な虫たちは顔に群がって這《は》い回り、痒《かゆ》くて気持ち悪くて泣きそうになった。

タスケテ――そう叫ぼうとしたのに、僅《わず》かな唇の隙間《すきま》から虫がわらわら入ってくる。まるで口腔《こうこう》内を住処《すみか》と定めたかのように、そいつらは次々と潜り込んではうねうねと動いた。

きもちわるい、きもちわるい。むしはきらい、だいきらい。

生臭さと嫌悪感で、幾度も嘔吐《おうと》しそうになる。けれど、何も吐けなかった。喉の奥まで虫が吸いこまれ、気管を滑り落ちていくのがわかる。うねうねうね。虫は蠢《うごめ》いている。

逃げたかったけれど、手も足も動かせなかった。虫を口からかき出す手も、走って帰る足もなかった。ごろん、と転がる肉の塊。それが自分。今の自分だ。

どうして。おうちはどこ。ここはきらいだ。おうちにかえりたい。

おうちで、おかあさんに本をよんでもらいたい。たんじょうびにかってくれた本を。

おかあさん。おかあさん。おかあさん。

それは、ぼくの本だよ。かえして。おかあさん、よそのこにあげないで。

おかあさん。

「お母さん……」

「おい」

「おい、清芽。起きろ」

「お母さん……」

突然肩を強く揺さぶられ、びくっと全身が緊張に強張る。まだ覚醒《かくせい》していない頭で反射的に瞳を開いた瞬間、視界に飛び込む子どもの顔に清芽は心臓が止まりそうになった。

「ひ……」

「おい、おまえ何やってんだ」

「や……ッ」

グイ、と強く手首を摑まれ、本能的な恐怖にかられる。だが、相手はまったく意に介した様子もなく強引に引き寄せると、前のめりになった身体を逞《たくま》しい胸で受け止めた。

「まったく……」

溜め息混じりの呟きと一緒に、大きな手のひらが宥《なだ》めるように背中を数回叩く。悪霊を祓うお呪《まじな》いだよ、と言って父親が同じようにしてくれた小さい頃をボンヤリと思い出した。

「ほら、しっかりしろ。何か怖い夢でも見たか？」

「か……」

「ん？」

「凱斗……」

鼓膜に優しく染み入る声に、ようやく現実が返ってくる。

大丈夫、怖いモノはどこにもいない。あれは、ただの夢なんだ。安堵《あんど》のあまりくたりと力が抜け、改めて強く支えられた。ゆっくりと悪夢を振り落とし、そっと目線を上げると、自分を抱き締める腕の持ち主――二荒凱斗の精悍《せいかん》な瞳が、真っ直ぐにこちらを見下ろしていた。

「良かった……俺、てっきり幽霊かと……」

「幽霊？　おい、ずいぶんな勘違いだな。大体、生身の人間と霊の違いくらい霊感がなくてもわかりそうなもんだろうが。いや、それより何より……」

ズイと顔を近づけると、清芽の両頬を挟んだ状態で凱斗は憮然とする。

「恋人を幽霊と間違えるとか、どれだけ薄情なんだ、おまえは」

「ちっ……や、それは……ッ」

「それは？」

「……ごめん……」

さすがに失礼だったと、謝る声も小さくなりがちだ。同時に、ここが凱斗のマンションで良かったと心の底から胸を撫《な》で下ろした。人前でこんな真似をされたら羞恥《しゅうち》で死にたくなるが、

凱斗ならやりかねないからだ。清芽のことになると常識の枠を超えがちになるのは、明良も彼もさして変わりがなかった。

「落ち着いたなら、いい」

名残《なご》り惜し気に頬から手を離し、凱斗が傍《かたわ》らの椅子に座り直す。今日、久しぶりに出張から戻ると聞いて合鍵で先に入って驚かせようと思ったのだが、別の意味でびっくりさせてしまったらしい。子どもじゃあるまいし、まさかテーブルでうたた寝するとは不覚だった。

(子ども……)

思わず、悪夢の内容が脳裏をよぎる。やけに生々しい内容だったが、あれはきっと図書館で煉たちが言っていた霊だろう。清芽に霊感はないので実際にシンクロしたわけではないが、自分で思っているより気にかけていたようだ。

「しかし、怖がりなのはちっとも変わらないな」

先ほどの怯えっぷりが面白かったのか、くっくと凱斗は喉を震わせる。

「視えないし聴こえないのに、どうして怖がるんだ？　俺には、少しもわからない」

「それは……その分、想像力が働くって言うか」

「自分で作り出した妄想《もうそう》に怯えるのか？　清芽、おまえ作家になれるぞ」

「そんなに笑うなよ……」

どうせ、と拗《す》ねた気分でいたら、ふわりと頭に手のひらが乗せられた。つられて上目遣いに見返すと、愛おしげな瞳に照れ臭そうな自分が映っている。

「凱斗……」

「笑うなと言われても難しいな。久しぶりにおまえの顔を見られて、俺は機嫌がいい」

「………」

笑みを含んだ声音でそんなセリフを吐かれては、降参するより他なかった。

余計な物のない、シンプルで生活感の失せた凱斗の部屋。留守がちなのでたまに郵便物の整理や空気の入れ換えのために合鍵を預かっているが、こんな風に待ち伏せしてみたのは初めてだ。付け加えるなら、この空間に二人でいるのも数ヶ月ぶりだった。

「清芽、口を開け」

凱斗が悪戯っぽく笑んで、カバンの外ポケットから菓子箱を取り出す。小さなロケットを模した形に、上半分がピンクのイチゴ味になっているチョコレート。昔から売っている、定番の駄菓子だ。

「え……と……」

「甘いものを口に入れておけば、とりあえず思考は麻痺《まひ》するぞ」

「……うん」

やっぱり、お見通しだったんだな。

頷いて素直に口を開けると、指先で摘んだチョコレートが三粒、続けて転がり込んできた。

これは凱斗にとってはお守り同様で、常に持ち歩いている物だ。何かあった時にこうして口へ放り込むと、不毛な考えや恐怖から上手く抜け出せるのだそうだ。

「あ、いつもより味が濃くない？」

「新商品で、通常よりイチゴが五倍増しなんだそうだ。この間、コンビニで発見した」

「ふぅん……美味《おい》しいね」

二人の男が向き合いながら、コンビニ菓子を頬張っている。傍目《はため》にはおかしな光景かもしれないが、ささやかな幸せを清芽は感じていた。初対面の時、こうして路上で唐突にチョコを押し付けられて面食らった日が懐かしく思い出される。

「元気だったか？」

窓の外を、暮れゆく橙《だいだい》の陽光が染めていた。再会してずいぶんたつのに、今更もいいところな質問だ。けれど、そういうズレ具合が清芽は好きだった。

「うん、元気だよ。夏期試験があるから、これからちょっと大変になるけど」

「そうか。悪かったな、あまりメールに返事ができなくて」

「仕方ないよ。この前の現場、霊障で電波に影響があったんだろ。それより、凱斗が無事で良かった。明良が〝心配いらないんじゃない〟って言ってたけど、あいつ平気で嘘つくからさ」

「俺も、かなり嫌われたもんだ」

くすくすと笑みを零《こぼ》し、彼は機嫌よくうそぶく。

「まぁ、仕方がない。立場が逆だったら、俺もあいつに優しくはできないしな」

「でもさ、本当に大丈夫だったのかよ？　凱斗が派遣される現場って、霊障のきついところが多いんだろ？　『協会』からは脱退したのに、どうしていつまでも手伝ってるのか謎だし」

「しがらみがあるんだよ、いろいろと。俺は早くに家から独立したし、未成年の間は身元保証人の世話までしてもらっていた。だから、すっぱり縁は切れないんだ。それに……」

「それに？」

「ぶっちゃけると、ギャラがいい」

　不意に悪党な面構えになって、凱斗は白状した。

「『協会』から回ってくる案件は、依頼人に大物が多いんだ。市や街の自治体や行政なんかの、公的機関もお得意様だ。さすがに創立数百年のコネは伊達《だて》じゃない。多少荒っぽい方法を取っても世間で騒がれないのは、お役所がバックについていてくれるお陰だしな」

「そ、そうなんだ……」

「おまえだって、この前の依頼では百万手に入れただろうが」

「……うん、まぁ……」

　そういえば、あれは「ギャラの一部」だと言われたのを思い出す。つまり、あの時の依頼で凱斗はそれ以上の大金を手に入れたということだろう。無論、金で換算できないほど危険な仕事だったし、祓う悪霊が妖怪じみた強力な奴で危うく命を持っていかれかねない状況でもあったが、それにしても豪気な話だ。

「何か、凄すぎて同じ世界の話とは思えないな……」

思わず溜め息を漏らし、清芽は呟いた。

「うちの神社も、たまに父や明良が祟《たた》りや呪いを祓ってくれって頼まれたりするよ。でも、祈願料として決まった金額をいただくだけだし……そもそも、除霊や霊視は滅多にやらない」

「それが正解だ。何でもかんでも祓えばいいってもんじゃない」

「あ、それ尊くんが言っていたな。霊にもパワーバランスがあるからって」

「その通りだ。『協会』はその見極めが上手い。霊障の噂を聞きつけて、自分から売り込みに行くフリーの霊能力者もいるがあまり感心しないやり方だ。下手をすれば、寝た子を起こすような結果になりかねない」

「寝た子を起こす……」

あまり想像したくない展開だ、とゾッとする。前回に体験した荒れ狂う悪霊の凄まじさは、霊感のない清芽ですらトラウマになるほど恐ろしいものだった。まして、そいつが幼い頃から自分を喰らおうと付け狙っていたと聞けば尚更だ。

「〝触らぬ神に祟りなし〟とも言う」

怯えの色を見て取り、凱斗が冗談めかして笑った。

「ま、俺たちは神様が相手でないだけ楽ってことだ。そんなに心配するな」

「でも、悪霊だって充分怖いよ……」

「確かに。だが、霊は祓えるが、神は祓えない」

「………」

なるほど、そういう解釈もありか。

妙に感心した途端、少し気が晴れてきた。自分はともかく凱斗にしろ西四辻の二人にしろ、常に危険が伴う仕事に就いている分、清芽の心配は尽きない。だから、こんな風に明るく笑い飛ばしてもらうだけでもだいぶ救われる思いだ。

（今は、ほとんど遠距離恋愛しているようなもんだしなぁ）

凱斗は優秀な霊能力者で、明良をして「一度バトってみたい」と言わしめるほどだ。そのため除霊の依頼は引きも切らず、一度出張に出ればいつ帰れるかわからない。

「さてと。物騒な話はここまでにしておくか」

「え？」

「腹が減った。約束通り、美味い飯でも食いに行こう。清芽、何が食いたい？」

「凱斗……」

「出かけるぞ」

気がつけば、口の中の甘みは綺麗に溶けていた。椅子から立ち上がった凱斗が当たり前の顔で右手を差し出し、しっかりと清芽の手を握り締める。恋人同士になってから知ったが、無愛想で取りつく島がないかと思いきや、意外にも彼は愛情表現のストレートな男だった。

(てらいがなさすぎて、時々面食らうけど……まぁいいか)

何と言っても、一ヶ月ぶりの再会だ。清芽も、照れより喜びの方が大きい。

開き直ってぎゅっと手を握り返し、「じゃあさ」と頭を切り替えた。

「新しく駅前にできた焼肉屋に行こうか。凱斗、肉が好きだったよね」

「いいな。出張先が海沿いの町で、魚介類ばっかり食わされていたんだ」

「決まり!」

話がまとまったところで、二人は部屋を後にする。夏の夕暮れは雑然とした空気とざわめきを包んで、静かに夜へと姿を変えつつあった。そこには日常があり、生活の喜怒哀楽があり、昨日の続きが明日へと流れている。

たとえ。

悪夢で見た子どもの霊のことが、頭から離れなかったとしても。


最初はね、と女性は取材に来た記者に辛気《しんき》臭い表情で訴えた。

「ドンドンドン! って凄い勢いで玄関のドアを叩く音がしたんですよ。チャイムもあるのにお構いなしで、拳《こぶし》か何かで叩き続けているの。こっちが〝どなたですか？〟って尋ねても返事もなし。でも、ここは団地でしょう？　夜中だったし近所迷惑になるから、仕方なくドアチェーンをかけたまま開けたんですよ。ええ、警戒しながら少しだけね。え？　覗《のぞ》き穴から確認しなかったのかって？　しましたよ、もちろん。でもね、誰もいなかったんです」

ああ、怪談の常套《じょうとう》ですよね。記者はそう相槌《あいづち》を入れた。しかし、心の中では新鮮味のない内容だといくぶんがっかりもしている。こういう話なら、わざわざ都心から三時間もかけて田舎の新興住宅地にまで来なくても、ネットで幾らでも拾えるからだ。

それで、と先を促すと、女性はふくよかな指でたるんだ頬を擦りながら続けた。

「絶対どこかに隠れているんだろうと、隙間から廊下を窺ってみたんですよ。うちはフロアに九戸しかないから、そんなに隠れる場所もないだろうと。案の定、人影がね、玄関脇の非常階段の方から伸びていたの。……でも」

眉間《みけん》に皺《しわ》を寄せ、急に女性の口調が鈍る。自分が見たものに、まだ半信半疑な顔だ。再開を根気よく待ちながら、記者は（どんなオチだろう）と予測をたてた。三文ゴシップ週刊誌で働いて十年、この手の安っぽい怪談は枚挙に暇《いとま》がない。

「あのねぇ」

女性は、しきりに首を傾《かし》げつつ言った。

「どう見ても子どもの影だったんです。大人じゃ、ちょっと小さすぎるの」

ああ、はいはい。記者は上辺だけ驚いた振りをして、女性を安心させた。大丈夫、貴女の心霊体験は記事になる価値がありますよ。そんな素振りをしながら、欠伸《あくび》を嚙《か》み殺す。

子どもの霊か。昨今のホラー映画には、欠かせないアイテムだよな。

長い髪で白い服を着た女か、顔色の悪い子ども。すでに飽和状態で、それだけで恐怖をかきたてられることは稀《まれ》になってしまった。

「私、一瞬だけ納得したんですよ。ああ、子どもか。じゃあ、覗き穴から見えなかったのはドアに張りつくようにしていたせいなのねって。でも、すぐにそれは変だって気づいたの」

そりゃあ、変ですよ。だって真夜中でしょう？　記者は問いかける。いや、変でなくては困るのだ。これは、『新興住宅地の幽霊団地』という記事なのだから。

小さな子が一人でうろつく時間じゃないし、まして知らないお宅のドアを叩くなんて、普通じゃありませんよね。記者の同意を得て喜ぶかと思った女性は、しかし表情をみるみる強張らせて静かに首を横に振った。

「いいえ、違うの。私が言いたいのは、そういうことじゃなくて。そりゃあ普通じゃないけれど、今は児童虐待《ぎゃくたい》とかいろいろあるでしょ？　親の暴力から逃げ出して、助けを求めにきた子かもしれないじゃないですか」

意外な方向に話が流れ、ちょっと面倒臭いな、と記者は思った。そういう社会派な話題は、もっと堅気《かたぎ》で真面目な雑誌が取り上げればいいのだ。うちでは、まったくお呼びじゃない。下世話で俗悪でねつ造上等な、人工甘味料たっぷりな粗悪品が好まれる。

「あら、ごめんなさい。別にね、その子が虐待見だったっていう話じゃないんですよ」

素早く記者の顔色を読んだのか、いそいそと女性は言い訳をした。

「とにかく、私が真っ先に変だと思ったのは……ドアを叩く位置なんですよ。だって、ドンドン喧しく音を立てていたのは、少なくとも私くらいは背丈のある人間が顔の横で叩いているイメージだったんです。でも、子どもには届かないでしょう？」

ふぅん、それは奇妙ですね。話がそれらしくなってきたので、安堵して記者は呟く。だが、女性の体験談はそれだけでは終わらなかった。

「それでね、他にも大人がいるんじゃないかと思ったんです。人影は動かないし、ちょっと薄気味悪かったんですけど、もうすぐ残業していた主人も帰る頃合いだと勇気を出して……そうなんです、ドアをもう少し広く開けてみました。——そうしたら」

ドンドンドン！

突然、玄関のドアが凄まじい勢いで叩かれた。記者は心臓が飛び出るほど驚き、反射的に振り返る。話を聞いていた台所から玄関までは一直線に見通せるが、何者かが執拗《しつよう》にドアを叩き続けていた。しかし、女性は慣れてしまったのか、疲れ切った溜め息を漏らすのみだ。

「あの夜から、こうして時たまドアを叩かれるんですよ。昼夜関係なく」

ドンドンドン！

ドンドンドン！

「ああ、いけない。また話が中断しちゃったわね。でね、私は思い切ってドアを開けました。すると、子どもの影が動いたんです。ずるずるっと、こちらの方へ」

ドンドンドン！

ドンドンドン！

「あ、近づいてくる。そう思いました。本能的に、まずいって感じたんです。見たらいけない。見たら最期だ……って。だから、私……」

ドンドンドン！

ドンドンドン！

「急いで部屋へ戻って、ドアを閉めようとしました。夢中でしたよ。でも、ずるずるって動く気配がするんです。声が聞こえました。〝ちょうだぁい〟って」

その瞬間、ピタリとドアを叩く音が止んだ。

記者は何とか動揺を隠そうとしたが、小刻みな震えが止まらない。何より、まったく怯えた様子もなく淡々と語り続ける女性が怖かった。

「ええ、〝ちょうだぁい〟って言っていました。それで、私よせばいいのにそっちを見ちゃったんです。何だろう、魔が差したって言うのかしら。絶対ダメだって思ったのに、見ちゃったんですよね。その……子どもの姿を」

ちょうだぁい。

ドアの向こうで、微《かす》かな声がした。聞き間違いではない。まるで菓子でもねだるように、あどけない声が聞こえてくる。ちょうだぁい。ねぇ、ちょうだぁいよぉう。

「あら、どうしました？　顔色が悪いですよ？」

女性の耳には、届いていないのだろうか。くり返される声を無視して、真っ青になった記者を心配そうに窺ってくる。そういえば、部屋がずいぶん暗かった。いつの間に、こんなに時間がたったのだろう。ここへ来たのは、まだ午後の早い時間だったはず。

帰らなくては、と急速に気持ちがざわめいた。

今すぐここを出て帰りたい。そうしないと、大変なことになる。

早く。早く早く早く早く。

「私が見たモノ、知りたくないんですか？　そのために、取材にいらしたんでしょう？」

記者は、慌てて帰り支度を始めた。手が震えて、上手くレコーダーが摑めない。もう何も取り繕う余裕などなかった。この女性は変だ。あれが聞こえていないはずはないのに。

あれが。

「ねぇ、私が見たモノ、知りたくない、ノ？」

ちょうだぁい。

ねぇ、ちょうだぁいよぉう。

「あのね、私が振り返った先にね……」

見たら最期。

記者が最後に思い浮かべたのは、女性が口にしたその言葉だった。

2

西四辻《にしよつつじ》の二人が無事に期末考査をパスしてホッとしたのも束の間、今度は清芽《せいが》自身の試験が目前に迫っていた。お陰で、せっかく凱斗《かいと》が出張から戻ったというのに、ゆっくり蜜月《みつげつ》を満喫する間もない。彼が東京《とうきょう》に戻ってから三日、連日試験勉強の毎日だ。

「そうクサるな。こうやって、俺が付き合ってやっているだろうが」

ポンと軽く頭を叩《たた》き、ほらほらと発破をかけられる。先日、煉《れん》たちと利用した区立図書館の自習室に自分が生徒として詰めるとは思わなかった。風来坊のように一ヶ所に落ち着かない印象が強いが、彼は稀《まれ》に民俗学の非常勤講師として教壇《きょうだん》に立つこともあり、そのせいか教科に関係なく人に教えるのがなかなか上手《うま》い。

「だってさぁ、凱斗が何日もフリーなんて珍しいじゃないか。本当なら、どこか遠出でもしてゆっくりしたかったよ。何で、こうタイミングが合わないかなぁ」

「試験が終わったら、一緒に出掛ければいいだろう」

「え？」

でも、とノートから顔を上げた。試験が終わる頃には、もう凱斗は次の現場に行っていると思い込んでいたのだ。いつものローテーションでいくと仕事と仕事の合間には一週間程度しか余裕がなく、それも報告やら何やらの雑用で半分は消費されてしまう。

「大丈夫だ。今回は、少し長めに休みを取った。おまえ、せっかくの夏季休暇だし」

「う……そ……」

「嘘をついてどうする。暮れからずっと忙しくて、ろくに一緒にいられなかったからな。少しは、俺にも清芽を補給させてくれ。ま、そのためにも試験頑張れ」

「うん！」

現金なもので、俄然《がぜん》やる気が出てくる。頭の中はすでに凱斗と過ごす夏休みの夢でいっぱいで、やっと人並みに恋人同士っぽいことができると、清芽はしみじみ感動を嚙《か》み締めた。

（夏だもんなぁ、やっぱ海かな。あ、海沿いで温泉とかいいな。それとも山……）

その瞬間、脳裏に暗い森のイメージが浮かぶ。

木漏れ日さえ射さない、奥深い森。夜の海のような空間。食い荒らされた獣の死骸《しがい》。

それから。

『おかあさん』

突然、悪夢を思い出し、ガタンと椅子《いす》から立ち上がった。どうした、と凱斗が目で問いかけてきたが清芽の顔色が真っ青だったので、その眉間《みけん》に軽く皺《しわ》が刻まれる。

「清芽、何があった？」

「……あのさ」

おずおずと再び椅子に腰かけ、震える唇で清芽は訴えた。

「凱斗にお願いがあるんだ。今すぐ、俺に〝視《み》える〟力を貸して」

「え……？」

「頼むよ。自分の目で、どうしても確かめたいことがあるんだ。凱斗の力で、俺に霊を視えるようにしてほしい。一時的なもので構わないんだ。お願いだから」

「ちょっと待て。少し落ち着け」

唐突な申し出に困惑しつつ、凱斗が訝《いぶか》しげな目でジッと見つめる。彼は一般的な霊能力の他に、『他人の能力を移し替える』という特殊な力を保持していた。前回の悪霊退治では霊感ゼロの清芽を俄《にわ》か霊能力者にするため、彼が自身の能力を一時的に貸してくれたのだ。

「何もおまえが霊視しなくても、俺がやってやるが？」

「ううん、自分の目で視たいんだ。怖いけど、そうしないと気になって仕方ないから」

「…………」

悪夢の正体が本当に図書館の子どもの霊だったのか、それは実際に夢を見た自分にしかわからない。わかったところでどうにもできないが、少なくとも胸のモヤモヤは晴れるだろう。

「俺、ずっと気にはしていたんだ。やたらリアルな夢だったから。それに、あの場で霊の存在にまるきり気づかなかったのは俺だけなのに、どうして夢に見たのかもわからない。だから、もしあの子がまだいるなら……」

「対話をしたいのか？　それは、残念だけど難しいな」

「え？」

「俺の特化した能力は霊視だ。霊の存在なら、かなりクリアに視ることができる。だが、その分聴く力はかなり劣るんだ。そうだな、水の中で外の音を聴くような感じで、何を言っているかまでは明確に聴き分けられない。そもそも霊との対話自体、成立させるのは困難なんだ」

「そっか……じゃあ、視られるだけでもいい。お願いするよ」

諦《あきら》めずに食い下がると、しばらく凱斗は考え込んでしまった。だが、それも無理はない。以前とは事情が違うし、これで清芽が再び霊的な世界へ近づくのを危惧《きぐ》しているのだ。

「前にも同じことを言ったが、清芽、おまえの魂は悪霊たちにとって最高のご馳走《ちそう》だ」

やがて、刺すような厳しい瞳で彼は口を開いた。

「おまえは、四六時中狙《ねら》われている。隙《すき》あらば憑《と》りつき、魂ごと貪《むさぼ》り食おうと舌なめずりをしている悪霊は後を絶たない。そういう世界でおまえが正気を保っていられるのは、何者かによる強い加護を受けているからだ。それによっておまえの霊能力は大きく奪われ、『御影《みかげ》神社』宮司《ぐうじ》の血筋でありながら霊感の類《たぐい》を一切もたない息子として生まれた。〝視えない、感じない〟ことが、おまえにとっては唯一最大の救いなんだ」

「……わかってる」

「それでも、あえて視ようとするのか？　おまえにとって、おぞましいモノを視ることになるかもしれないぞ？　いくら自分に手を出せないとわかっていても、気分の良いものじゃないはずだ。俺は、確かにおまえに加護の存在を自覚させた。だが、決して俺たちの世界に踏み込んで欲しいと思ったわけじゃない。むしろ逆だ」

「………」

一言一言に、凱斗の真っ直ぐな意志を感じる。

加護という強すぎる運命と向き合うのはいい。それは、清芽の生まれ落ちた意味を辿《たど》ることにもなる。葉室《はむろ》家の直系でも、清芽のような存在は極めて異端なのだから。

だが、それと霊的な世界に関わって生きるのは別の問題だ。悪霊と対峙《たいじ》し、神経を摩耗《まもう》しながらこの世ならざるモノと戦う日常など送らせたくはない、それが凱斗の本心だった。

「俺は両親に疎《うと》まれ、十三で遠戚へ追いやられた。霊を視たり感じたりする自分の能力を、どれほど呪《のろ》ったか知れない。いつ死の世界へ引きずられるかと、怯《おび》えて毎日を暮らしていた」

「凱斗……」

「だが、幼かったおまえがそれを変えてくれた。だから……」

少しだけためらい、それから力強く彼は言った。

「俺も、いつか然《しか》るべき時期がきたら——おまえの世界を変えたいと思った。霊感のない自分に劣等感を抱え、優秀な弟に引け目を感じているおまえに、本当の世界を見せてやりたかったんだ。清芽、おまえは稀有《けう》な存在なんだと」

「…………」

初めて知る、凱斗の偽らざる真実。一生知らずにすめば平和だったのにと、後から明良《あきら》はさんざん彼の行為を詰《なじ》ったけれど、そこには清芽への真摯《しんし》な想いが込められていたのだ。

「まぁ、おまえに恋愛感情を抱いたことだけは予定外だったけどな」

「え……？」

本音を吐露して些《いささ》か気恥ずかしいのか、声音を和らげて凱斗は笑んだ。

「悪霊退治の屋敷で、清芽が言っただろう。〝目の前に小さい二荒《ふたら》さんがいたら、声をかけてあげられたのに〟って。実際は、俺はもうとっくにおまえに救われていたんだが」

「じゃあ、それがきっかけだった……とか？」

「意識したのはな」

短い言葉に、二つ目の真実が隠れていた。加護のことばかりに気を取られていたが、凱斗はちゃんと清芽自身にも目を向けてくれていたのだ。感動に胸が熱くなり、思わず彼の腕に縋《すが》りつく。凱斗は照れ臭そうに受け止めると、小さく息をついた。

「……どうしても、視たいのか？」

「うん……」

再度確認され、清芽は神妙に答える。そうして、煉《れん》と尊《たける》が視たという子どもの霊と悪夢の話をした。凱斗は興味深そうに聞いていたが、清芽が夢を見た、という点はやはり引っかかるらしく眉根《まゆね》を寄せている。

「仮に憑《つ》いてきたにせよ、そこまで影響力を持たせられるかという疑問は確かにあるな。唯一考えられるとすれば、よほど波長が合ったのか……」

「波長かぁ。そういえば尊くんも、波長が合えば霊感の有無は関係ないって言ってたよ」

「死霊と波長が合うなんて、歓迎すべきことじゃないがな」

厳しい目をしたまま、しばらく凱斗は黙り込んだ。

「あの、凱斗……？」

「──清芽」

不意に、彼が距離を詰めてくる。

伸ばされた右手が頬《ほお》に触れ、清芽の鼓動は大きく高鳴った。こちらを覗《のぞ》き込む瞳は濡《ぬ》れたような微熱を帯び、見つめられるだけで不埒《ふらち》な思いに染められそうだ。

「な、何、どうしたの……」

「能力を貸してやる代わりに、ここでキスしていいか？」

「え……」

「いいか？」

囁《ささや》くように重ねて請われ、本気で心臓が砕けるかと思った。大体、子どもの霊だの波長だのと話していた最中に、どの回路を通ればそんな発想が出てくるのだろう。

「清芽……」

焦《じ》れる凱斗の顔は少年のように純粋で、とても拒める雰囲気ではない。せめて場所を弁《わきま》えようとか、勉強の途中なのにとか言い訳なら幾つも浮かんだが、恋しい相手に求められれば清芽も無下な態度は取れなかった。

「う……うん……わかった」

猛烈な羞恥《しゅうち》心と戦いながら、おずおずと承諾する。成人済みの男子がキスくらいで、と思うものの、もともと大して場数を踏んでいるわけでもなし、凱斗とは三歩進んで二歩下がるようなジリジリした関係が続いているため慣れたくても慣れないのが現状だった。

「清芽……」

再び吐息のように囁かれ、凱斗の顔が近づいてきた。

清芽は目を閉じ、急激に温度を上げた頬の熱さに困惑する。きっと、包む手のひらを通して凱斗にもバレてしまっているだろう。

「あ……」

ひそやかな息が唇を湿らせ、快感の欠片《かけら》がちりばめられる。

激しく胸を叩く鼓動は、目眩《めまい》さえ引き起こしそうだ。

「清芽、愛してる」

くらりとした瞬間、柔らかな感触が押しつけられた。

触れ合う場所にぴりりと刺激が走り、官能の痛みとなって清芽を甘く支配していく。

「う……んぅ……」

貪るような激しさは抑えても、欲望は簡単には飼い慣らせない。

凱斗の舌が大胆に口腔《こうこう》内を愛撫《あいぶ》し、清芽は応える余裕もなく翻弄《ほんろう》されるばかりだった。

「ん……く……」

焼けつくような熱さが、じんわりと唇から全身へと広がっていく。凱斗に口づけられる時、いつも同じ感覚に清芽は襲われた。普段はどうして忘れていられるのかと己に問いたくなるほど、彼の愛撫が恋しくて仕方がない。幾らでも奪い、独占してほしくてたまらなくなる。

自然と互いの身体が寄り添い、どちらからともなく抱き合った。

凱斗の腕が背中に回され、ゆっくりと抱き締めてくる。清芽は喜びの溜《た》め息《いき》を漏らし、自分もしっかりと抱き締め返した。愛してる、と心の中で呟《つぶや》いた。

「清芽……」

こめかみに唇を寄せ、凱斗が囁いた刹那《せつな》、鋭い衝撃が突き抜ける。くらりと頭が揺れ、視界が一瞬二重にぶれた。荒く息をつき、よろめきながら体勢を整えた清芽の目に、今までとは違う光景が広がって見える。

白くもやのかかった室内に、ところどころ赤い色が滲《にじ》んでいた。ズキズキと疼《うず》く右のこめかみに手を当てながら、あれは何だろうと考える。

「ここで勉強していた連中の残留思念だな。赤は怒りだ。思うように捗《はかど》らず、苛々《いらいら》している奴がいたんだろう。こういうのは大抵すぐ消えるんだが、次から次にいろんな人間が利用するから溜まりやすいんだろうな」

「凱斗、不意を突いただろ」

「あれは少々痛むから、一瞬で済んだ方が楽じゃないか？」

涙目で抗議したが、さらりとかわされてしまった。しかし、確か能力を移されると文様の痣《あざ》が浮き出たはずだ。とすると、痛みが走った右のこめかみに凱斗の左手と同じ文様が出ているのだろうか。普段の生活で目立つのは困ると言って、彼は自分の刻印を呪《じゅ》で見えなくしているが、人に移す分までは調整できないらしい。

「すぐに返してもらうからな。ほら、さっさと行って確かめてこい」

「う、うん。ありが……」

「なーにーを返してもらうって？」

唐突に割り込んできた声に、清芽は耳を疑った。

まさか、と慌てて目線を移した先に、ありえない人物が立っている。

「あ……」

「あ……明良……っ？」

「兄さん、いいところを邪魔してごめんね。でも、黙らないからね。そんなわけで——凱斗」

清芽に向ける優しげな笑みから一転、氷のような視線が凱斗へ向けられた。

その瞳に、彼の飼い慣らす闇が仄《ほの》かに揺らぐ。

「おまえ、公共の場で人の兄貴に何してくれちゃってんの」

半分開けた扉に凭《もた》れかかり、明良は低く押し殺した声で話し出した。

「ここは自習室だよ。勉強する場所であって、イチャつくための空間じゃないから」

「…………」

「そうでしょ？」

酷薄な微笑でダメ押しをされ、凱斗は面倒臭そうに嘆息した。一触即発状態に、これには理由が、と清芽は慌てて仲介に入ろうとしたが、何故だか凱斗に右手で押し留められる。

「ちょうど良かった」

「は？　何が？」

場違いな呟きを受け、明良が不快げに片眉を上げた。

「今更、何か弁解しようったって……てて、何だよッ、凱斗、近い近い近いッ！」

「うるせぇな」

「！」

「ちょっとだけ黙ってろ」

有無を言わさず明良に詰め寄り、凱斗が乱暴に手首を掴《つか》む。明良はハッと顔色を変え、急いで振り払おうとしたが時すでに遅く、指はもう離れていた。

「清芽！」

「は、はい！」

振り向き様に呼ばれて駆け寄ると、素早くうなじを掴んで引き寄せられる。触れる指先が熱い、と思った瞬間、先ほどと同じ痛みが背骨まで走った。

「痛……ッ……」

「信じらんない……」

呆《あき》れ返った呟きを漏らし、明良が呆然《ぼうぜん》とこちらを見ている。

「俺の……俺の能力を兄さんにコピーして移したろ？」

「別にいいだろう、減るもんじゃなし」

「そういう問題じゃない！」

「喚《わめ》くな。ここは自習室だぞ？　勉強する場所だろう？」

「く……」

呆気《あっけ》なく言い込められ、悔しげに黙り込む明良に同情しつつ、これで〝聴ける〟と清芽は胸を弾ませた。明良の霊能力は非常に高いから、借りるには理想的でもある。

「ありがとう、凱斗！　ありがとな、明良！」

喜び勇んで出ていこうとして、まだ扉の前に立ち尽くしている弟に向き直る。凱斗にしてやられたのが余程ショックだったのか、明良の表情は強張《こわば》ったままだった。清芽はそんな彼を元気づけたくて、よしよしと右手を伸ばしてその頭を撫《な》でる。

「………」

「じゃあ、行ってくる」

パタパタと軽やかに駆け去った後には、今度こそ呆然自失となった明良と凱斗が残された。

「えーと……」

たっぷり数十秒は我を失っていたが、天敵とも呼ぶべき男と二人きりという事実が明良を正気に返らせたようだ。彼は慌てて表情を引き締めると、気まずさを取っ払うようにコホンとわざとらしく咳《せき》をした。

「兄さんは、何をあんなに視たがっているわけ？」

「児童書に憑いている、子どもの霊だそうだ。頭部だけが腐っているらしい」

「え……」

「どうした？」

サッと顔色を変えた明良に、凱斗が眉をひそめて尋ねる。

「それなら、もういないよ。俺が祓《はら》ったから」

「おまえが？」

「うん。ちょうど、兄さんがここでカテキョのバイトしてた時。顔を出そうかと思ったけど、生徒が西四辻の子だって言うから遠慮しといたんだ。騒がれるの嫌だし」

「ちょっと待て。何で、明良が除霊しているんだ。おまえ、そういうの面倒だって『協会』からのスカウトもさんざん断ってきただろう」

「『協会』とは別件だよ。父親の知り合いから頼まれたんだ。何かの手違いで、死んだ息子と一緒に埋葬するはずだった絵本が寄贈されてしまったらしいよ。それ以来、夢に出てきて泣きながら訴えるんだってさ。ぼくの本、かえしてって」

「そいつ、清芽の夢にも出てきたぞ」

「マジで？」

さすがに、明良も驚いたようだ。清芽は加護のお陰で霊現象とは無縁で生きてきたし、シンクロや正夢のような類ですら経験したことはないはずだ。

「でも、おかしいな。確かに祓ったんだよ。兄さんの夢に、影響が出るわけない」

「それなら、どうして今日はここにいるんだ？　まさか、清芽の後でも尾《つ》けてきたって言うんじゃないだろうな」

「よしてくれる？　あんたじゃあるまいし」

ツンと冷たく一蹴《いっしゅう》し、明良はしかめ面で考え込んでいる。

その横顔を眺めながら、凱斗は（つくづく似た兄弟だ）と少し感心していた。初対面の時から思っていたが、基本的な顔立ちは清芽も明良もよく似ている。それなのに、こうも人に与える印象が違うものかと驚くほどだ。

どちらも整った目鼻立ちだが、柔らかく地味な清芽に比べ、明良は否応なく人目を惹《ひ》く。どこにいても強烈な存在感を放ち、一挙手一投足が滑らかな動きで心地が好い。

春の浅瀬のような眼差しの兄と、甘い毒を含んだ弟の瞳。

痛みや弱さを内包し、傷つきながら成長する清芽と、強《したた》かに悪霊を調伏《ちょうぶく》し、その上に君臨し続けてきた明良。どこまでも対照的で、けれど兄弟としての業《ごう》は誰よりも深い。

「何、人の顔をジロジロ見て」

鬱陶《うっとう》しそうに睨《にら》みつけ、明良は短く嘆息した。

「図書館に来る理由なんて、一つだろ。俺は、本を借りに来たの。正確には一度返却して、延長のために借りたんだ。試験が終わったら、神具検《あらた》めで実家に帰らなきゃならないから」

「子どもが憑いていた絵本か？　『御影神社』でお焚《た》き上げするのか？」

「うん。わざわざ持ち帰らなくても、本の浄化くらいできると思ったんだけど……何か、上手く気が入らないんだよね。俺、東京慣れてないし、煩《うるさ》いしさ。神域の方がやりやすいかも」

「何だ、まだ他に言いたいことでもありそうだな」

「……兄さんには、余計なこと言うなよ？」

一応の念を押して、彼は不本意そうに眉をひそめる。

「絵本を抜き取ったの、死んだ子の兄なんだ。年子だったから、何でも共有していたんだってさ。まだ小さいし、自分のやったことの意味もわかってなかったんだと思う。でも、弟にとっては副葬品だし、盗られたって意識だけが残るよね」

「…………」

「もしかして、兄弟の妄執《もうしゅう》だから影響があったのかなって。ほら、小さい子って母親の愛情を取りあったり何かと張り合うから。おまけに、弟は死に方が良くなかったし」

「まぁ、頭部だけ腐るというのは穏やかじゃないな」

「誘拐されて、殺されたんだよ。頭は切断されて、胴体しか親元に戻らなかった。その遺体の側で発見された絵本なんだ。よく見ると、血の染みが残ってる。本当に僅《わず》かだけど」

ゾッとしない話だ、と凱斗も瞳を曇らせた。寝言で「お母さん」と言っていた、清芽の声が耳に蘇《よみがえ》る。おかあさん。ぼくの本、かえして。おかあさん。おかあさん。

「おい、大丈夫？　凱斗、顔色が悪いよ？」

「いや……何でもない。母親絡みの話は苦手なんだ、昔から」

「ふうん」

何か勘付いたかもしれないが、明良はしつこく訊《き》いてはこなかった。とにかく、単純な除霊だけでは終わらない、少々厄介《やっかい》な案件なのは確かなようだ。

(要するに、あの本にはまだ妄執だけが残っているのか。盗られた、奪われたっていう無念の思いだけが……。しかも、子どもとなると欲望に純粋な分、怨念《おんねん》が結晶化しやすいからな)

清芽は『兄』の立場だから、弟の霊が訴えてきたのかもしれない。

そう思うと、今度は『弟』の明良が本を所持するというのも危うい気がする。

「凱斗の考えていることは、大体読めるけどさ。そんな心配なら不要だから。この俺が、その程度の条件で憑り込まれると思う？　あんまり舐《な》めないで欲しいな」

「それならいいさ。まぁ、お手並み拝見させてもらうよ」

そろそろ、清芽も戻ってくる頃だ。もう図書館にはいないとわかれば、気が済んで悪夢も見なくなるだろう。やれやれ、と凱斗が息をついた時、携帯電話に着信が入った。

「……悪い、ちょっと席を外す」

「どうぞ、どうぞ」

発信元は『協会』だ。しばらく休暇にすると言っておいたはずなのに、と嫌な予感に胸が騒ぐ。凱斗は携帯電話を手に自習室を出ると、話ができる場所へ移動することにした。

「え、凱斗に電話が入った？」

清芽が自習室へ戻った時、室内には明良しかいなかった。広げられたレポート用紙や参考資料をパラパラ捲《めく》りながら、彼は「うん」とのんびり答える。

「もしかして、仕事かもね。『協会』からみたいだったし」

「で、でも、凱斗はしばらく休みを取るって……」

「そんなことよりさ、成果はあったの？　視たいものを視て、聴きたいことを聴けた？」

「う……いや……」

残念ながら、探していた子どもの霊には遭えなかった。考えてみれば、尊が「貸し出された本に憑いて行ったかも」と言っていたのだ。無駄骨だったか、と落胆する反面、結局はこれで良かったような気もしている。

もし、本当に遭えてしまっても、自分にはその子の苦しみを和らげることはできない。凱斗や明良の力をまた借りることになるし、霊のパワーバランスとやらも気にかかる。

「あ、でもさ、図書館って思ったより悪い霊っていないんだな。静かに本を読んでいたり、本棚の前にずっと佇《たたず》んでいたり、そういうのばかりなんで助かった」

「それは良かった」

パタンとノートを閉じると、明良はおもむろに立ち上がった。

「じゃあ、俺はもう帰るね。カウンターに本を預けたままだから、取りに行かなきゃ」

「何か借りたのか？」

「うん。実家で読む用に。兄さんは、しばらくバイトのシフトがあるんだっけ？　俺、父さんから言われて神具検めの手伝いをするから、夏休みに入ったらすぐ帰郷するよ」

「神具検め……そうか、もうそんな季節か」

　実家の話になると、やっぱり胸がちくりと痛む。

『御影神社』の次期神主は明良に決まっていて、祭事や祈禱《きとう》に必要な法具、呪具《じゅぐ》、奉納されている神宝などは全て父と明良しか触れたり見ることは叶《かな》わないのだ。

「それにしても、明良は余裕だな。試験勉強、大丈夫なのかよ」

「普段通りにしていればね。あ、言っておくけど勉強を理由に外泊はダメだよ？　今夜は、兄さんが料理当番なんだから。破ったら、縁切りの呪符《じゅふ》を発動させるからね」

「おいっ」

「――そんなもん、俺に通用するか。舐めるなよ、ガキ」

　無愛想な声でガキ呼ばわりされ、明良は冷ややかに扉の方を見る。戻ってきた凱斗が、右手に携帯電話を握り締めたまま仏頂面でこちらを睨んでいた。

「なぁんだ、もう帰ってきちゃったのか」

「おまえ、仮にも神職に就こうって人間が呪符で脅《おど》しなんかかけるな」

「脅しだなんて、人聞きが悪い。凱斗が、兄さんをちゃんと返せばいいだけだろ？」

「ああ、帰してやるよ。心配するな」

「おまえら、もういい加減にしろよなぁ」

　言外に含まれた意味に清芽だけが気づかず、対立する二人にウンザリ顔だ。だが、そろそろ潮時と思ったのか、明良はそれ以上は憎まれ口を叩かずに、案外おとなしく帰って行った。

「あの……ごめんな、凱斗」

「何が？」

入れ替わりに入ってきた凱斗が、不思議そうにこちらを見る。

「明良のことなら、今日は仕方がない。あんな場面を目撃すれば、頭にもくるだろう」

「あんな場面って……あ、ああ、まぁ……そっか……」

すっかり失念していたが、ばっちりキスシーンを見られていたのだ。

今更のように恥ずかしくなり、清芽はしどろもどろになった。

「や、さすがにあれはちょっと……まずかった、よな」

「俺も悪かった。少し大人げない真似《まね》をしたと思う」

「え？」

ニヤリと、凱斗がほくそ笑む。

「この前、俺が仕事を終えておまえに電話した時のこと覚えているか？」

「ああ、うん。ちょうど明良が呪符をチラシの裏に書いていたんで、よく覚えてるよ」

「あの時に、明良の気が一瞬だけ割り込んできたんだ。〝邪魔するな〟って意味だったんだろうな。あいつにとっては軽い遊びだろうが、こっちは跳ね返すのに多少は消耗する。仕事開けだったから、余計にそうだ。で、これはやり返すのが筋だろうと」

「ま……まさか、凱斗……明良が来るの、知ってて……」

「さぁ、どうだろうな」

「それで、いきなり〝キスしていいか〟とか言い出したんだな！　変だと思ったんだよ！」

とんでもない奴だと喚いても、もう後の祭りだ。とどのつまり、自分たち兄弟はいいように翻弄されたのだ。まったく、と憤慨する清芽をよそに「やられっ放しは性に合わない」などと、凱斗は平然とうそぶいている。

「それより、清芽に話があるんだ。すまない、夏休みはお預けだ」

「え……」

「さっき、臨時で仕事が入った。今夜すぐに現地へ向かう」

「そんな……」

　少し前まで夢に描いていた計画が、ガラガラと崩れていく音がした。海も山も蜜月も、何もかもが再び遠のいていく。だが、凱斗の真剣な表情を見れば、それが苦渋の決断であることは容易に想像がついた。恐らく、断れないような重要な依頼が入ったのだ。

「今度は……どこ……」

「M県だ。いつ帰って来られるかは、ちょっと今はわからないな」

「M県なら、俺の実家があるY県の隣じゃないか。試験が終われば夏休みだし、俺もどうせ実家に顔を出すつもりだったんだ。だから……」

「遊びじゃないんだぞ。来ても追い返すからな」

「………」

予想はしていたが、取りつく島のない返事に少し傷つく。清芽がしょんぼり項垂《うなだ》れていると、何を思ったのか凱斗がいきなり抱き締めてきた。

「か、凱斗?」

「……悪いな。ちょっとだけ、このままでいてくれ」

「う……うん」

急にどうしたんだろう、と戸惑ったが、おとなしく彼に身を任せる。凱斗は何も言わずにしばらく清芽の温もりを慈しみ、ようやく気が済んだのかそっと身体を離した。

「今度の仕事だが、少し面倒な案件になりそうなんだ」

「どういうこと?」

「それは……」

言い澱《よど》んだ顔に、再び苦悩の翳《かげ》りが差す。

「人が、失踪《しっそう》したらしい。そこに、祟《たた》りか呪詛《じゅそ》の絡んでいる可能性があると」

「失踪……?」

「誘拐や家出などの人為的なものではない、というのが依頼を受けてから『協会』が出した調査結果だ。小さな町だが、今回が初めてではないらしい。昔から不定期に人がいなくなり、無残な遺体が発見される。原因不明の事故や、自殺の場合もある」

「…………」

そんな危険な依頼に、凱斗は一人で派遣されるのか。

話を聞いている間に、清芽の不安はみるみる膨《ふく》れ上がっていった。それでなくても前の仕事から戻ったばかりで、体力も気力も共に万全とは言い難いのだ。『協会』には、他に使える霊能力者はいないのだろうか。

「そう心配するな。M県には、別件で西四辻の二人も行っているらしいぞ」

「本当に？」

「ああ。あいつらは、すでに夏休みに入っているしな。もし、俺一人では難しかったら、あいつらに応援を頼むつもりだ。とにかく、実際に行ってみないと……」

西四辻の二人なら、頼めば二つ返事で自分も仕事に参加させてくれるはずだ。

咄嗟《とっさ》に、清芽は心の中でそう呟いた。つい先日、いつでもアシスタントにすると約束してもらったし、あの子たちが凱斗に合流するならこんなに好都合なことはない。

「あの、無理するなよな。煉くんたちは頼りになるし、絶対手伝ってもらった方がいいよ」

「どうした、急に？　まぁ、俺にもまだ事情がよくわかっていない。とにかく、現地で状況を正確に把握するのが先だ。これで本当に西四辻の二人が来たら、悪霊退治のパターン再び、になるけどな。停滞している霊能力者チームの案件にも、光明が見えるかもしれない」

「じゃあ、櫛笥《くしげ》さんも呼ぼうよ。手伝ってもらえないのかよ?」

一人でも多い方が凱斗の負担が減ると、勢いで櫛笥早月《さつき》の名前を口にしてみた。華やかで軽薄に見られがちな売れっ子霊感タレントだが、彼の力は本物だ。それに、何といっても凱斗と年が近い。煉や尊も優秀な霊能力者ではあるが、やはり子どもなので不安要素はある。

「残念ながら、櫛笥は海外に出張中だ」

「じゃあ」

「俺なら大丈夫だから、そんなに心配するな」

くすりと笑んで、凱斗が乱暴に頭を撫でてきた。

「大体、未練が昇華しきれない内は死ぬに死ねないからな」

「え……」

言わんとするところを察し、ぱあっと顔が赤くなる。

彼の言う「未練」とは、もちろん清芽との関係のことだ。この前明良にも指摘された通り、自分たちはまだ本当の意味で一つになってはいなかった。

「今度帰ってきたら、その時は必ず休みを取る。だから、おまえの好きなところへ行こう」

「凱斗……」

「約束する。俺を信じて、待っていてくれ」

「……」

そのまま顔が近づき、軽く唇が重ねられる。

まるで束の間の逢瀬《おうせ》のように、それは甘い余韻《よいん》だけを残してすぐに離れていった。

「わかった」

清芽は一度閉じた目をゆっくりと開き、溢《あふ》れそうな感情を堪《こら》えて笑顔を作る。

自分が加護さえ使いこなせていたら、今すぐ一緒に行けたのに。

そう思うと、自身への歯がゆさと悔しさで胸がいっぱいだった。

「無事を祈ってる。絶対に、一人で無茶するなよな」

「ああ」

「約束だよ？　ちゃんと西四辻の二人に連絡して、手伝ってもらいなよ？」

「考えておくよ」

くしゃ、ともう一度髪を掻《か》き回し、凱斗が頷《うなず》いた。

清芽はそっと身体を傾けて、その胸へ凭れかかる。

本当は思いきり抱きつきたかったが、離せなくなりそうでできなかった。


これは、私が友達から聞いた話です。

彼女のことは、仮にA子としましょうか。私と同じ年で、高校の同級生でした。その頃、私は県外の短大に進学して町を離れていたんですが、彼女は地元に残って就職しました。電気メーカーのS社の工場が隣の市にあって、そこへ四十分かけて通っていたんです。

A子の家はごく普通の家庭で、彼女は一人娘だったんですけれども、就職して一年ほどたってからお父さんが定年退職されました。そうそう、お父さんはA子が産まれた時にすでに五十近かったんですって。お母さんが一回り年下で、なかなか子宝に恵まれなくて、A子を授かった時はそれはもう二人で大喜びしたって話していましたね。

ごめんなさい、話がずれました。

ええと、そう、A子がどうしてあの家で一人暮らしをすることになったか、でしたよね。それは、定年退職されたお父さんがお母さんを連れてフィリピンへ移住してしまったからなんです。ずっと希望していたとかで、数年前から英会話を習ったり、いろいろ準備はしていたみたいだけど、A子は全然知らなかったんだそうです。

何か、それ、ちょっとひどくないですか？

やっと授かって目に入れても痛くないほど可愛《かわい》がっていた一人娘ですよ？　普通、黙って海外移住とかしませんよね。A子も、最初は単なる旅行だと思っていたんですって。熟年夫婦旅行みたいなものだと。だけど、後から手紙が来て、そこには新しい住所と新しい家の鍵《かぎ》と楽しそうに寄り添い合って笑っているご両親の写真が同封されていたと聞きました。手紙には、A

子も来たければいつでも来なさい、と書いてあったって。無責任な話ですよねぇ。A子は凄《すご》く怒っていました。当たり前ですよ。死んでも行かない、第一仕事だってあるし、と私への電話でもきっぱりと言っていました。

でも。

あの時に、彼女を説得していれば良かったと思うんです。ご両親が待っているなら、意地を張らないでとりあえず会いに行きなよって。もし私がそう言っていたら……。

A子は、一人暮らしを始めました。ご両親と住んでいた家は人に貸すことにして、自分は同じ町の新興住宅地にある団地へ越したんです。そこ、昔から何かと気味の悪い噂《うわさ》が出るところだったんですよね。数年前に、主婦が行方不明になった後で遺体で見つかったりもしたし。そうだ、何かの記事にするとかで週刊誌の記者も来たっけ。あの人は、どうしたんだったかなぁ。

あ、ごめんなさい。すぐ話が脱線しちゃう。

とにかく、私だったら絶対遠慮する物件なんだけど、どういうわけかA子は平気みたいでした。家賃も安いし、噂くらい仕方ないと割り切っていたようです。それに、実際は九割近く部屋が埋まっていましたからね。いざ住んでみると、築年数は古いけど快適だって喜んでいましたよ。改装もしてあるし、住み心地は新築マンションと変わらないって。

それが……いつくらいだったかなぁ。

A子が、部屋に帰らなくなったんですよ。知り合いの家や二十四時間営業のファミレスなんかを転々として、部屋はおろか団地にも近づかなくなったって聞きました。

私、何があったんだろうって慌てて連絡しました。そうしたら、電話口で開口一番に「部屋に入れないの」って言うんですよ。ひどく疲れ果てた、怯えた声でした。A子はどちらかというと気の強い子だったのに、消え入りそうな声で言うんです。入れないって。

とりあえず会おうよってことになって、待ち合わせの喫茶店へ急ぎました。そこはA子の家からも近くて、高校時代によく通っていた店です。そこなら安心だろうってことで。A子は二十分くらい遅れてきて、ええと、午後の五時くらいだったかな。冬だったんで、だいぶ外は暗くなり始めていました。おまけに、久しぶりに会ったA子はすっかり面変わりしていて、本当にびっくりしました。何て言うのかな、落ち着きがないっていうか。

もちろん、真っ先に訊きました。何があったのって。

A子はひどく周りを気にしながら、それでも温かいコーヒーを飲んで落ち着いたのか、少しずつ話してくれました。何があったのか……いえ、何を〝見た〟のかを。

あのね、脅かすわけじゃないんですけど、この先を本当に聞きたいですか？

ああ、ごめんなさい。怖いから覚悟してねって、そういう意味じゃないんですよ。ただ、何て言うのかな……「引きずられる」人がいるから。うん、そうだ、引きずられるんです。聞いた話がいつの間にか膨れ上がって、別の物語になるんですよ。増殖して、どんどん気味悪さを増して、新しい化け物を生むんです。え、何の話かわからない？　ふふっ、そうですよね。

ある日のことでした。

残業して帰宅したA子は、八階の自分の部屋までエレベーターで移動していました。時間は十一時近かったそうです。ここまで遅くなるのは月に一度あるかないかで、その夜はたまたま引っ越してから初めての「その日」でした。

エレベーターはA子しか乗ってなくて、途中の階ももちろん止まらずに真っ直ぐ八階へ昇っていったんですって。帰ったらすぐお風呂にお湯を張って、お化粧を落として、なんて考えていたそうですよ。大体、皆そんなものですよね。疲れていたし。

A子の部屋はエレベーターの正面にあって、降りたら数メートル歩くだけです。八階に到着して扉が開いて——その瞬間、信じられないものを見たって。

玄関の前に、何かが蹲《うずくま》っている。

黒くて小さな影で、最初は荷物かと思ったと言っていました。宅配業者が、無責任に置いていったんじゃないかと。でも、すぐに違うと気がついた。だって、動いていたから。

丸く膝《ひざ》を抱えるように蹲って、俯《うつむ》いていて顔もよくわからない。だけど、両手がおかしい。異様に長くて、おまけに肘《ひじ》から先がありえない方向に曲がっている。爪先《つまさき》が床をガリガリ引っ掻いていて、その音が四方に響き合っていたって。

咄嗟に、A子はエレベーターのボタンを押しました。本能的に、あれはこの世のものじゃないとわかったと言っていました。一度開いた扉がまた閉まり始めて、その音でそいつがこっちに気がついた。顔を上げて、目が合ったそうです。いえ、そんな気がしただけかな。そこから記憶が混乱してるらしく、話もめちゃくちゃでした。

だって、信じられます？　そいつが長い手で床を這《は》いつくばって、近づいてきたって言うんですよ。歩かないんだって。手だけでいざるように動いて、A子に笑いかけたって。

ちょうだぁい。

扉が、途中で止まりました。A子はパニックになって必死にボタンを押したけど、もう全然閉じなくなっちゃったって。そいつはすぐ目の前までいざって来て、笑うんだって。

ちょうだぁいよぉ。

A子は、そこで気絶しちゃったそうです。気がついたら、エレベーターは一階に到着していたんですって。ああ助かった。心底ホッとして立ち上がって、いざ出ようとしたらフロアのボタンがぽっと点灯しました。

八階だ。八階で、誰かが呼んでいる。

ぞおっとしたそうです。このまま戻れば、またそいつに出くわすことになる。A子は半狂乱になって開ボタンを押して、転がり出るようにして外へ逃げたって。背後ですぐドアが閉まって、エレベーターが昇っていったそうです。八階まで。

それから、A子は帰れなくなりました。荷物もお金も取りに行けず、数日間をふらふら彷徨《さまよ》い歩いたって言うから驚きですよ。私、幾らか貸したんですよね。それで、とにかく明るい時間に一度戻って、必要なものだけ持ってこいって言いました。後は、業者を呼ぶなり何なりして、人に任せればいいからって。

それに、昼間なら他に住人も出入りしています。怖くなんかないと思ったんです。私も一緒に行くからって説得して、その日は家に泊めて、翌日出かけることにしました。

だけど——行けませんでした。

A子が、死んじゃったからです。明け方に私の家を脱け出して、始発の電車に飛び込んだそうです。両脚を車輪に巻き込まれて、遺体は右足の膝から先が千切れていたって。

あれから、私もちょっと嫌な感じがするんですよね。

テレビなんか見ているじゃないですか。それで、ふっと会話や音が途切れた時、耳元で聞こえるんですよ。ちょうだいって。空耳かな、と思って無視しているんですけど、それ、A子の声に似ているなって。ああ、私もだいぶおかしくなっているのかもしれない。

ほら、まただ。やっぱり聞こえるでしょ？

それでね、本題はここからなんですよ。あなたに、教えてほしいんです。

私、何をあげればいいと思いますか？

3

凱斗《かいと》がM県に向かった数日後。

試験の全過程が終了し、清芽《せいが》の大学も長い夏休みに入った。

「じゃあ、兄さん。俺は一足先に帰省するから。来る日が決まったら連絡してよね」

「わかってるって。コンビニのバイトはシフトもユルイし、すぐ追いかけるよ」

「あんまり待たせるなよな。父さんたちも楽しみにしているんだしさ」

実家に帰る日、明良《あきら》は名残《なご》り惜しそうに玄関で何度も同じセリフをくり返す。

「あ、そうだ。今回の帰郷は、タイミングがいいんだ。うちの神社の古神宝、Y大の民俗学研究室に貸し出していたんだけど、ようやく戻ってくるんだって。『御影《みかげ》神社』のルーツを探るには良い史料になると思うんだ」

「へぇ……」

「『御影神社』の建立《こんりゅう》って、俺たちのご先祖が夢で示唆《しさ》したって言い伝えじゃない？　確か、七百年くらい前だよね。そのご先祖が、天御影命《あめのみかげのみこと》の炎の欠片を呑《の》み込んで御巫《みかんなぎ》になったって記録があるから、その人に纏《まつ》わる古神宝かもしれない。そう思うとわくわくするよ」

「御巫のご先祖に古神宝か……」

ふと、加護のことが頭を過《よ》ぎった。

何の根拠もなかったが、もしかしたら加護の正体は葉室《はむろ》家に縁の深い存在かもしれない、と思ったのだ。いや、むしろ今までその発想をしなかった方が不思議だ。

（そうだよな。加護の正体なんて雲を摑むような話だったけど、「神格に近い」ってことは神様に近しいって意味だろ。御巫なら神託を告げる立場だし、そもそも神様の欠片を呑み込んだ時点で限りなく近づいているはずだ）

天御影命は、火を司る神だ。鍛冶《かじ》の他、浄化の炎で魔を祓う守護神として知られている。彼が鍛えた刀剣は霊力を持ち、あらゆる悪霊を薙《な》ぎ払うと言われていた。

（うちの御神体は、破邪《はじゃ》の剣だし……）

実物がどんな物かは知らないが、考えれば考えるほど気持ちが高揚してくる。最近は使いこなす方にばかり興味がいっていたが、もし正体がつまびらかにされれば、きっと新しい展開が待っているはずだ。曖昧《あいまい》で不安定故に、清芽を蚊帳《かや》の外に置きたがる凱斗や明良も、いっきに考えを改めてくれるかもしれない。

「兄さん、一応言っておくけどね」

「え？」

危うく推測が妄想の域へいくところを、挑戦的な明良の声が引き止めた。

「俺は、加護の正体なんか本当は興味ないんだ」

「明良……」

「凱斗が余計な真似をするまでの十九年間、俺たち家族がどうして加護のことを兄さんに黙っていたかわかんないの？　できるだけ神社や霊的なものから遠ざけて、関わらせないように注意してさ。兄さんだけ新築の離れに部屋を作って、普通に暮らしてきただろう？」

「それは……悪霊に狙われやすい俺を、無意味に怖がらせないためで……」

「そう。兄さんの魂は、隙あらば喰おうと悪霊が狙っている。でも、加護があるから大丈夫だよ──なんて能天気な話、鵜呑《うの》みにして安穏《あんのん》としてられる？　実際、今の兄さんは以前とは生活がまったく変わっちゃったじゃないか。そういう思いをさせたくなかったんだよ、俺は」

今度は、はっきり「俺」と限定する。

実は、両親はいずれ成長したら加護のことも含めて清芽に打ち明けるつもりでいたようだ。それを強硬に反対したのが、明良だった。加護なんてあやふやなものに頼っている状態で、悪霊の餌食《えじき》になるかもしれないなんて話、兄さんにできるわけない。きっと、ストレスでおかしくなっちゃうよ。大丈夫、兄さんは俺がちゃんと守るから──と凄い剣幕だったらしい。

「結局、凱斗に押し切られちゃって、兄さんは全てを知っちゃったわけだけど。でも、今でも少し後悔しているんだ。どうして、反対しなかったんだろうって」

「でも、俺は知って良かったよ。それに、おまえが危惧したようにストレスでおかしくもならなかっただろ？　確かに前とは意識が変わったし、たまに怖い思いもするけど……」

「それは、あくまで結果論」

やんわりと言い返してみたが、一刀両断に切り捨てられる。

「今だから言うけど、俺もよく凱斗に協力なんかしたもんだと思うよ。兄さんをつけ狙ってた〝あいつ〟を駆除するには、いい機会だと思ったのは事実だけどさ。あの時の凱斗、ちょっと鬼気迫ってた感じで……まぁ、余程の覚悟があったんだろうね。いくら加護の存在を知ったところで、それ以上はどうしようもないのに」

一生の不覚、とでも言わんばかりの悪態に、ふとした引っかかりを清芽は感じた。まるで、加護について詳しいような口ぶりだったからだ。

「あのさ、おまえ……もしかして」

「あ、いけない。バスの時間に間に合わないや。じゃあね、兄さん。連絡して」

こちらの言葉を遮《さえぎ》るように、明良が腕時計を見て声を張り上げた。慌ててドアノブに手を伸ばし、そのままボソリと口の中で呟く。

「まぁ、焦ることないか。時間は、まだたっぷりある」

「え？」

「兄さんだって、その内わかると思うよ。凱斗なんかより、俺の方がずっと頼りになるって」

肩越しに振り返り、さんざんくり返してきたセリフを呪をかけるように口にする。

真顔でジッと見つめられ、清芽ははいはいと弟のプライドを傷つけないように微笑《ほほえ》んだ。

「明良の実力は、皆が認めているじゃないか。『協会』だって、おまえのスカウトはまだ諦めてないんだろう？　何でも、凄く良い待遇で迎えるからって話だしさ」

「興味ない。身を危険に晒《さら》してまで除霊のドサ回りとか冗談じゃないよ。しかも、赤の他人のために。俺はね、皆なんかどうでもいいんだよ」

「おまえなぁ、その言い方は失礼だぞ」

「誰に？　凱斗に？　可愛い中学生の生徒たちに？」

冷めた目で問い返され、グッと言葉に詰まった。優等生で外面が良く、目上に可愛がられ後輩には慕われる自慢の弟。人望があって、近隣の女子学生たちがファンクラブを作っていて、弓道の大会には珍しく若い女の子が押し寄せるという現象まで作った張本人。

（その本性が、これだなんて誰も信じないよなぁ……）

特に、清芽が凱斗と付き合うようになってから加速がついている気がする。そう思うと、先日キスシーンを見られたのは、やっぱり非常にまずかった。

「じゃあ、行ってきます。お兄ちゃん」

「あ……ああ。気をつけてな」

お兄ちゃん、という懐かしい響きに、思わず子ども時代がフラッシュバックする。まだ己の力をコントロールできなかった頃、明良は性質《たち》の悪い霊に脅《おびや》かされ、夜中によく清芽に助けを求めにきた。寝ているところを起こされていつも閉口したが、必死に縋りついてくる弟を見ていると「俺がこいつを守ってやらなきゃ」と思わされたものだ。

（それが、いつの間にか立場が逆転しちゃったよ）

閉じたドアに鍵をかけ、知らず長い溜め息が漏れる。

凱斗に会いたい、と思ったが、まだ一度も連絡が取れていなかった。

M県とY県の県境にある、人口二千人余りの辰巳町《たつみちょう》。

名称が変わってから半世紀ほどたつが、それ以前は三つの村が隣り合わせに隣在する閉鎖的な土地だった。町の中心には村で名士だった家の末裔《まつえい》が多く、他所《よそ》からの移住者との間でいざこざが絶えなかった時期もあったが、ここ十数年は静かな生活が続いている。

だが、それはあくまで表面的な印象に過ぎないようだ。

この十年ほどの間に、この町には不定期に神隠しの噂が出るようになった。現実に行方不明になった者も多く、仮にその九割が自発的な家出や蒸発だとしても、残り一割には不可解な謎が付き纏《まと》っている。

「早い話が、嫌な死に方をしているのよね。猟奇的っていうか」

「ああ。渡された調査資料にも、そのことは明記されているな。記録が残っている限りで、辰巳町の住人で近年行方不明になった者は十二人、自発的な行動と判明したのがその中の七人。要するに、神隠しの犠牲になったと思《おぼ》しき者は現時点で五名だ。遺体で発見された者が三人と、不審な行動の末に自殺した者が一人。現在進行形で行方不明なのが……」

「あなたの母親よ、二荒《ふたら》くん」

頭に叩き込んだ情報を諳《そら》んじる凱斗に、運転席でハンドルを握っていた女性が沈痛な面持ちで溜め息をついた。最寄りの駅から彼女の家まで、車であと十分はかかる。周囲に見えるのは点在する建売住宅と、遠くに連なる山の影。その手前には、青々と稲の揺れる田んぼが広がっていた。凱斗にとっては、幼い頃に見慣れた光景だ。

「自殺したのは若いOLなんだけど、始発の電車に飛び込んだんですって。遺体の右足が車輪に巻き込まれて、線路は血の海だったそうよ。右足も、千切れたなんてものじゃない、遺体の回収にあたった人によるとミンチ状態だったって。それが、今から八年近く前」

「…………」

「そして五年前、自殺したOLの友人がやっぱり遺体で発見されている。資料に記載されている三人の内の一人ね。数日間行方がわからなくなった後、神社の境内《けいだい》で発見されたの。当時はマスコミでも取り上げられたし、警察もかなり本格的に捜査してくれたけど……」

「犯人を捕まえるどころか、他殺か事故かも未だに判明していないんだろう？」

そう、と頷き、彼女はハンドルを大きく右へ切る。

「それが、私の叔母よ。私の父の妹だった人。友人が自殺してから、ちょっと情緒不安定気味で入退院をくり返していたみたいね。心配した母が父の代わりによく話を聞きに行っていたそうなんだけど、とりとめのない話ばかりで相槌《あいづち》にも苦労したって言ってたわ」

「とりとめのない話？」

「……死んだ友人の幽霊が、〝ちょうだぁい〟って囁くんですって」

「………………」

その瞬間、記憶の回路がビリッと震えた気がした。

ちょうだぁい。

おまえの手、ちょうだぁぁあぁあぁぁい。

「二荒くん？　大丈夫、急に顔色が……」

「いや……悪い、大丈夫だ。少し冷房がきつかったかな」

「あ、ごめんなさい。一度切って窓を開ける？　どっちにしろ、もうすぐ着くけど」

呼吸が浅くなっていることを何とかごまかし、凱斗は助手席の窓を開ける。八月の温《ぬる》い風がたちまち車内を満たし、ようやく深々と息を漏らした。

「あんまり薄気味が悪いんで、母も段々お見舞いの足が遠のいたらしいのよね。代わって父が仕事の合間に顔を出していたけど、やっぱり同じ話ばかりしてたって」

「友人の幽霊か？　子どもじゃなく？」

「子ども？」

「あ、いや……悪い、何でもない」

落ち着け、と自分へ言い聞かせる。

奇妙な符号だが、同じと決まったわけじゃない。第一、彼女の叔母が遺体で発見された時の状況は、記録によると獣か何かに左足を喰い千切られていた、とある。

そうだ、自殺した友人は右足を失い、次の欠損は左足だった。

更にそれ以前、十年前に失踪した挙句に遺体で見つかった主婦と、たまたま辰巳町へ取材に来ていた記者の男も、それぞれ違う状態で発見されていた。主婦は舌を引き抜かれ、記者は両目を抉《えぐ》られていたという。死因はどちらも心不全とあるが、生きている時に傷つけられた可能性が高いと剖検結果が出ている。

腕じゃない——凱斗は、そう胸でくり返す。

落ち着け、しっかりしろ。腕じゃないんだ。

「……でね。二荒くん？　二荒くん、聞いてる？」

「あ、ああ……大丈夫。ちゃんと聞いてるよ」

「気分が悪かったら、遠慮なく言ってね。ええと、どこまで話したっけ。あ、そうそう。叔母もね、かなりショックだったんだと思うの。友人は前日に叔母のところに泊まりに来て、早朝に部屋を脱け出して死んだんだから当然よね。そうそう、その友人も似たような話をしていたみたいよ。子どもって言ったら、そっちの話じゃないかなぁ」

「え……？」

「うーんと、何でもね、両腕が捩《ね》じれた子どもの霊が……」

「なん……だって……」

「いざるように這い寄ってきて、〝ちょうだぁあい〟って……きゃっ！」

叫び声と同時に、いきなり彼女が急ブレーキをかける。何事かと前方に視線を移すと、中学生らしき二人の少年が並んで通路を塞《ふさ》いでいた。運転していた女性——茅野尚子《かやのしょうこ》は困惑も露《あら》わに「何なの……？」と呟いたが、凱斗の方は彼らを一目見るなり小さく溜め息を漏らす。

「茅野、ちょっと降りるぞ」

「え？　ちょ、二荒くんまで何？」

狼狽《ろうばい》する尚子をよそに、さっさとシートベルトを外してドアを開ける。先ほどの話は気になるが、とりあえず目の前の案件を片付けねば、と二人へ声をかけた。

「——おい、おまえら」

「何だよ、庶民」

腕を組んで仁王立ちになった少年が、不遜《ふそん》な目つきで見返してくる。だが、彼の隣で所在無さげに立っていたもう一人は、打って変わってにこやかな笑顔で頭を下げてきた。

「こんにちは、二荒さん。『協会』から、今日の午後に二荒さんが来るって聞いたので」

「わざわざ迎えに来てやったんだよ。有難く思えよな、田舎者め」

「おまえら、相変わらずだな……」

いずれ顔を合わせるとは思っていたが、いくら何でも早すぎる。まるで、始めから自分一人に任せる気が『協会』側になかったようだ。凱斗はこれみよがしに再び溜め息をつき、どうしたものかと思案した。変な気を回されたな、と思うと非常に気分が悪い。

「ふぅん、ずいぶん不満そうだな。尊《たける》、こいつムカつかね？」

「あの、二荒さん的には納得いかないかもしれませんが、僕たちの依頼は昨日片付いたので東《とう》京《きょう》に戻らずに待っていたんですよ。それに……『協会』から事情も聞きました。今回ばかりは、一人では難しいと思います。良かったら、お手伝いさせてください」

「西四辻《にしよつつじ》家の人間が、わざわざ来てやってるんだぜ。泣いて感謝しろよな」

仕方がない、と観念した。どのみち『協会』の決定なら逆らうわけにもいかないし、見かけはただの少年でも、確かに戦力として彼らはとても優秀だ。

「二荒くん、この子たちは……？」

車を脇に寄せてから後を追ってきた尚子が、わけがわからない、という顔をする。しかし、それも無理はないだろう。まさか『協会』が派遣してくる霊能力者に、中学生男子がいるとは

夢にも思わないに違いない。

「彼らは西四辻煉《れん》と尊。従兄弟《いとこ》同士なんだ。どちらも有能な霊能力者だよ」

「こんにちは、茅野尚子さんですよね。はじめまして、尊です」

「俺は西四辻煉。お姉さん、二荒さんの中学時代の同級生だったんだって？」

「え……あの……」

「煉、おまえは、もう少し年上に対する口の利き方を考えろ」

「へっ。幼馴染《おさななじ》みの前だからって、いいカッコしちゃってるよ。センセエに言いつけてやるからな。二荒さんは郷里に戻って、元カノとイチャイチャしてまーすって」

「誰が元カノだ。話を勝手に膨らませるな」

これだからガキは……とゲンナリしていると、尚子がくすくすと笑い出した。車中ではずっと深刻な話をしていたので、いっきに気が抜けたのかもしれない。彼女は笑いながら、西四辻の二人に向かって改めて挨拶《あいさつ》をした。

「はじめまして、茅野尚子です。依頼人の父が出張中なので、私が代理に貴方《あなた》たちのお世話をさせてもらいます。よろしくね、尊くん、煉くん」

「あ、よ、よろしくお願いします」

「ちーっす」

「それから」

尚子は長い黒髪をさらりとなびかせ、明るく凱斗を振り返る。

「二荒くんとは小学校から中学二年まで同級生でした。二荒くんは中三の手前で転校しちゃったから、会うのは十四、五年ぶりよね？　あと、残念だけど元カノじゃありません」

「えっと、今回『協会』へ依頼をしたのは茅野町会議員ですよね？」

「ええ、私の父ね。もともと茅野家はこの土地の氏神を祀る宮司を務めていた家柄で、その関係で『協会』の方とも知り合いなの。とは言っても、宮司だったのは村が統合されて辰巳町になるまでの話。父も資格だけは持っているけど議員の仕事が忙しいし、神社の方はすっかり寂れてしまって今は別の方が兼任されているわ」

尊の質問にハキハキと答える彼女を見て、凱斗は（変わっていないな）と思った。

尚子は典型的なリーダータイプで、学級委員や生徒会役員をイキイキとこなす生徒だった。同級生だったのは本当だが、友達も作らず無口な凱斗とはほとんど接点がなく、ただ面倒見の良さから何かと気にはかけてくれていたように記憶している。

あの頃、凱斗にとって日々は戦いだった。

一瞬も気の休まる時はなく、家でも外でも気を張り詰めて暮らしていた。

（だから、あんまり覚えてないんだが……）

ところが、向こうはそうではなかったらしい。駅まで車で迎えに来てくれた時も一目で凱斗だとわかったし、「変わってないわね」と懐かしそうな声を出していた。

「でも、正直に言うとびっくりしたわ。二人とも、本当に除霊のお仕事を？」

「そうです。たまたま別件の依頼が隣の市であったので、終わらせてから来ました。案外、すぐに片付いて良かったです。煉は、ちょっと不満そうだったけど」

「だって、つまんねぇじゃん、好きだ嫌いだのゴタゴタとかさぁ。貢がれた指輪に憑りついた妄念なんか、さっさと売り払ってりゃ面倒も起きなかったんだよ。それを、よその女にあげたりすっから嵌《は》めた指が腐ったりするんだろ。悪霊としては地味すぎだっつうの。俺たちが出向くからには、もっとこうモンスター級の……」

「――煉」

「あー……わかったよ、そんな睨むなってば、尊」

無遠慮に毒づく煉も、尊の睨みには弱い。尚子はポカンと二人のやり取りを見ていたが、すぐに尊の方が如才なく彼女へ微笑みかけた。

「お見苦しいところをお見せして、すみません。とにかく、追って『協会』から正式に通達が来ると思いますが、僕たちも二荒さんに協力して事に当たりたいと思います。そんなわけで、二荒さんもよろしくお願いしますね」

「まさか、またおまえらと組むとはな……」

「ふふ、久しぶりですよね、チームになるの。僕と煉は、けっこう例のプロジェクトも楽しみにしているんですよ。何だかんだ言って、この前の悪霊退治は楽しかったし。これで清芽さんと櫛笥《くしげ》さんがいたら、まるきり前と一緒なのに残念です」

「へっ。櫛笥なんか頼りになるかよ」

　タレント業が気に食わないのか、煉は櫛笥の話題になるとすぐ嚙みついてくる。

「センセエは〝最終兵器〟みたいなもんじゃん。本気出せばすっげぇ役に立つと思うけど、櫛笥は相変わらずチャラチャラしていて当てになるもんか。あいつ、タレントは辞めるんじゃなかったのかよ。ちょこっと修業したらすぐ復帰して、今はＦＢＩに請われて捜査協力までしてんだぜ。秋にはネット番組まで持つって言うし、ミーハーもいいとこ……」

「おまえ、相変わらず櫛笥の動向に詳しいな」

「煉は凄いんですよ。櫛笥さんのツイッターとかチェックしてるし、ラインも……」

「うっせぇよ、尊っ。余計なこと言うなっ」

　みるみる赤くなってそっぽを向く煉に、尊は「どっちがミーハーなんだか」とくすくす笑った。華やかな櫛笥の仕事ぶりには、悪態を吐きつつもやはり興味があるのだろう。

「それだけじゃないですよ。煉、傍若無人に見えて案外面倒見がいいから、櫛笥さんのことを心配しているんだと思います。彼、一時ストレスで霊能力が鈍ったでしょう？　そういう心の隙を突いて悪霊に乗っ取られる怖さは、僕らにも他人事《ひとごと》じゃないですから」

「まさか、おまえらが？」

「能力が高くて自信がある人間ほど、一つ突き崩されると弱かったりしますよ。実際、あの人も櫛笥家の御曹司《おんぞうし》でエリートなわけだし。あ、そうだ。その櫛笥さんですけど、もうすぐアメリカから帰国するそうです。ＦＢＩの仕事がひと段落したからって」

中学生とは思えない冷静な意見を述べ、尊はまだ拗ねている煉のご機嫌取りに移った。

確かに、他人事とは言えないかもしれない。

凱斗は少し複雑な思いで、尊の言葉を反芻《はんすう》する。己の力を信じるのはいい、けれどそこに存在価値の全てを委《ゆだ》ねてしまうのは非常に危険なことだ。霊能力という、普通ではない力を保持する者の一人として、改めて気を引き締めねば、と思った。

その後、西四辻の二人を後部座席に乗せた一行は尚子の家へ向かった。祓う対象を確定し、全ての工程が終了するまでは依頼人である茅野家が滞在場所になるからだ。

「この辺には気の利いたホテルもないし、家《うち》は部屋数だけはあるから」

尚子の言葉は謙遜《けんそん》ではなく、町の名士である茅野家は古いが立派な土地屋敷を構えている。手入れの行き届いた日本庭園は一見の価値があるし、築百年を超す純和風の家屋は贅沢《ぜいたく》な平屋造りで、離れの客間に案内された煉や尊は「旅館みたい」と子どもらしくはしゃいでいた。

「広いばかりで、維持が大変なのよ。お手伝いさんは一人いるけど、母が早くに亡くなったから一人娘の私が何でも采配しなきゃならないし」

「じゃあ、茅野は就職はしていないのか？」

「一応、父の秘書って名目になっているけど、今はほとんど家の管理に忙殺されてるわ。お陰で、すっかり婚期を逃しちゃった。地元の友達は、半分以上が結婚してるっていうのに」

「俺たちまだ二十八だぞ。焦る必要なんかないだろう」

苦笑いで凱斗が答えると、「あら」と悪戯《いたずら》っぽい目つきでねめつけられる。

「そう言う二荒くんはどうなの？」

「え？」

「その余裕ある口ぶり、さては、決まった相手がいるんでしょう？」

「…………」

咄嗟に肯定しそうになったが、すんでのところで思い留まった。同性が恋人だと話せば、後の説明が面倒になりそうだったからだ。凱斗の沈黙に尚子は何かしら察したようだが、それ以上しつこく問い質《ただ》してはこなかった。

「もう四時か。それじゃ、俺はそろそろ失礼しよう。煉たちをよろしく頼む。『協会』からも基本情報は送られているはずだが、よければ車中で話してくれた内容を教えてやってくれ」

「二荒くん、やっぱり実家へ行くの？」

屋敷の門まで見送りについてきた尚子が、遠慮がちに尋ねてくる。

「お母さんのこともあるから、帰らないわけにはいかないでしょうけど。でも、家に来てくれても全然構わないのよ。お父さんは何て？」

「連絡はしたんだが、留守で返事がない。大方、仕事に没頭しているんだろう。昔から、嫌なことから目を背けるために仕事へのめりこんでいた人だから」

「お父さん、確か隣の市で会計事務所を開いていらしたわよね。うちも、すっかりお付き合いがなくなってしまって。ごめんなさい、二荒くん」

「どうして、茅野が謝るんだ？」

「昔のように二荒家と行き来があれば、お母さんの異変に気づいたかもしれないのに。失踪するなんて、まさか思ってもみなくて……」

尚子は申し訳なさそうに言うが、茅野家と二荒家が土地の二大名士として肩を並べていたのは、もうずいぶんと昔の話だ。茅野家の現当主、茅野崇彦《たかひこ》は町会議員として今も人望篤いが、凱斗の父親であり二荒家の現当主、二荒浩介《こうすけ》は陰気で無口で代々の当主のような貫禄《かんろく》や覇気《はき》とは無縁の男だった。

「二荒くん、あのね……あの……」

尚子は不意に思い詰めたような表情になり、真剣な眼差しを向けてくる。

「こんな言い方は不謹慎だけど、二荒くんに再会できたのは純粋に嬉《うれ》しいと思ってるの。だって、ずっと……気になっていたから。あの頃の二荒くん、本当に大変そうだったし。でも、まさか霊能力者として仕事をしているなんてびっくりした」

「…………」

「お母さん、無事に見つかるといいわね」

「……ありがとう」

軽く礼を言い、重い心を悟られないように素っ気なく踵《きびす》を返した。淡泊な反応に彼女は拍子抜けしたようだが、こういう時にどんな顔をすればいいのか凱斗にはわからない。もとから家族間の愛情や絆《きずな》は希薄だったし、実家で楽しかった思い出は皆無だ。だから、戸籍上は親子でも、両親への愛情を感じたことなど一度もなかった。いや、そもそも両親からの愛情を得られた記憶がないのだ。

「しかし、まさかいなくなるとはな……」

爽《さわ》やかな夏の空を仰《あお》ぎ、今の自分の心境とは対照的だと皮肉な笑みが浮かぶ。

尚子の叔母の訃報《ふほう》を最後に、五年間辰巳町で失踪事件は起きていなかった。それが、十日程前からよりによって母の佐和子《さわこ》が行方不明になったというのだ。状況はそれまでの神隠しと同様で誰かに拉致《らち》された形跡も、自主的にいなくなる理由もなかったと聞いている。

「だからこそ、の助っ人参上か」

西四辻の二人が異例とも言える措置《そち》でこちらに来たのも、『協会』からその辺の事情を聞かされたせいだろう。身内が絡んだ案件なので『協会』としては一応連絡だけはしてきたものの、凱斗への依頼は積極的ではなかった。それを、人任せにはできないと強引に引き受けたのだ。

だが、だからと言って母親を心配しているわけではなかった。

冷たいようだが、佐和子がどうなろうと知ったことではない、と思う。

凱斗の霊能力を疎んじ、虐待《ぎゃくたい》に近い扱いをした挙句にY県の遠戚へ追い払ったのは彼女だ。息子がどんなに苦しみ、恐怖を訴えても、言葉と肉体の暴力でしか返事をしなかった。あの時の絶望感や孤独は、どんなに年月を経ても心の中から完全に消えることはない。同様に凱斗の存在が両親へ与えた傷も癒《い》えないのか、佐和子が消えたという連絡が直接父親から来ることはなかった。『協会』の計らいがなければ、あるいは一生知らずにいたかもしれない。

『ああもう、うんざり。おまえなんか』

ふと、最後に聞いた声を思い出した。

おまえなんか。

その後を、母親はどう続けていたのだっけ。

「まぁ、いいか。考える必要なんかない」

頭を振って無駄な感傷を締め出し、凱斗は再び実家を目指した。懐かしさや高揚、郷愁などは微塵《みじん》も感じず、ただ機械的に足を動かし続ける。自分にとっては、これから戻る実家こそが悪霊の巣窟《そうくつ》だった。生きている人間ほど恐ろしいものはないと、教わった場所だ。

そうして。

幾つ目かの角を曲がった突き当たりに、荒《すさ》んだ空気を纏った平屋敷が現れた。

「相変わらず……」

そう呟いたきり、後は苦々しい溜め息しか出てこない。路地はそこで行き止まりになっており、いわゆる『路殺《ろさつ》』と呼ばれる凶相に凱斗の実家は建てられていた。数代前の先祖がこの土地を買い、当時の村で神主を務めていた茅野家当主の意見に従って玄関の向きを調整し、集まる魔を避けたらしい。

「…………」

今すぐ引き返したい衝動に駆られたが、もう腹を括《くく》るしかない。気を取り直して苔《こけ》の付いた石門をくぐり陰気臭い建物の前まで来た凱斗は、しかし再び立ち止まらざるを得なかった。

凄《すさ》まじい瘴気《しょうき》が、足元から立ち上ってくる。

凶相を避けるためのはずなのに、玄関がもっとも強い邪気に覆われているのはどうしたことだろう。昔からこうだったろうか、と戸惑ったが、あの頃は凱斗も子どもで今ほど霊力は高くなかった。だから、はっきり感じ取れなかったのかもしれない。

「こ……れは……」

耐えられなくなって、歪《ゆが》んだ表情のまま一度背を向けた。玄関の扉は引き戸になっており、足元はコンクリートで固められている。瘴気はそこから漂っているようだ。

こんなモノと長年暮らしていたら、まともな神経など保てるはずがない。ただでさえ「普通じゃない」息子のせいで神経を尖《とが》らせていた母親なら、何かしら影響を受けてもおかしくはなかった。その結果、どこかへ消えたのだとすれば――辰巳町の不連続な失踪とは、また別の霊障の可能性もある。

「だが、これは……」

少なくとも、土の下から滲《にじ》み出る瘴気は昨日今日のものではなかった。下手をすれば、数百年単位だ。恐らく長い時間をかけて育ち、徐々に母親を蝕《むしば》んでいったのだろう。父親は家にあまり寄りつかなかったので、難を逃れたのかもしれない。

「いずれにせよ、後でちゃんと調べた方が良さそうだな」

凱斗は気を鎮めて振り返ると、息を整えて地面を睨みつけた——刹那。

ぽこ、ぽこ、ぽこ、ぽこぽこぽこぽこぽこぽこぽこぽこぽこぽこぽこぽこ。

わらわらと、土中から小さな手が生えてきた。赤子の手だ。それも一人二人ではなく、少なく見積もっても七、八人分はある。紅葉《もみじ》のような手は青黒く腐り、汚泥《おでい》にまみれ、真っ黒な爪で何かに縋ろうと空を引っ掻いていた。さながら、母親に救いを求めるように。

あるいは……何かを引き摺《ず》りこもうとするように。

「く……」

もし、自分に〝聴く〟能力が特化していたら、反響する泣き声や叫び声に耳を塞ぎたくなっただろう。その証拠に、空気が禍々《まがまが》しく震えている。身の危険を感じた凱斗は呪符を取り出し、早口で死霊封じの呪を唱えた。応急処置だが、やらないよりはマシだ。

「くそ、何でこんな……」

瞬時に気を込めたので、すぐに息が上がってくる。だが、みるみる嫌な波動は止み、赤子の手は土の中へと消えていった。正体を突きとめれば一気に祓うこともできるが、年月を経て入り組んだ怨念の場合は容易に素性を暴けない。こういうのは、憑依《ひょうい》させて霊と交信する尊の得意技なのだ。もし、母親の失踪に関係があるなら明日にでも頼んでみるか、と思った。

「……まいったな」

ふと手の中の呪符に気づき、苦笑いが浮かんでくる。いつの間にか、呪符はボロボロの紙屑《くず》へと変化していた。これは、相当に強い怨みが絡んでいそうだ。そう思った途端、初めて母親の身が心配になり、そんな自分に凱斗は激しく戸惑った。

——と。

いきなり携帯電話が鳴り出し、ぎくりとして鞄《かばん》から取り出す。発信元は雇い主、つまり『日本呪術師協会』だった。大抵の場合、彼らからの連絡は不吉な内容が多いので気は進まなかったが、どのみち辰巳町へ着いたと報告する義務がある。仕方なく電話に出た凱斗は、相手の言葉を聞くなり顔色を変えた。

「それは……本当なんですか。一体どこで……」

思わず声が大きくなったので、建物の中まで聞こえたのだろう。ぱたぱたと足音が聞こえ、ガラリと引き戸が開けられる。話を終えて電話を切った凱斗は、家から出てきた六十絡みの老人とまともに目が合った。

（父さん……）

痩《や》せて筋張った身体、白髪交じりの頭に年季の入った眼鏡《めがね》。

老いて貧相になり表情も乏しいが、面影は微《かす》かに残っている。

「お……まえは……凱斗……か？」

「え……」

驚いて、すぐには頷けなかった。十数年ぶりの再会だし、実家にいた頃から父親はほとんど自分を顧みなかった。それなのに、まさか一目で手放した息子だとわかるとは思わなかったのだ。だが、今はそんなことにこだわっている余裕はない。凱斗は余計な感傷を振り払い、急いで今しがた得た情報を父親に告げた。

「母さんが見つかりました。今、町の中央病院へ運ばれたそうです。まだ聞いていませんか？町外れの古い団地があるでしょう？　あそこの裏の……父さん？」

「……生きて……」

「そうです、生きています。詳細は不明ですが、倒れているところを保護されたそうです」

「お……」

よほどの衝撃だったのか、父親は呆然自失の体でがくりと膝を突く。そうして座り込んだまま、気が触れたようにおうおうと意味不明の呻《うめ》きを漏らし始めた。

「父……さん……」

それは安堵《あんど》にも、慟哭《どうこく》にも聞こえる声だった。

だが、どちらにせよ家庭に無関心だった男とはまるきり別人だ。

「佐和子が……生きて……」

かろうじて聞き取れたまともな言葉は、その一言だけだった。


別れて一週間が過ぎたが、凱斗からの連絡はまだなかった。

（どうしたのかなぁ。メールの返信もないし、留守電入れても折り返してこないし）

現場によっては霊障で電波が入り難くなったり、まったく使えなくなることも珍しくないのだが、今回の場合はそれとは違う気がする。何故なら、西四辻の二人からはメールが来ているからだ。清芽の期待通り、二人は凱斗のサポートをするため合流したとあり、バイトの調整がつき次第アシスタントとしてM県においでよ、と言われていた。

（心配だけど、とにかく直接会いに行けば状況もわかるだろうし。問題は、俺が行って凱斗が怒らないかどうかだな。喧嘩《けんか》にでもなったら最悪だもんなぁ……）

もう一つの問題は、実家で待っている明良だ。凱斗に会いにM県へ行くと聞けば、絶対にへそを曲げるに決まっていた。これは、適当に別の言い訳を考えておいた方が良さそうだ。

(それにしても、何か様子が変だよな)

コンビニのレジで客待ちをしながら、清芽は小難しい顔になる。

西四辻の二人から凱斗の状況を訊き出そうとしても、いつもはぐらかされてしまうのだ。本人に会った時に直接訊けばいいよ、とか、自分たちとは別行動だから、とかばかりでちっとも要領を得ない。けれど、間違いなく何かを隠しているのは明白だった。

(くそ、バイトは今日の夜までだし、夜行バスに乗れば明け方には……)

考え出すと悪い方にしかいかないので、今は仕事に専念しよう、と思う。けれど、気がつけばろくでもない想像ばかりしてしまう自分に溜め息が出た。

「おい、葉室。おまえなぁ、レジで溜め息ついてんなって」

「あ、悪い。何か客足が途絶えてヒマなもんで……掃除でもしようかな」

隣のレジから仲の良い同僚に揶揄《やゆ》され、慌てて表情を引き締める。まるでそのタイミングを待っていたようにドアが開き、一人の青年が急ぎ足で店内に入ってきた。

「あれ、あの人どこかで……」

欠伸《あくび》を嚙み殺していた同僚が、ポツリと呟きを漏らす。

それは、ひどく目立つ容貌《ようぼう》の持ち主だった。

柔らかで手入れの行き届いた、肩までの茶髪。モデルと見紛うばかりのスタイルを洗練されたスーツに包み、長身なのに物腰が優雅なせいか圧迫感もない。薄く色の入った眼鏡が甘い美貌を理知的に締め、人目を奪わずにいられない華やかな佇《たたず》まいに品を与えていた。

「あれは……」

青年はひどく外を警戒し、落ち着きなく視線を彷徨《さまよ》わせている。何かから逃げているのか、身を隠せる場所を探しているようにも見えた。しかし、清芽が目を留めたのは彼が美形だからでも不審な態度だからでもない。よく知っている人物だったからだ。

「櫛笥さん？　櫛笥さんじゃないですか。いつ日本に？」

「あ、葉室くん。うわ、偶然だね。ここ、君のバイト先だったんだ」

「え！　櫛笥って、あのタレントの櫛笥早月《さつき》？　嘘、何おまえ、知り合い？」

「あ～……えっと……」

親しげに近づいてくる櫛笥に、同僚は激しく驚いている。だが、それも無理はなく、修業によって霊能力を取り戻した彼は、現在各メディアに引っ張りだこの有名人なのだ。

「ちょうど良かった。ごめん、ちょっと匿《かくま》って！」

「な、何ですか、悪霊にでも追いかけられているんですかっ」

「ある意味、悪霊より性質《たち》が悪いかな」

「へ……」

にこ、とグラビアのような微笑を向けられ、男だとわかっていてもドギマギする。だが、次の瞬間櫛笥はレジ台を乗り越えると、唖然《あぜん》とする清芽の傍《かたわ》らにしゃがみ込んだ。

「ここよ！　絶対、ここに入ったんだから！」

その直後、興奮気味の声と共にドヤドヤと大量の女の子が入ってきた。皆、目を皿のようにして店内を見回しながら、口々に勝手なことを言い始める。

「や～ん、一緒に写メ撮ってもらうまで諦めな～い」

「あれ、どこにも見当たらないよ？　櫛笥さん、背が高いからすぐわかるのに」

「でもさでもさ、テレビで観るよりずっとステキだったね！　抱かれたい！」

「あの、神秘的な目がいいんだよねぇ。霊視も、すっごい当たるらしいよ」

なるほど、確かに悪霊より性質が悪そうだ。

ちらりと目線を落としたら、悪戯っぽく人差し指を唇に当てる櫛笥と目が合った。相変わらず、人を食ったような仕草が憎めない人だ。アイドルかトップ俳優並みの人気には呆れるばかりだが、このルックスならさもありなん、というところだろうか。

（以前より表情が明るいせいか、キラキラに磨きがかかったような……）

煉あたりが見たら、一体どんな毒舌を吐くだろう。

思わず苦笑を堪え、清芽と同僚は何とか女の子たちの魔手から櫛笥を守り通したのだった。

「ふぅん。じゃあ、二荒くんを追ってM県に向かうのか」

リビングのテーブルには、飲みかけのまま冷めたコーヒーが二つ置かれている。

バイトが終わった後、久しぶりの再会を祝おうという櫛笥を「じゃあ、家に来ませんか」と清芽は誘ってみた。今夜の夜行で出かける予定なので、その支度もあるからだ。けれど、忙しない素振りからすぐに「何かあった？」と見抜かれてしまい、気がつけばM県へ行くまでの経緯を話してしまっていた。

「何か、櫛笥さんって凄いですよね。俺とは悪霊退治の数日間しか会ってないのに、よく人のことを見ているっていうか。霊視相談とかしているせいかな、話しやすくてつい」

「いや、君は特別」

「え？」

意味ありげなセリフを吐かれて、またもやドキリとする。軽やかな言動の割に浮ついた印象がないのは、彼が凱斗より二つほど年上で大人だからかもしれない。

（これじゃ、世間の女の子は誤解してポーッとなるよなぁ）

内心そんなことを思いつつ、何か答えなきゃと焦っていたら、その様をたっぷり堪能したとでも言うように櫛笥がくすくすと笑い出した。

「ごめん、紛らわしかった？　ほら、僕が失った霊能力をごまかそうと四苦八苦していた時、君は優しくしてくれたじゃない？　きっと、偽霊能力者を騙《かた》る自分と照らし合わせていたんだろうけど、あれが嬉しかったんだ」

「あ……ああ、はい。でも、あれは煉くんがきついことを言ってたからで」

「煉くんは、尊くん以外には厳しいからね。ま、そういうわけだから、僕でよければ今度はこちらが力になるよ。それに、二荒くんだって僕には大事なチームメイト候補なんだし」

「櫛笥さん……」

やっぱり、櫛笥も霊能力者のチームプロジェクトには乗り気なのだ。すっかり自信を取り戻し、豊富な経験値と高い霊能力を誇る彼が仲間に加わればどんなに大きな戦力となることか、考えただけで清芽はわくわくした。

「M県の辰巳町ってさ、昔から住民が神隠しにあったり、その後遺体で発見されたりしているよね。それと関係があるのかな、やっぱり。死人まで出ているとなると、厄介そうだね」

話を戻して、櫛笥が真面目な顔になる。さすがに『協会』トップランクの霊能力者だけあって、その情報網はあなどれない。清芽は堪えていた不安を吐き出すように、気がつけば彼に詰め寄っていた。

「あの、凱斗は大丈夫ですよね。一週間何の連絡もないけど、そういうことは今までもたまにあったし、煉くんたちも一緒なんだし、それに……」

「まぁまぁ、落ち着いて」

「落ち着いてなんか、いられないんです。今から思えば、あいつ少し様子が変だった。仕事が

入ったって言って、それで俺にぎゅっと抱きついてきて、でもいつもとは違って何か縋ってるような感じで……〝信じて待ってろ〟とか言うけど、でも放っておけないって」

「あ～……あのさ、葉室くん」

気負い込んでまくしたてていたら、途中でやんわりストップがかかる。え、と思わず冷静に見返した先で、櫛笥が何とも言えない微妙な笑みを浮かべていた。

「な、何ですか？」

「盛り上がってるとこ悪いんだけど、つまりこういうこと？〝二荒くんは、いつもは甘く抱き締めてくるのに、この間は様子が違った〟と。ねぇ、つかぬことを尋ねるけど、君と二荒くんって……付き合ってたりするのかな？」

「あ、いや、え……あ……」

「正直に言ってごらん？」

「……はい」

しまった、と後悔したが、もう後の祭りだ。

かあっと頬が熱くなるのを感じながら、清芽は観念して頷いた。上手いごまかし方が何も思いつかなかったし、そもそも聡《さと》い櫛笥には嘘が通じないだろう。

「うん、そっか。まぁ、やっぱりねって感じだけどね」

ソファの上で小さくなっていると、苦笑混じりの声が降ってきた。覚悟していたよりも普通の反応だったので、些か拍子抜けした気分で顔を上げる。

「あの、〝やっぱり〟ですか……男同士なのに？」

「そうだねぇ。もっとびっくりするところなんだけど、初めて君たちと会った時、とにかく二荒くんの葉室くんを見る目が特別だったからなぁ。煉くんが〝ボディガード〟なんて揶揄したけど、確かに保護者でもビジネスパートナーでもなく、宝物……みたいな、ね」

「……はは」

なまじ否定できないだけに、もう乾いた笑い声しか出てこない。

ただ、お陰でぐっと話しやすくはなった。清芽が凱斗を必要以上に心配する気持ちも、恋人同士ということなら理解してもらえやすい。

「そっか。それじゃあ、今すぐ二荒くんの元へ行きたいわけだ」

「そ、そうです！　そうなんです！」

「君は、辰巳町が彼の生まれ故郷だと知っている？」

「え……」

知らない。そんな話は初耳だ。

第一、凱斗は一言もそんなことは口にしなかった。

「ああもう、思った通りだ。二荒くんは、君に何も言わないで行っちゃったんだね。まぁ、葉室くんに心配をかけまいという配慮だろうけど……じゃあ、もう一つ余計なお世話をしちゃおうかな。どうせ、知るのが早いか遅いかの違いだし」

まだ何かあるのか、と咄嗟に身構える。青ざめた清芽を労《いた》わるように見つめ、櫛笥は打って代わって神妙な顔つきで口を開いた。

「依頼のあった〝呪詛による失踪〟の被害者はね、二荒くんの——お母さんだよ」

「嘘……」

「残念ながら本当。ただし、これ以上は僕もわからない。基本的に依頼内容には守秘義務があるから、いくら情報通の僕でも難しくて」

「凱斗のお母さんが、失踪……」

そんなに大事なことを、どうして言ってくれなかったんだ。

激しく動揺する清芽の胸に、行き場のない怒りが湧《わ》いてきた。心配させたくないという凱斗の気持ちはわかるが、恋人なのにあまりに水臭い。「信じてくれ」と言っておきながら、その実信用されていないのは自分の方だったのだ。

（いや、待て。そうじゃない。短絡的になるな、俺）

悲嘆に暮れかける寸前で、清芽は何とか踏み留まった。

（そうだ。凱斗だってバカじゃない。隠しても、どうせバレると思っていたはずだ。あの「信じて待っていてくれ」は、俺が本当のことを知った時のために言ったんだ）

不意に抱き締めてきた、凱斗の腕を、鼓動を思い出す。母親のことをおくびにも出さず、不安も何もかも一人で抱えて彼は行ってしまった。責めるべきは沈黙していた恋人ではなく、気づいてあげられなかった自分自身だ。

「葉室くん、大丈夫？　やっぱり余計な話だったかな」

「いえ、大丈夫です。話してくれて、ありがとうございます、櫛笥さん」

申し訳なさそうに様子を窺《うかが》う櫛笥に、できるだけ気丈な顔を見せる。今は、狼狽《うろた》えて時間を浪費している時ではなかった。

「凱斗が辰巳町出身なのは、それじゃ確かな情報なんですね」

「うん。二荒くんのプロフィールについては、以前にちらっと聞いたことがあるんだ。彼はM県辰巳町の出身で、実家は地元の名家だよ。ただ、中学の時にY県の遠戚に預けられて以降は一度も帰郷していないはずだ」

「それは、俺も聞いています。俺の実家はY県で、凱斗が霊能力をコントロールできるよう、俺の父も指導したことがあるって言っていました」

「ああ、そういえば明良くんとも面識があるのは、そこからなんだっけ」

櫛笥は、得心のいった顔でなるほどね、と腕を組む。

「コントロールの利かない力は不幸を生む――それが二荒くんのトラウマであり、持論なんだな。それじゃあ、葉室くんを現場には連れていけないわけだ」

「え……」

「誰だって、大事な恋人を危険な目には遭わせたくないさ。わかっているだろうけど、清芽くんの加護は謎の部分が多すぎる」

「でも、この前はちゃんと……！」

「あれは、事情が違うよ。あの悪霊の目当ては君だった。君が一番危なかったんだ。葉室くんを守るために与えられた加護が、最大限の力を発揮しても不思議はないじゃないか」

「………」

「いくら二荒くんの危機に君が守りたいと願っても、思い通りに加護が発動するかは賭《か》けだよね。無理やり発動させるには、葉室くん自身が窮地に立つ必要があるだろう。二荒くんは、それを怖れているんだと思う。彼のそんな気持ちをわかっていて、それでも君は行くの？」

遠慮なく痛いところを突かれ、清芽はそのまま絶句した。

そんなこと、改まって言われなくてもよくわかっている。それでも、ただ待ってなどいられないのだ。足手まといになるかもしれないが、役に立つ可能性だってゼロじゃない。

「俺は……」

だが、それを口にするのはさすがに憚《はばか》られた。

今すぐ凱斗に会いたい、側にいたいという気持ちは単なる自分のエゴでしかない。

だけど……――。

「会いたいです」

堪え切れずに、唇からぽろりと本音が零《こぼ》れ落ちた。その途端、まいった、と言うように櫛笥が苦笑いをする。その顔には、何とも複雑な色が浮かんでいた。

「ああもう。そんな可愛い顔されたら、ダメって言えなくなっちゃうだろ」

「へ……」

「葉室くんは、本当に二荒くんが好きなんだねぇ」

「櫛笥……さん……？」

何故だか嬉しそうに、櫛笥は「ふふふ」と笑った。

「いいね、君たちは。熱烈な両想いだ。でもまぁ、無理もないか。幼かった君に助けられてから、二荒くんはずっとずっと見守ってきたんだっけ？　彼、どんな霊も君に手を出せないとわかっていながら、庇《かば》って怪我《けが》をしたりもしていたしね」

「何で、そんなことまで……」

「明良くんに聞いたんだ。ほら、冬の間は彼について修業していたから、僕」

「くそ、明良の奴……」

どうせ凱斗をストーカー呼ばわりして、ろくでもない内容を吹き込んだに違いない。本人をよく知っている櫛笥が真に受けなかったのは、まったくもって不幸中の幸いだった。

「そうまでして、やっと手に入れたんだ。それは、大事すぎて扱いに困るだろうなぁ」

「大事すぎる？　凱斗が、俺のことをですか？」

「当たり前じゃないか。君は、ただの恋人とはわけが違うんだから。恐らく、二荒くんにとっては唯一無二の存在なんだと思うよ。そうでなかったら、あの明良くんが本気でライバル視するはずがないよ。ただの浮ついた恋愛なら、鼻も引っかけないに決まっている」

「櫛笥さん……」

「あの子は、王様だからね」

その一言だけが、どこか苦みを帯びて聞こえる。敵意ではなく、まるきり異質な者に対する畏怖と懸念を内包した響きだ。眼鏡の奥で一瞬歪められた瞳は、彼が明良へ並々ならぬ関心を抱いているのを表していた。恐らく、桁外《けたはず》れの能力を持つ相手と対面して、櫛笥なりに何か思うところがあったのかもしれない。

「まぁ、いいさ。人の恋路を邪魔するほど、僕だって野暮じゃない」

一転して明るく軽口を叩き、ふふんと櫛笥は腕を組んだ。

「葉室くんは、己の欲望に従って辰巳町へ行くといい。残念ながら僕は明日の朝イチにテレビの仕事があって同行はできないけど、すぐに追いかけるから」

「追いかけるって……あの、櫛笥さん?」

「種明かしをするとね、煉くんからメールをもらっているんだ」

とっておきの秘密を披露《ひろう》するように、彼は少しだけ声のトーンを落とす。いつの間に個人的なやり取りをするほど仲良くなったんだ、と清芽は少なからず驚いた。

「西四辻の二人も、二荒くんと一緒に辰巳町にいるんだよね。で、この際だから僕にも来られないかって打診のメールだった。僕にさんざん悪態を吐いていた煉くんが、わざわざ誘いをかけてくるなんて余程のことだ。つまり……わかるよね?」

妖しく瞳を覗き込まれ、思わず生唾《なまつば》を呑み込む。

「有能な霊能力者が何人も必要なくらい、厄介な事態ってことですか」

「ご名答」

役者のような仕草で両肩をすくめ、櫛笥はニヤリと不敵に笑んだ。予想もしなかった展開に鳥肌がたち、同時に清芽の全身をたとえようもない高揚感が包んでいく。

何か大きな力が働き、かつて一緒に戦った仲間が再び集まろうとしていた。

そこに、自分も立っていいのだろうか。まだ何者なのかもわからない、素人同然のままで。

「いや、きっと君の力も必要になるよ」

「え……」

「初めは、二荒くんも良い顔をしないだろう。でも、聞くところによると君は西四辻の二人のアシスタントになったたって話だし、何も問題はないんじゃない?」

「あの、櫛笥さん、もしかして……」

「うん?」

「今日、俺のバイト先のコンビニに来たのって、偶然じゃないですよね?」

半ば確信をもって尋ねたが、櫛笥は「さあてね？」と愉快そうにはぐらかす。

「こう言ったら何だけど、久々に胸が躍るよ」

「櫛笥さん……」

悪霊退治再びだね、とうそぶき、彼は高揚を滲ませた声で宣言した。

「これで、役者は全部揃《そろ》った。後は——化け物を待つばかりだ」

4

その絵本については、初めから特別な感じを抱いていた。

妄執《もうしゅう》にまみれた嫌悪の対象であるべきなのに、それ以上に惹《ひ》かれてしまう。

けれど、その感情がとても危険だという自覚は明良《あきら》にもあった。闇に帰すべき存在は、常に光を堕《お》とそうと蠱惑《こわく》の芳香を放っている。その光が強ければ強いほど、闇の執着も激しくなるのだ。僅《わず》かな心の隙が命取りになると、常に肝に銘じておかねばならなかった。

「本当に……舐《な》めるなよ、二荒凱斗《ふたらかいと》」

紙の色が褪《あ》せ、端の切れた古ぼけた表紙に右手をかざし、本殿の中央に正座した明良は忌々《いまいま》しく呟《つぶや》く。こうして近づけているだけで、手のひらに負の波動が痛いほど伝わってきた。それは人の泣き声にも似て、じっとり絡みついてくるような不快感に満ちている。

「俺が、下級霊如きとシンクロするわけないじゃないか」

一度右手を引き、眉間《みけん》に皺《しわ》を寄せて嘆息した。

兄からの帰郷の知らせはまだ来ない。メールの問いかけものらくらとかわされてばかりで、明良は非常に機嫌が悪かった。

「兄さんも、全然わかってないよ。兄さんを守れるのは、俺だけなのに」

子どもの頃から、ずっと己にそう誓って生きてきた。

それが、並外れた霊能力を持って自分が生まれてきた意味だからだ。

「…………」

――そのはずなのに。

ふと、明良の瞳に翳《かげ》りが差した。守護者の役目は、もうおまえじゃない――と、頭のどこかで声が囁《ささや》く。凱斗の面影が脳裏を掠《かす》め、集中していた意識に不純な一滴が落とされた。

まずい。

ゆらりと、絵本から霊気が立ち上る。

神域の空気を冒し、空間を歪《ゆが》ませて、ゆらゆらと憎悪の炎が視界を焼く。ちっと舌打ちをして再び手をかざすと、明良は早口で呪《じゅ》を唱えた。図書館から借り出す時に充分な封印は施したはずなのに、厄介《やっかい》なことに少し気を緩めると綻《ほころ》びが広がる。

「往生際が悪いんだよ」

毒づく声音は、不本意だが少々緊張を帯びていた。どうも、今日は日が悪いようだ。そう胸で呟いてから、「いや」と否定した。実際のところ、今日に限ったことではない。本音を言えば一分一秒でも早く浄化してしまいたかったが、どういうわけか何度試みても上手《うま》くいかないのだ。絵本に滲《にじ》み込んだ『何か』が明良をためらわせ、意識の純化を妨げる。その正体を読み取ろうとしても、憑《つ》いていた霊はすでに祓《はら》ってしまったので捉《とら》えどころがない。

多分、と不要な力を全身から抜きながら、明良は考えた。

認めたくはないが、自分は微《かす》かに同調しているのだ——この妄念の染み付いた絵本に。

「明良」

衣擦《きぬず》れの音がして、狩衣《かりぎぬ》に差袴《さしこ》という神主の常装をした父の真木《まなき》が本殿に入ってきた。累が及ぶといけないので余程の場合を除いて除霊や呪をかける儀式の最中は立ち入らないのが決まりだが、恐らく明良の動揺を感じ取ったのだろう。

「珍しいな、おまえが手こずるとは」

「別に、手こずってなどいません」

あっさり見透かされて自尊心が傷つき、素っ気なく言い返す。

真木は父である以前に師であり、明良は物心ついた頃から霊能力の扱いや磨き方についての修業を彼の下で行ってきた。何者かの加護を受け、あらゆる悪霊を寄せ付けない兄と、数百年の歴史を刻む『御影《みかげ》神社』の神主として深い経験値を持つ父。この二人の存在が、今の自分を作り上げたと言ってもいい。

「俺に、何か御用ですか?」

澄まして居住まいを正すと、真木は滑るような身のこなしで近づいてきた。右手には大きめの茶封筒を持っており、おもむろに明良の目の前へ差し出す。

「……何です？」

「おまえが見たがっていた、古神宝の研究内容だ。佐原《さはら》教授の手紙もある」

「え、本当に？　やった、タイミングが良いな」

そそくさと立ち上がり、茶封筒を嬉々《きき》として受け取った。現金なもので、機嫌はたちまち上向きになっている。早く読もうと本殿から出て行こうとしたら、再び「待ちなさい」と声がかけられた。気持ちが逸《はや》る余り、曰《いわ》くつきの絵本をうっかり置いていくところだったと、慌てて踵《きびす》を返す。だが、拾い上げようとした手を止め、真木が信じられないことを言った。

「このままにしておきなさい。おまえの手には余る。私が浄化しておこう」

「え……」

明良は、ほとんど絶句する。

おまえの手には余る？　まさか、父親は本気でそんなことを言ったのだろうか。確かに未だ修業中の身ではあるが、たかが絵本一冊の浄化が「手に余る」とはどういうことだ。

「あの、それはどういう……」

「わからないか。それは、おまえとの相性が良すぎる。憑《と》り込まれるぞ」

「まさか……本気でそんなことを言っているんですか？」

「おまえは、とっくに気づいていると思ったが？」

「…………」

憑り込まれる。

その言葉は、明良の自信を大いに刺激した。埋葬され損なった副葬品など、付喪神《つくもがみ》にでもならない限りそんな影響力はないはずだ。

「それは、俺が引き受けた物です。責任があります」

ぐっと眼差しに力を込め、真木の顔を見返した。こうなると明良が容易に引き下がらないのは、父親もよく知っている。まして、問題の絵本を東京《とうきょう》の図書館から借り出して浄化するようにと最初に指示をしたのは他ならない彼なのだ。

「父さんの御友人は、俺の力を見込んで依頼してきたんですよね。なら、最後まで俺が……」

「おまえは、その本に触れるべきではない」

「納得できません！」

尚も、明良は強情を張った。微妙な違和感すら感じ取れないほど、絵本の妄念と波長を合わせてしまっているなんて信じたくはなかった。

「認めます。確かに、この本は扱い難い。祓うことに、奇妙なためらいが生じます。でも」

「明良、聞きなさい」

厳《おごそ》かに、けれど親としての愛情を含ませた声で真木は言った。

「おまえに備わった高い霊能力は、葉室《はむろ》家の長い歴史の中でも稀有《けう》なものだ。『御影神社』建《こん》立《りゅう》を夢で命じ、天御影 命《あめのみかげのみこと》の分身として祀《まつ》られたご先祖の生まれ変わりと称しても差し支えあるまい。だが、やはりおまえは生身の人間だ。己の力を過信すれば、いつか足元を掬《すく》われる」

「…………」

「今のおまえは、言わば力で捻《ね》じ伏せることしか知らないのだ。しかし、それだけではいつか歪みが生じる。持って生まれた能力故か、同年代の若者より意識をコントロールする術《すべ》には長《た》けているだろうが、同時におまえの自我は非常に強い。共鳴する霊の波動に敏感なのは、そのためだろう。明良、私の心配は何も清芽《せいが》だけに向けられているわけではないのだぞ」

「父さん……」

兄の名前まで出して説得を試みるなんて、ついぞなかったことだ。

内心、明良はその事実に面食らった。葉室家において清芽の存在は、少し特別な意味をもっているからだ。

兄さん――。

不意に胸を塞《ふさ》いだ不安に、思わず清芽の面影を追った。子どもの頃、この世ならざる者たちに怯《おび》えて縋《すが》ったように。けれど、ここに清芽はいない。仮にいたとしても、その心は明良には向けられていない。兄には、すでに大事な人がいるからだ。

「まぁ、口でいくら諭したところで、おまえが素直に聞くとも思えないが」

溜《た》め息《いき》混じりに真木は呟き、明良が握り締めている茶封筒に視線を移す。

「ひとまず絵本のことは忘れて、先にそちらを見たらどうだ？　古神宝には『御影神社』建立時に奉納された物が多い。おまえが探ると言っていた、清芽の加護についてのヒントがあるかもしれん。長年、大学の研究室に貸していた物が戻ってきたのも何かの縁だ」

「父さんは……調べようと思ったことはないんですか」

「…………」

真っ直ぐ問いかけてみたが、返事は沈黙のみだ。しかし、明良にはそれで充分だった。何者なのか霊視できない、善か悪かもわからない加護を息子につけたまま放置するなんて、父親にできるわけがない。けれど、答えないということは「わからなかった」からだ。

あるいは、と明良は胸で呟いた。

わかったところで、人如きには手出しのできない存在なのか。

「……わかりました。古神宝は蔵ですね？　しばらく籠《こ》もります」

「くれぐれも、根を詰め過ぎないようにな」

「はい。だけど、絵本の浄化も諦《あきら》めません。もう少しだけ時間をください。もし父さんが言うように俺の意識が同調して本質を視《み》え難くしているなら、波長をずらして客観視できるように努めます。大丈夫、憑り込まれたりなんか絶対にしません」

「明良……」

自信たっぷりに宣言し、明良はニコリと笑んでみせた。

そう、自分が本気を出して徒労に終わったことなど一つもない。

十九年間生きてきて、ただの一度もだ。

何故なら。

最強でなくては、神格に近いと言われる兄の加護に対抗などできないから。

「では、失礼します。御心配、ありがとうございました」

一礼して絵本を手にする明良へ、もう真木は何も言わなかった。


「センセエ、こっちこっち！」

「え……あ、煉《れん》くん」

「こんにちは、清芽さん。今日も暑いですね～」

「尊《たける》くん……」

夜行バスの終着都市から今度はローカル線を乗り継ぎ、清芽が辰巳町《たつみちょう》の素朴な駅舎に到着したのは、もうすぐ八時になろうかという時間だった。しかし事前に連絡していた甲斐《かい》があり、早朝にも拘《かかわ》らず迎えに来た西四辻《にしよつつじ》の二人が元気よく駆け寄ってくる。道中あれこれ良くない想像を働かせてヤキモキしていたのだが、彼らの表情はいつもと変わらず、むしろ夏休みの解放感に浸っているようにさえ見えた。

「センセエが来てくれるなんて、ラッキーだよな。これで、仕事の合間に夏休みの宿題もみてもらえるしさ。この案件、思ったよりややこしそうだし助かったよ、マジで」

「そんな、清芽さんを出張家庭教師みたいに……」

「あの、凱斗は？　ここには来ていないの？」

呑気《のんき》な会話を遮《さえぎ》って、真っ先に気になっていることを尋ねる。「思ったよりややこしそう」という煉の言葉に、不吉な予感が清芽を襲った。

「えっと、二荒さんは……」

「俺たちも、あんまり連絡が取れてねぇっつうか……」

「そう……なんだ……」

顔を見合わせ、たちまち歯切れの悪くなる二人にどうしても落胆を隠しきれない。凱斗にも今日辰巳町へ行くことはメールで伝えてあるが、何度確認しても彼からの着信はゼロだった。さすがに何か言ってくるかと思っただけに、胸中には不安が渦巻いている。

（いやいやいや。悲観ばかりしてちゃダメだって。お母さんが失踪《しっそう》して、おまけに何かの呪詛《じゅそ》絡みかもしれないんだ。返事どころじゃないよな）

このくらいは覚悟の上だったはず、と自身へ言い聞かせ、無理やり笑顔を作ってみた。とにかく、まずは情報収集するのが大切だ。気を取り直して中学生コンビに向き直り、できるだけ冷静な態度で言ってみた。

「来るなり悪いけど、君たちが知っている限りのことを教えてくれないかな」

「知っていることって……」

「頼むよ、尊くん。ここは、凱斗の実家がある町なんだろう？　彼は何も言わなかったけど、聞けば失踪したのはお母さんだって言うじゃないか。俺、心配なんだよ」

「あ、櫛笥《くしげ》の奴しゃべっちゃったのかよ。しょうがねぇなぁ」

困ったように頭を掻《か》きながら、煉が渋い顔になる。

「あいつ、遅れて明日来るんだろ？　少し懲《こ》らしめてやんねぇと」

「煉、もういいじゃないか。どうせ、清芽さんが来ればわかることなんだから。あの、二荒さんのことなら、もう大丈夫ですよ」

「え？」

「その、詳しくは本人から聞くのが一番ですけど、二荒さんのお母さん、見つかったんです」

慌てて割って入った尊の言葉に、清芽は耳を疑った。まさかの展開に、ちゃんと思考が追いつかない。母親が見つかった？　では、自分の行動は完全に空回りだったのか。

「あ、いえ、見つかったと言っても入院中で……意識混濁が激しくて、まだろくに話もできない状態らしいです。それが、ちょうど二荒さんが辰巳町へ来た日のことで、だからずっとお母さんの看病に病院へ詰めているんですよ。もう一週間になるかなぁ」

「嘘じゃないぜ？　実際、俺たちもあんまり顔を合わせてないんだから。それに、二荒さんが動けないもんで、町のあちこちで起きる霊障の調査も俺と尊で確認しなきゃなんなくてさ。そもそもの依頼は失踪人を見つけることじゃなくて、その原因を突き止めて町に呪詛がはびこらないように絶つことだし、けっこう毎日大変なんだよ」

「そんな言い方したら、二荒さんが気の毒だよ、煉。お母さんが巻き込まれたのは皮肉な偶然で、あの人のせいじゃないんだし」

皮肉な偶然。

本当に、ただそれだけなんだろうか。

聞いていた清芽は思わず疑問を口にしそうになったが、サポート役のつもりがメインで働く羽目になったせいで煉や尊は非常に困惑している。そんな彼らに、後から乗り込んで意見するのは少々憚《はばか》られた。それに、母親が無事に保護されたのは何よりの朗報だ。

「教えてくれてありがとう、二人とも」

気を取り直して、改めて彼らに礼を言う。

「お母さんが見つかって、本当に良かったよ。じゃあ、凱斗には病院へ行けば会えるかな。お見舞いもしたいし、まだ仕事自体が片付いてないなら手伝い……」

「気持ちは有難いが、面会謝絶なんだ」

「え……」

不意に視界に差した影に、清芽はゆっくりと目線を移した。

逆光を背にした輪郭が恋人の姿になるまで、さほど時間はかからない。久しぶりに耳にする声は危惧《きぐ》していたよりもずっと普通で、むしろ一層ふてぶてしくなっていた。

「かい……と……」

「まったく」

呆然《ぼうぜん》とする清芽の前で、足を止めた凱斗が苦い顔で睨《にら》みつけてくる。会うのは一週間ぶりだが、何だかもっと離れていた気がした。精悍《せいかん》な顔立ちも、きつい眼差しも変わらないのに、こちらを見つめる表情に気後れを感じるせいだろうか。

「来るな、とあれほど言っておいたのに、仕方ない奴だな」

いつもなら、どんなに冷たい言葉にも愛情が含まれていた。けれど、今の凱斗からは疲労と苛立《いらだ》ちだけが色濃く漂ってくる。会えなかった間、彼がどれだけ荒《すさ》んだ心持ちでいたのか窺《うかが》い知れるようだった。

「大体、おまえが現場に来てどうするんだ。何度も言うが前回がイレギュラーなだけで、俺はおまえの面倒までみきれないぞ。いくら加護があっても、周囲で異変が起きていれば動揺はするだろう。誰かが霊障で傷つけば、胸だって痛むに違いない。だが、渦中にあっておまえには何もできない。為す術がない。自分だけが悪霊の干渉を受けず、安全圏にいながら、その立場に憤りを覚えるはずだ。そうなるのが目に見えていて、気軽に来いなんて言えるか」

「ごめん……なさい……」

歓迎されるとは思っていなかったが、完膚《かんぷ》なきまでに叩《たた》きのめされて清芽は一言も言い返せない。しかし、すぐさま庇《かば》うように西四辻の二人が凱斗に食ってかかった。

「ちょ、いくら何でも言い過ぎじゃねぇのっ」

「そうですよ、二荒さん。清芽さんは、貴方《あなた》を心配して来てくれたのに！」

「そもそも、あんたがセンセエに連絡入れて〝元気だ、心配するな〟ってとぼけときゃ済む話だったろうが。それを思わせぶりに俺たちに口止めして、自分はなしのつぶてでさぁ。逆に、心配しろって駄々捏《こ》ねてるようなもんだっつうの」

「まったく煉の言う通りです！　悪いのは、二荒さんだと思います！」

「お、おい」

　当事者の清芽を置き去りに中学生から口喧《くちやかま》しく怒られて、さすがの凱斗も意表を突かれたようだ。容赦なく糾弾《きゅうだん》を浴びせられる姿に、落ち込んでいた清芽も次第に可笑《おか》しくなってきた。その光景は、まるで豆柴に吠《ほ》えかかられているシェパードかドーベルマンだ。

「センセエもさぁ、ボケッとしてないで何か言ってやれよ、こいつに！」

　人一倍勝ち気な煉が、苛々したように清芽へ向き直る。日頃はおとなしい尊も、この時ばかりは気合いを入れた顔で大きく頷《うなず》いた。だが、清芽が今にも笑い出しそうなことに気づくと、怒りの矛先《ほこさき》はたちまちこちらへ変更される。

「だーッ！　何へらへら笑ってんだよっ！」

歯がゆそうに地団太を踏み、煉が殊更激昂《ことさらげっこう》した。

「あのなぁ、俺たちはセンセエのために……」

「ありがとう、煉くん、尊くん。そんなに一生懸命怒ってくれて、俺、嬉《うれ》しいよ」

「へ……嬉しい……？」

まるきり拍子抜けした顔で、二人は顔を見合わせる。

「うん、嬉しい。俺たち、たった一度の悪霊退治で協力し合っただけなのにな。年齢も育った環境もまるきり共通点なんかないのに、君たちが凄《すご》く頼もしい仲間に思える」

「え……あ、いや……」

「清芽さん……」

まさか、こんな場面で真面目に感謝されるとは思わなかったのだろう。勢いを挫《くじ》かれ、煉も尊もポカンと口を開けたままだ。いや、彼らに限ったことではなく、全ての元凶である凱斗もまた呆気《あっけ》に取られたように清芽を見つめていた。

「――凱斗。はいこれ」

「え……」

カバンの中から取り出した菓子箱を、戸惑う彼の眼前に差し出す。いつものチョコレートの「イチゴが五倍」バージョンだ。行きがけのコンビニで見かけ、真夏にチョコはなぁ……と一瞬迷ったが結局買ってきてしまった。

「これ……」

「凱斗のお呪《まじな》いだろ。切らしてんじゃないかと思ってさ。あると落ち着くって言ってたし」

「…………」

「勝手に来ちゃって、ごめんな。でも、凱斗にはわかってほしいんだ。俺を……俺の本質を目覚めさせたのは他の誰でもない、あんたなんだってこと」

そう、もっと早く言うべきだった。ああだこうだと思い悩む前に、自分の気持ちを正直に伝えれば良かったのだ。真っ直ぐで揺らがない清芽の言葉に、凱斗の表情からみるみる陰りが薄れていく。瞳の荒んだ色は消え去り、疲労の影も徐々に引き始めていた。

「俺、今まで明良を始めとする周りの人たちにさんざん守られてきた。それは、霊能力の欠片《かけら》もない自分に劣等感を抱いていた俺が、あまりに無知だったせいだ。だけど、今はもう違う。あんたのお陰で、俺は自分が何者なのか、その片鱗《へんりん》を知ることができた。まだまだ頼りなくて足を引っ張るかもしれないし、皆の足手まといになるかもしれない。それでも、俺はもう何も知らなかった頃の俺じゃない。何より俺は凱斗と——」

そこまで言いかけて、ふと思い直した。

自分を見つめる真摯《しんし》な瞳が、凱斗だけではないことを。

「皆と、一緒にいたいんだ」

「…………」

しばらく、誰も何も言わなかった。

真夏の陽光が駅舎の屋根に照り返し、皆の足元に濃い影を作る。

むっと香る夏草の匂い、沈黙を切り刻む蟬《せみ》の鳴き声。なだらかな山々から吹き降りる風は、生温く肌を撫《な》でていく。この平和な夏の風景に、失踪や呪詛の秘密が潜んでいるのだ。

清芽は正面から凱斗を見据《みす》えたまま、彼の答えを待ち続けた。

やがて。

「おまえには勝てないな」

深々と息をつき、凱斗が降参の笑みを浮かべる。彼はゆっくりと清芽へ右手を伸ばすと、柔らかな手のひらで頬を包んでから二、三度優しく叩いた。

「いや、そうじゃないか。俺が、おまえにとことん弱いんだ。今、それを思い知った」

「今？　ダメだな、遅いよ」

「言ってろ、半人前が」

顔を見合わせてくすくす笑い合っていたら、わざとらしい咳《せき》払いが聞こえる。呆れ顔の煉と尊が、盛り上がる雰囲気を蹴散《けち》らすようにゴホゴホと喧しく邪魔をした。

「あのさ、炎天下のラブシーンなんか、良いこと一つもないと思うけど？」

「ここ、東京みたいに他人に無関心な土地じゃないですし……」

「ラ、ラブシーンとかって、そんなんじゃ……ッ」

「いやもう、ごまかさなくていいから。何となく、そうじゃないかって前から思ってたもん」

「うん。どんなに勘が鈍い人でも、さすがに気がつくレベルだと思います」

「…………」

二人はとっくに匙《さじ》を投げた顔で、狼狽《ろうばい》する清芽を生温い微笑で見守っている。一体いつどこでバレたんだろうと思ったが、心当たりがありすぎて特定できなかった。昨夜櫛笥にも指摘されたが、とにかく凱斗の「清芽ありき」な言動には一瞬のブレもないからだ。

「いいんじゃねぇの、俺たちには別に迷惑かからないもんな?」

「お二人が幸せそうで何よりです」

どこまでわかって発言しているのか、極めていい加減な感想に顔が真っ赤に火照《ほて》る。

凱斗だけが通常運転のまま、一人涼しげな顔でチョコを口へ放り込んでいた。

「はじめまして、茅野尚子《かやのしょうこ》です」

依頼主に借りたという車を凱斗が運転し、清芽は茅野氏の邸宅にやってきた。今回、西四辻の二人もここに寝泊まりしており、彼らが話を通しておいてくれたお陰でアシスタントとして便乗させてもらうことになったのだ。

「辰巳って名前の由来はね、もともとこの土地の氏神様が水神だったからなの」

風情ある立派な日本家屋に圧倒される清芽に、尚子は親しげに話しかけてくる。彼女は依頼主の一人娘で、凱斗の中学時代の同級生だと自己紹介をした。

「うちは代々宮司を務めている家柄で、ご先祖は水神様を祀った神社を守っていたのよ。だけどだいぶ昔に水神様の棲《す》み処《か》とされる沼が埋め立てられちゃって、自然と信仰も廃《すた》れちゃったみたい。あ、葉室さんも宮司の家系なんですってね。二荒くんから聞いたわ」

「あ、はい。父が……」

「今も続けていらっしゃるんでしょう？　立派よね。うちなんか、細々と代替わりはしてきたけれど氏子は減るし寂れる一方で、とうとう神社の仕事も人に譲っちゃった。父なんか宮司の資格はあるものの、公務員から町会議員に転身だもの。俗っぽすぎて笑えるわよね」

「そんな……」

どう答えていいのやらと、清芽は曖昧《あいまい》な返事で場を濁す。それより、「二荒くん」と親しげな呼び方の方が気になった。心が狭いと自分でも思うが、彼女しか知らない凱斗がいるのかとつい嫉妬《しっと》を覚えてしまう。

（大体、凱斗だって元同級生の家だとか何も言わなかったし。何かズルいよなぁ）

ここを使ってね、と客間の和室に通されて、ホッとひと息をついた。何はともあれ、ようやく一緒の現場に立てることになったのだ。母親が入院して一週間、そろそろ仕事に戻らなくてはと凱斗自身も考えていたようで、今晩改めて打ち合わせをすることになっていた。

「二荒くんも水臭いわよねぇ。送ってきただけで、さっさと帰っちゃうなんて」

庭に面する窓を開け、てきぱきと空気の入れ替えをしながら尚子は「ふふっ」と笑う。

「本当は、彼にも家で寝泊まりしたらって言っていたの。どうせ父は出張中でお手伝いさんと私しかいないんだし、煉くんと尊くんも一緒でしょう？　ご飯だって困るだろうし」

「じゃあ、凱斗は実家の方に？」

「そう。あちらのお父さんは隣の市に会計事務所を開いていらして、ほとんどそちらで寝泊まりしているみたいなのね。あまりお母さんのお見舞いにも顔を見せないようだし、十数年ぶりの実家で独りぼっちなんて余計に淋しいじゃない？　だったら、と思ったんだけど」

「そうですか……」

誰もいない家の中で、彼は一体どんな気持ちでいたんだろう。

家族にも実家にも良い思い出はない、と以前にちらりと聞いていたが、そんな場所に否応なく舞い戻らされて、たった一人で過ごしていたのか。そんな風に思うと、清芽の胸はキリキリと痛む。そういう時に何故電話をくれなかったのかと、詮無《せんな》いことを言ってしまいそうだ。

（凱斗は、いつもそうなんだ。辛《つら》いことやしんどいことは、絶対俺に隠そうとする。黙ったまま一人で背負って、余計な心配かけまいとして。早くに独立を強いられて誰も頼らないで生きてきたんだから、そういう感覚が染み付いてしまったんだろうけど。でも……）

悲しい――心の底から、そう思う。

何より、彼に気を回させてしまう己の小さな器が歯がゆかった。

「夜行バスで来たなら、さぞお疲れでしょう？　ゆっくり寛《くつろ》いでくださいね」

冷たいお茶でも持ってきます、と言って尚子が部屋から出て行った。一人になった途端、古い畳の匂いが鼻孔をくすぐり、何だか懐かしい気分に包まれる。辰巳町からY県の実家までは電車とバスを乗り継いで、一時間もあれば充分の距離だった。

明良はどうしているだろう、とふと考える。

実家にも帰らず隣の県にいると知ったら、きっと拗《す》ねまくって大変に違いない。霊障が片付くまでどれくらいかかるかわからないが、しばらくは適当にごまかしておいた方が無難だ。

「わ……っ」

そう決心した途端、見計らったように携帯電話が鳴り響く。ギクリとして発信元を確かめると、葉室明良の文字が浮かんでいた。

「も……もしもし、明良か？　どうした？」

まるで見張られているようだと、内心ドキドキしながら電話に出る。だが、意に反して明良は電話口で沈黙を続けており、すぐには何も話し出さなかった。

「明良？　おい、何だよ。かけておいて黙るなって」

混線しているのかと訝《いぶか》しみながら、何度か呼びかけてみる。メールでなく直接電話をかけてくるなんて、よほど急ぐ用件かと思ったのだ。もちろん、用事がなくても「兄さんの声、聞きたいからさ」なんてぬけぬけ言ってくることもあるが、今は何だか様子がおかしい。

「もしもし？　明良、聞こえてるのか？」

『……今どこ？』

抑揚のない声が、返事を待たずに断言した。

『東京じゃないよね。兄さん、もしかして凱斗を追っかけて行ったの？』

「な、何で……」

『感じるから。土や緑の匂いが東京より濃い』

「…………」

我が弟ながら、その鋭さに舌を巻く。

明良の図抜けた能力には免疫があると思っていたが、一層磨きがかかっているようだ。まさか回線を通じてそこまで読むなんて、こちらの想像を遥《はる》かに超えている。

『ねぇ、どういうことかな。実家には戻らないで何やってんの？』

「い、いや、それは……」

『凱斗の手伝い？　あいつ、承知したんだ。ふぅん、この件に関しては共同戦線が張れているとばかり思っていたのに、まんまと出し抜かれたってわけか』

「は？　おまえ、何を言って……明良？　おい、もしもし？」

言いたいことだけを一方的に口にすると、明良は電話を切ってしまった。何だよ、とムッとする反面、ちょっと悪かったかな、と罪悪感も覚える。何にせよ、これでM県にいることはバレてしまったのだし、後はもう成り行きに任せるしかないか、と開き直ることにした。


「あ、いたいた。センセエ、ずいぶんのんびりしてんじゃん」

「良かったら、お庭に出てみませんか。この家、とても立派な庭園があるんですよ」

バタバタと賑《にぎ》やかな足音がして、廊下側の障子が勢いよく開かれる。二人とも、すっかりこの家に馴染《なじ》んでいる様子だった。

「二荒さんが、夕方になったら明日からの打ち合わせに来るって言っていたでしょう？　その前に、僕たちで簡単に現状の説明をしておいた方がいいんじゃないかと思って」

「うん、それは助かるな。ぜひお願いするよ」

「えーとさ、ほんじゃ外に出ようか。そこの窓から庭に出られるからさ」

どういうわけか、煉はそわそわと視線を泳がせている。どうも、『何か』と目を合わせるのを避けているようだ。たとえ清芽には視えなくても、その態度だけで部屋に留まる気が失せるには充分だった。

　窓を開けると沓脱石《くつぬぎ》が置いてあり、そこに出入り用のつっかけが数足用意されている。気の利いた旅館みたいだな、と感心しながら、清芽は二人に続いて庭へ下りた。美しく刈り込まれた松の下に池があり、鯉《こい》ではなく可憐《かれん》な金魚がたくさん泳いでいる。隣では夏椿が白い花弁をほころばせ、霊障だの呪詛だのがまるで別世界のように感じられた。

「なぁ、煉くん」

　充分に母屋を離れてから、おそるおそる清芽は切り出してみた。

「さっきさ、俺の部屋に何かいたの？」

「ま、古い家だし？　いちいち気にかけてもキリねぇけど」

「……いたんだ」

「茅野家のご先祖じゃないかと思います。あまり、余所者《よそもの》が出入りするのを好まれないみたいで。何か悪さをするってわけじゃないけど、あそこで霊にまつわる話はしない方がいいかな。下手に刺激すると、ろくなことになりませんから」

　えへ、と気弱に尊が微笑《ほほえ》み、それよりも、と口調を変える。

「清芽さんは『協会』から派遣されたわけじゃないので、僕たちの目的や案件の詳細は知りませんよね。だから、そこから説明しますね。二荒さんの身に起きたことは、後で直接訊《き》いてください。お母様とは何か確執があるようですが、僕たちにも話してくれないんです」

「お、さすがセンセエ。ちゃんと知ってるんだ」

「俺が知っていることなんて、ほんの一部だよ。ただ、凱斗は君たちと同じ年の頃、遠戚に預けられてから実家とは疎遠になっているはずなんだ。それも、無理はないなって状況で」

「ああ、それは仕方ないですね」

聡《さと》い尊は、それだけで事情を呑《の》み込んだようだ。憂いを秘めた瞳にさっと翳が差し、何のことやらと首を捻《ひね》る煉を優しく振り返った。

「煉、どこの家庭も西四辻家みたいなわけじゃないんだよ。むしろ、僕たちは特殊だろ？　二荒さんのご両親、きっと怖かったんじゃないかな。あの人の力、特別だもの」

「えっと、要するに『化け物が視えるガキ』を厄介払いしたってことか？　うわ、頭がおかしいとでも思ったのかよ。ひでぇ親だな。俺ならソッコーで呪殺する」

「こら、何てこと言うんだよ！」

何のためらいもなく暴言を吐く煉に、たちまち尊は顔をしかめる。清芽もだいぶ彼の傍若無人ぶりには慣れてきたが、やはり発言内容が普通の中学生ではなかった。第一、煉ほどの力があれば冗談でなく呪殺など簡単にできるだろう。

「あのさ、今更な質問なんだけど……」

先ほどの尊の発言が引っかかり、逸《そ》れ始めた話題を清芽は強引に引き戻す。

「確執……そうか」

「尊くん、凱斗の力が特別だって言ったよね。それって、やっぱり『他人の霊能力を移し替える』ってヤツのこと？　あれだけは、俺も本当にびっくりしている。明良だって、さすがにそんなことはできないよ」

「明良さんどころか、二人と同じ力を持った霊能力者はいないと思います。二荒さんは少しずついろんな霊能力に目覚めていったみたいだから、途中で何かあったのかもしれませんが」

「…………」

先日、櫛笥が言っていた。

明良が凱斗をライバル視するのは、それだけ凱斗が本気で清芽を想っているからだろうと。けれど、それだけでプライドの高い明良が静観するだろうか。

（多分、明良は無意識に認めているんだ……霊能力者としての凱斗を。お互いに稀有な才能を持った者同士だし、反発と同時に通じるものがあるのかもしれない）

凱斗とは、一度ガチでバトッてみたかったんだ。

いつぞやに明良が吐いた、不穏なセリフを思い出す。もし、あれが実現してしまったら、どんな結果を生むのだろう。そもそも、二人は戦う必要が出てくるのだろうか。

（そんなことになるとしたら、きっと原因は……俺、だよな……）

自惚《うぬぼ》れではなく、予感として清芽はそう思う。できるだけそんな事態は避けたいし、現実問題として二人が戦うと言われても、アニメやマンガじゃあるまいし具体的な想像はできない。

それでも、いつ発芽するかわからない憂鬱《ゆううつ》の種は確実に胸に根を下ろしていた。

「今回、茅野氏が『協会』に依頼してきたのは、二荒さんのお母様が失踪したのがきっかけでした。二荒さんの実家は茅野家と二分する町の名家で、昔は茅野家が宮司、二荒家が名主として代々町に影響力を持っていたそうなんです。家同士の付き合いも古くて、もともと町に不定期に起こる失踪事件や原因不明の自殺や未解決の殺人、そんな諸々に気を揉《も》んでいたこともあり、秘密裡《り》に原因を探って可能ならば二度と起こらないようにしてほしい、と」

ようやく話が本筋に戻り、尊は簡潔に事の次第を説明する。

「原因が何らかの呪詛ではないか、というのは、茅野氏の考えでした」

「どうして？　そんな非科学的な理由、普通は真っ先に否定しそうなものだけど」

「それほど、『視えない悪意』に満ちた事件なんだと思います。起きた事件の詳細は、尚子さんがまとめてくれたものを後で渡しますね。あ、あと茅野氏の妹さんも五年前に被害者になっています。失踪後、遺体で発見されたそうです」

「…………」

「さすがに宮司の家柄だけあって、ご本人もスピリチュアルな世界に偏見がないようですね。『協会』に相談したところ向こうの見立ても同じだったので、除霊のために霊能力者を派遣することになりました。ただ、さすがに二荒さんへ依頼する予定ではなかったそうです。身内の失踪なのに家族と断絶状態で連絡がいっていないとわかり、『協会』から念のために本人に伝えたところ、〝自分が出向く〟と請け負ってしまって……」

「ま、そりゃそうだよな。自分の母親が呪詛を受けたかもしれないと聞いたら、俺だって自分で助けてやりたいって思うもん。俺たちに何も言わないって辺りは、気に食わねぇけどさ」

そういうことか、と得心のいった清芽は、図書館での凱斗に思いを馳《は》せた。

あの時、せめて一言でも弱音を吐いてくれていたら。

母親がいなくなった、と狼狽《ろうばい》の色を見せてくれたら、と今更のように悔いてしまう。

「さっきも話したけど、動きの取れない二荒さんに代わって、俺と尊が情報収集に当たっていたんだ。他にも、呪詛絡みの事件とかないかなって。でも、何か変だったよな?」

「変って……何が?」

器用に片眉《まゆ》をひそめる煉に問いかけると、尊が先に口を開く。

「この町全体が、良くない気に包まれているんです。例えば、さっきの座敷の霊。普通なら家を守る先祖霊で、危険な存在ではないはずだけど……何て言うのかな、〝侵食されている〟みたいな。何かのきっかけで悪霊に変わりかねない、嫌な危うさがあるんです」

「侵食……」

「悪意が蔓延《まんえん》しているって感じです。中でも、町外れに古びた集合住宅があるんだけど、そこは悪霊の巣みたいになっていました。実際、過去の失踪はそこの住人や関係者に多いんです。これは僕の勘ですが、相当に古い怨恨《えんこん》がはびこっているような……」

「でも、辰巳町ってそんなに古い土地だったっけ？　もちろん、昔ながらの農家や田んぼもたくさん見かけたけど、町の中心部は新興住宅街になっているよね。来る前に町のＨＰを見たら、よそから移ってきた住民も多いって話だし」

「近隣の村と合併したのは半世紀ほど前だそうですが、それ以前はこの地方でも政治力が強い村だったと聞きます。これは尚子さんが話していたんですけど、土木関係……沼や川を埋め立てて道を作ったり、領主代行で役所のような役目も辰巳村が請け負っていたって。その中心が、茅野家と二荒家で……」

「あいてッ！」

不意に大きな声がして、ドキンと心臓が跳ね上がった。尊も同様にびくりとしたが、すぐに呆れた様子で溜め息をつくと、ツカツカと煉の方へ歩いて行く。どうやら長話に飽きた彼は、一人でぶらぶら散策していたらしい。

「くそ、猫に指を噛《か》まれた……」

「猫？　もう、何でまた構ったりしたんだよ。ああ、血が出ているじゃないか」

むうっと膨《ふく》れ面の煉は、サッと安全圏まで逃げた三毛猫を恨みがましく睨《にら》んでいる。首輪がないので野良猫かもしれないが、身綺麗《みぎれい》でそんなに凶暴そうには見えなかった。素早くハンカチを出して煉の止血をしながら、尊は残念そうに呟く。

「僕たち、動物には嫌われやすいんですよね。本当は僕も煉も猫が大好きなんだけど、こうして噛まれるか威嚇《いかく》されるのがオチで」

「ああ、そうか……」

明良の幼い頃を思い出し、君たちもか、と複雑な思いに捕らわれた。猫に噛まれた、フーッてされた、としょっちゅう泣いていた、小さな姿が彼らと重なって見える。

「何かしら、感じ取るのかもしれません。霊能力者は、言わば第六感が発達しているようなものだから。敏感な猫にしてみれば、油断ならない存在に思えるのかも」

「撫でるまでは、いったんだ！　新記録だろ、尊！」

「はいはい」

「頭と背中を撫でて、ゴロゴロいってたんだ……」

負け惜しみのように煉はくり返し、少し悔しそうに顔を歪めた。

（やっぱり、こうやって見ていると煉くんも尊くんも普通の子なんだよな）

しみじみと、そんな当たり前の感想を抱いてしまう。

それならば、と過去の凱斗を想って胸が痛んだ。

両親には疎まれたかもしれないが、彼もまた普通の子どもだったはずだ。この世ならざる者が視え、その存在に脅《おびや》かされても味方のいない世界はどんなにか孤独で地獄だったろう。

（凱斗……）

でも、今は違う。

密《ひそ》やかに、けれど激しい情熱を持って清芽は断言する。

凱斗には自分がいる。もう、絶対に彼を一人にはしない。自分の命がある限り、いやたとえ肉体が朽ちる日が来たとしても、彼に心を寄り添わせて生きていく。

「あ、皆さん、そんなところにいらしたんですか。冷えた麦茶と桃がありますよ」

清芽の座敷から、尚子の明るい声がした。

行こうか、と西四辻の二人を促して母屋へ引き返す。気がつけば、夏の空は鮮やかな茜色《あかね》に染まり始めていた。凱斗が迎えに来るまで、もう少しだ。

早く会いたい、と清芽は思う。

凱斗と二人きりになって、中学時代の彼ごと強く抱き締めたかった。


母親の病室へ向かっていた凱斗は、廊下で立ち往生している見知らぬ男性と顔を合わせた。父親と同年代くらいだが遥かに上等なスーツを着ており、身のこなしや雰囲気にも洗練されたものがある。自信と貫禄《かんろく》に満ちた初老の紳士は、凱斗を見るなり表情をふと緩めた。

「君は……二荒凱斗くんか？」

「はい、そうですが。母のお知り合いの方ですか？」

「出張から戻って少し時間が空いたんでね、ちょっとお見舞いを、と思ったんだが……」

相手は苦笑して、右手に提げた大きな果物籠《かご》を掲げる。ああ、と凱斗は納得し、『面会謝絶』の札を申し訳なさそうに見た。

「すみません、まだ状態が安定していなくて。あの……」

「ははぁ、覚えておらんかな。君が小さい頃には、二荒家にも何度かお邪魔したことがあるんだが。時に、今回は物騒なことをお願いしてすまなかったね」

「え……」

誰だろう、と急いで記憶を辿《たど》ってみる。しかし、辰巳町にいた頃のことは正直断片的にしか覚えていなかった。あまりにも忌まわしい出来事が多すぎて、早く忘れてしまいたいと強く願い続けていたせいかもしれない。

「茅野だよ。『協会』に呪詛の調査と除霊をお願いした、茅野崇彦《たかひこ》だ」

にこやかに果物籠を押し付け、政治家らしく朗々と崇彦が名乗った。凱斗は戸惑いつつ受け取り、桃の香りに噎《む》せそうになりながら「どうも」と頭を下げる。名前を聞いてもさっぱり顔は思い出せなかったが、してみると彼が今回の依頼人であり尚子の父なのだ。だが、母の見舞いに来るほど付き合いがあったとは知らなかった。

「いや、昔に比べれば疎遠になってしまったがね。茅野家と二荒家は、共に辰巳の発展に尽くしてきた浅からぬ間柄だ。特に、今回お母さんに累が及ぶことにもなり、私も申し訳ない気持ちでいたんだよ。この土地の失踪や怪死は、以前から不連続に起きていた。もっと早くに、何かしら手を打っていれば、とね」

「それは、仕方がありません。事件性を疑っても、普通は霊現象とは結び付けませんから。今回、茅野さんが『協会』への依頼を思いついたことの方が稀《まれ》なんです」

「まぁ、私も神職ではないが茅野家の人間だからね。理屈では説明のつかない、禍々《まがまが》しい気が町に充満しているような気がしてねぇ。しかし、お陰で凱斗くんとも思わぬ再会が果たせた。尚子から連絡は受けていたが、あの子もずいぶんとはしゃいでおったよ。いやもう、二言目には〝二荒くんが〟って喧しいほどで……」

話の途中で、崇彦の携帯電話が鳴り出した。どうやら、電源を切り忘れていたようだ。彼は慌てて電話を切ると、「では、『協会』の方々への挨拶《あいさつ》は改めて。佐和子《さわこ》さん、お大事に」と言い残して立ち去ろうとした。

「おお、そうだ。一つだけいいかな？」

「はい？」

何か思いついたように足を止め、崇彦がこちらを振り返る。

「『協会』から派遣される霊能力者というのは、いつも複数名になるのかね？」

「いいえ、通常は一人です」

「ふうむ」

凱斗の答えを聞き、彼はしばし考え込んだ。そのまま表情を曇らせると、半ば独り言のように小さな声でポツリと呟く。

「では、一人ではとても手に負えない案件ということか」


母さん、と低く声をかけてみる。

灯りのついていない病室は、窓から差し込む夕陽で赤が溢《あふ》れていた。

「もうすぐ点滴が終わりそうだね。そうしたら、夕食の時間だ」

ベッドの上に上半身を起こし、憔悴《しょうすい》しきった表情の母親は返事どころか瞬きさえもしない。

発見されてから一週間、彼女は完全に放心状態で一言も口を利かなかった。

失踪していた間、警察がどこで何をしていたのか一通り調べたが手がかりは一切見つかっていない。監禁されていた形跡もないし、怪しい人物を見たと言う目撃証言もなかった。町外れの団地の敷地内に泥だらけの恰好《かっこう》で倒れていたのだが、彼女がどうしてそんな場所にいたのかもまるで見当がつかなかった。

「母さん、そろそろ灯りをつけようか。暗くちゃ、食事もできないだろう？」

無駄とは知りつつ、根気よく声をかけてみる。正直、自分がこんなに穏やかな態度で母親に接しているのが不思議だった。少し前までは、一生顔を見ることもないと思っていた相手だ。

成長した今でこそ滅多に夢も見ないが、家から出された後の数年間、凱斗の悪夢は全て彼女絡みのものだった。

まぁ、恨み言を口にしたところで届かないんじゃ意味ないしな。

そんな風に胸で呟き、ふと幼い頃の清芽の加護を思い出す。

凱斗を喰らおうとした悪霊のみならず、憂いや恐怖心まで霧散させる強烈な光。持って生まれた力を呪《のろ》い、視えざるものの存在に呼応する己を憎悪していたが、使い方によってはこんなにも清冽《せいれつ》な空気を生みだすことができるのだ。凱斗は魅入られると同時に、生まれて初めて異端の能力を誇らしいと思うことができた。

「……母さん」

あの日からずっと、清芽は自分にとっての『特別』だ。その彼が、自分を追ってここまで来てくれた。単純に喜んでばかりはいられないが、やはり近くにいてくれるのは嬉しい。

「ずっと付き添ってきたけど、明日から仕事を再開するよ。なるべく早くカタをつけて、また見舞いにくるから。多分、その時には母さんの容体も良くなっているはずだ」

「あ……う……」

「母さん？」

突然、母親が窪《くぼ》んだ目をギョロギョロと動かし、何か言いたげに口許を震わせる。

乾き切った唇がぴりっと切れて、みるみる血が噴き出した。

「母さん、どうした？」

立ち去ろうとしかけた凱斗は急いでベッドへ戻り、呻《うめ》きから真意を読み取ろうとする。傍《かたわ》らのティッシュボックスから数枚抜き取って血を拭《ぬぐ》おうとしたが、その途端、いやいやと激しく拒絶をされてしまった。

「ああ……うあああ……」

「母さん！　母さん、落ち着いて。大丈夫、ここは病院だ。何も心配いらないから」

ひいい、と掠れた叫びを喉《のど》から絞り出し、母親は骨ばった指で凱斗の手首を摑《つか》む。むきだしの肌に垢《あか》の溜まった爪《つめ》が食い込み、思わず苦痛が顔に浮かんだ――瞬間。

「おまえ……ダレ……？」

妙にはっきりと言葉にされ、記憶に残る若い母親が表に出る。

冷ややかで酷薄な目つき。取りつく島のない声音。

汚物か化け物でも見るような眼差しは、澱《よど》んだ嫌悪に満ち満ちていた。

「母さ……」

「ああ、もううんざりする」

吐き出される毒は、かつて嫌というほど浴びてきたものだ。思わず耳を塞ぎたくなったが、きつく腕を摑まれていたので叶《かな》わなかった。

「おまえなんか……」

封印したあの日の場面が、その一言からズルリと這《は》い出てくる。

「おまえなんか」

「やめろ……」

母親の唇から、血が筋を作って滴った。

憎悪にまみれた笑みをニタリと浮かべ、白い歯が血に染まるのが見える。

「おまえなんか、早く、死んで」

5

ねぇ、嫌な感じってあるでしょう？

例えば……ほら、あの児童公園の公衆トイレ。あそこ、妙に薄暗くない？　設置されたのは五年くらい前で比較的新しいんだけど、子どもたちも滅多に近寄らないの。

もちろん、それにはちゃんと理由があるのよ。

あそこには、背の高い女の幽霊が出るの。

以前、手を洗いに行ったお母さんが、誰もいないはずなのに後ろからいきなり髪を摑まれたんですって。そのままグイグイ引っ張られて、個室まで引きずり込まれそうになったって。その人、痛みと恐怖でろくに声が出なかったんだけど、母親の帰りが遅いのを心配した娘さんが迎えに来て「おかあさんっ！」って叫んだ瞬間、パッと解放されたんだって。

同時に、床まで伸びていた影がするするって天井へ消えていったって。

そのお母さんって、実は私の元同級生。

あの時、娘が叫んでくれなかったらって思うとゾーッとするって言ってたなぁ。

他にもね、と歩きながら尚子《しょうこ》は左手の路地を指し示す。

「あそこの路地、凄く狭いじゃない？　だから通り抜ける時に前方から来る人とバッティングしちゃった時は身体を横にしてね、こう直立不動のポーズでカニ歩きしなきゃダメなのよね。それが暗黙のルールなの。でも、たまに……いるのよね」

「いる……って……」

「何かいるの。歩いているのは自分一人なのに、誰かと肩がぶつかるの。で、驚いて足を止めるでしょ。そうすると、顔のすぐ間近まで息遣いが聞こえてくるのよ。まるで、見えない誰かが身体を横にして通り過ぎようとしているみたいに」

あたかも自分が経験したかのように、そこで彼女は顔をしかめた。

「そういう時は、気を利かせて自分も同じようにしないといけないの。だって、そうしないと相手が通れないでしょ？　でも、大抵の人はびっくりしてそれどころじゃないし、怖くて走って逃げようとする人もいる。道が塞がっているんだから、逃げられるわけないのに。見えないだけで、いるんだもの」

「…………」

「パニックになって立ち往生していると、声がするんだって。〝おまえ邪魔だよ〟って。その声を聞いた人は、必ず交通事故で死ぬの。だからね、どんなに驚いても声がする前に道を空けなきゃいけないのよ。……って、小学校の時に流行《はや》った話」

「え、何だ、脅かさないでくださいよ」

迫真の語り口に真顔になっていた清芽《せいが》は、ホッと息を吐いて緊張を解く。先刻からこんな調子で、尚子から町のあちこちで囁かれる曰くを聞かされ続けていた。昨日、西四辻《にしよつつじ》の二人が話していたが、確かに小さな町なのに怪しい噂《うわさ》が多すぎる気がする。

「でも、ちょっと不思議ね。葉室《はむろ》さん、煉《れん》くんと尊《たける》くんのアシスタントなんでしょう？　それなのに、こうして話していると普通の人みたい。ね、さっきの公園とか路地、何も感じなかった？　変なモノ、視たりしなかった？」

「え、ええと、ですね……」

好奇心に満ちた眼差しを向けられて、清芽はたちまち返事に窮した。このパターンは、前回の怨霊退治と同じだ。霊感なんて欠片もないのにある振りをして、ごまかすのに四苦八苦だった。あの時は凱斗《かいと》が自分の霊能力を貸してくれて一時的にしのげたが、今回はどうしようかと相談するつもりだったのに、昨日、彼は約束の打ち合わせに来なかったのだ。

（だから、こうして実家を訪ねようと思ったんだけど）

心配になって電話してみたが、携帯電話は通じなかった。当然、メールの返信もなしだ。まさか、と思う反面、再び音信不通になるなんて、と腑《ふ》に落ちないものを感じる。

「あ、もうすぐよ。あの角を右に曲がった突き当たりが、二荒《ふたら》くんの実家。この辺は全然町並みが変わっていないから、私も昔に帰ったみたいな気がするなぁ」

「昔……ですか？」

「そう。私、中学の時にクラス委員やってたの。二荒くん、学校を休みがちだったからよくプリントを届けに行ったわぁ。でも、せっかく訪ねて行っても無愛想でね、ニコリともしないで〝どうも〟とか言うから帰り道で一人で怒ったりして。〝何、あの態度！〟って」

朝食後、凱斗の家まで案内すると言って同行してきた尚子は、道中ずっとしゃべっていた。それは不自然なほどのはしゃぎようで、特に凱斗の家が近づいてからは中学時代の思い出話が次から次へと飛び出してくる。個人的に仲が良かったわけじゃない、とか言っていた割には彼女の記憶は鮮明で、清芽としてはあまり愉快な気分ではなかった。

（い、いやいやいや、別に妬《や》いてるとか、全然そういうんじゃないけどさ！）

しかし、尚子がかつて凱斗に特別な関心を抱いていたのは事実のようだ。十数年ぶりの再会で、その頃の感情が蘇《よみがえ》ったとしてもおかしくはない。一人で勝手にヤキモキしていたら、角を右折するなり彼女が前方を指差した。

「あそこよ」

「わ……」

目に飛び込んできたのは、行き止まりの路地の中央に位置する厳めしい平屋だった。元は立派な屋敷だったろうに手入れをされていないのか、荒んだ印象ばかりが目立つ。あちこち欠けた石の門柱には、墨《すみ》が滲《にじ》んで判別のできない表札が埋め込まれていた。

「驚いた？　私の家もそうだけど、二荒くんの家もかなり古いのよね。ただ、あちらはご両親がほとんど人付き合いをされていないから、ちょっとうら淋しい感じだけど」

「ちょっと、て感じじゃないですよね……」

思わず、本音がポロリと零《こぼ》れてしまう。それほど、凱斗の実家は荒れ果てていた。古い家屋が傷んでいる、という以前に、何かどんよりした湿気が渦巻いている。霊感のない自分でさえそんな感想を持つくらいなのだから、凱斗にとっては相当住み難い場所のはずだ。

「やっぱり、住む人間に影響されるのかしら」

門の前から家屋全体を眺め、ポツリと尚子が呟いた。

「二荒くんがいた頃は、まだここまでひどくはなかった気がするもの」

「それ、どういう……」

意味深な独白が引っかかり、尋ね返そうとした時だった。

ガシャーン！

突然、家の中で激しい物音が聞こえ、二人は何事かと顔を見合わせる。次の瞬間、清芽は弾かれたように駆け出し、追ってこようとした尚子へ振り向き様に声を張り上げた。

「尚子さんは来ちゃダメだ！　そこから、こっちへは入って来ないで！」

「え、え、どうして……」

「それより、煉くんと尊くんを呼んでください！　連絡つきますよねっ？」

清芽の剣幕に押され、彼女はこくこくと頷く。今日も別行動を取っている彼らは、朝から町内の探索に出かけていた。

「あの、葉室くん、一体何が……」

「煉くんたちが到着するまで、絶対にそこから動かないでください！」

問答無用で言い放ち、再び玄関を目指して猛ダッシュする。その間も、家屋からは引っ切り無しに不穏な物音が続いていた。何かが床をいざり、瀬戸物が幾つもぶつかって割れる。家具が倒れる振動に続き、硝子《ガラス》の砕ける音が響き渡る。

「凱斗！」

必死で呼びかけたが、中から返事はない。

一刻も早く駆けつけたかったが玄関の位置がわかりづらく、清芽は少々面食らった。建物沿いに左へ回り、ようやく見つけた引き戸に手をかける。その瞬間、手元で火花が散ったような気がして怯《ひる》んだが、どこにも火傷《やけど》の痕《あと》はない。ままよ、と構わず思い切り扉を開けた。

「凱斗！　凱斗、いるのか！」

急《せ》く心のままに声を張り上げる。異常な空気に、思わず噎せそうになった。

「返事しろよ！　凱斗！」

「ダメだ、清芽！　来るな、外に出ろ！」

「凱斗……」

いた、と確信すると同時に中へ飛び込み、土足のまま奥へ向かう。

屋内は薄暗く、昼間だというのに視界がひどく悪かった。勘を頼りに廊下を突き進むと、やがて開け放たれた障子の向こうから仄《ほの》かな灯りが目に入る。

「凱斗！」

ざりざりと、畳の上を何かが這いずる音がした。

同時に強烈な異臭が漂い、清芽の全身にぶわっと鳥肌が立つ。

清芽はよろめき、綿壁に背を預けて懸命に呼吸を整えた。

『いい、兄さん？　呼吸は全ての基本だからね。良い気を取り込んで、悪いものを吐き出す。恐怖で意識が乱れそうになったら、まず深呼吸をして』

明良《あきら》から聞かされた咄嗟《とっさ》の対処法が、ぐるぐる脳裏を駆け巡る。そうだ、正しい呼吸だ。数字をゆっくり数えながら、深く息を吸って長く吐く。意識をそちらに向けて、余計なことは考えない。悪霊どもがつけ込む隙を、決して作ってはならない。

（しっかりしろ、俺！　足手まといにならないって、決心したばかりだろ！）

たとえ視えなくても、聴こえなくても、悪いモノを感じることはある。だが、加護を受けている清芽の場合、それは相手がよほど強烈で性質《たち》の悪いことを意味していた。つまり、凱斗が対峙《たいじ》しているのは、それだけ危険な霊なのだ。

（でも、俺は凱斗に怪我《けが》なんか負わせない。そのために、ここへ来たんだから）

呼吸が落ち着くに従って、鳥肌が嘘のように鎮まった。よし、と頃合いを見計らい、清芽は意を決して障子の向こうに踏み込んだ。

「このバカ、来るなって……」

「凱斗……」

灯りの正体は、揺らめく蠟燭《ろうそく》の炎だった。

畳の上には墨で陣が描かれ、その中心に凱斗がいる。彼は片膝《ひざ》を立てて座り込み、苦痛を堪えるように左の二の腕を押さえていた。片袖《そで》が引き裂かれ、指の痕がくっきりと痣《あざ》になっている。尋常でない力で捩じられたとしか思えない、異様な光景だった。

「上手くおびき寄せたと思ったが、不意を突かれた。くそ……」

「大丈夫かよっ？　怪我してるんじゃないのかっ？」

「そんなに騒ぐな。これくらい、昔は日常茶飯事だった」

「…………」

自嘲《じちょう》とも取れる呟きを漏《も》らし、凱斗は片頰で苦々しく笑う。その間も這い回る音は止まず、ざりざりと畳の表面が毛羽立っていった。清芽には視えないが、音の主はうろうろと爪を立てながらこちらへ飛びかかる機会を窺《うかが》っているのだ。

「まずったな。この手だとまともに護身法の印が結べない」

ちっと舌打ちをし、凱斗は人型の呪符を目の前に並べた。

「身代わりの呪……？」

「ああ。上手く引っかかってくれればいいが」

三度の息吹と共に真言を唱えようとしたが、途中で凱斗の声が止まる。並べた順から呪符が黒ずみ、あっという間に腐っていった。しかも腐敗はそこだけに留まらず、畳にまで染み込んでいく。やがて原型を無くした人型から、悪臭が漂い始めた。

「あいつ、予想より育ってやがる」

打つ手なしか、と臍《ほぞ》を噛み、凱斗が毒づいた瞬間。

地鳴りと共に強い衝撃波が彼を襲い、まともに食らった身体が陣の外へ吹き飛んだ。

「凱斗！」

「く……」

壁に強《したた》かに打ち付けられ、その唇から苦痛の呻《うめ》きが漏れる。けれど、清芽は駆け寄ることができなかった。仰向《あおむ》けに転がった彼の身体を、『何か』が押さえつけていたからだ。

「あう……っ！」

ギリ、と凱斗の両腕に圧力が加わり、みしみしと骨の軋《きし》みが伝わってきた。むきだしの左腕はたちまち赤黒く腫《は》れあがり、血管の筋が痛々しく浮き出ている。

「やめろ……やめろ！　凱斗を離せ——ッ」

あらんかぎりの声で叫んだが、凄《すさ》まじい妄念の熱波が叫びを空しく呑み込んだ。視えないそいつは凱斗の上に跨《また》がって、筋肉を裂き、両腕を引き千切ろうとしている。

どうしよう、このままでは凱斗が。

凱斗の両腕が、奪われてしまう。

「そんなこと……」

清芽の視界が、怒りで赤く染まった。

「そんなこと、させるかよ……」

全身の血液が沸騰し、研ぎ澄まされた意識が一点へ集中する。

視えなくても、敵はそこにいた。

塵《ちり》にすべき相手は、間違いなく目の前にいる。

「凱斗を離せ……今すぐ離せ！」

ちょおうだァい。

「え……」

どうせシぬんだから、ちょうだいよおぉう。

——聴こえた。

ほんの一瞬、声が聴こえた。凱斗を蝕《むしば》もうとする、妄執の塊の嬌声《きょうせい》が。

「おまえ……なんかに……」

——渡せるものか。

そう強く念じた刹那《せつな》、怒りが恐怖を凌駕《りょうが》した。

さあっと周囲の空気が澄み、淀《よど》んだ腐臭が嘘のようにかき消える。蠟燭の炎が揺らぎ、薄闇に蠢《うごめ》く影が映ったが、今や欠片も恐ろしいとは思わなかった。

「おまえなんかに——指一本触らせない」

氷の声音は音になるや否や、鋭利な波動となって斬りかかる。凄まじい空圧は、まるで巨大な鎌だった。一振りで闇が切り裂かれ、悪意の影が瞬時に霧散する。同時に凱斗の腕が解放され、清芽は無我夢中で彼の傍らへ駆け寄った。

「凱斗!」

「お……まえ……何した……」

苦痛に顔を歪めながら、凱斗が起き上がろうとする。だが、答えている余裕などなかった。悪霊の気配が、再び膨張《ぼうちょう》し始めたからだ。

「嘘……どうして……」

「妄執に、〝諦める〟という概念はないんだ」

完全に消滅する、その一瞬まで。

凱斗の言葉は本当だった。次に飛びかかる機会を待ち、ざり、ざり、と畳を引っ掻く音が円を描きながら迫ってくる。

「くそ、清芽、早く逃げ……」

「大丈夫。あいつは、俺には手を出せない。俺がいる限り、近寄っては来れないよ」

「〝加護〟か……?」

「うん。わかるんだ。この加護は、俺を守るためなら何でもするんだってこと」

「…………」

　凱斗の背中を支え、清芽は力強く頷いてみせる。もう遠慮や迷いは感じなかった。

　これ以上、大事な人を傷つけさせたりはしない。

　はっきりと己に誓った時、初めて加護の本質に触れたと思った。

「俺は、悪霊の餌《えさ》になるのは嫌だ。でも、そのために〝加護〟があるんじゃなかった」

「清芽……」

「俺じゃないんだ。俺が守りたい人たちのためにこそ、与えられたものだったんだ」

　ようやくわかった。

　それが、〝使いこなす〟ということなのだと。

「冗談……言うな。俺は、おまえに守られるなんて……絶対に御免だ」

「でも、俺は凱斗に何かあったら生きていけないよ」

　すかさず答える声には、一片の迷いもない。

「蚊帳《かや》の外に置かれてあんたが傷つくのを見るくらいなら、飛び込んで一緒に傷を負った方がいい。俺は、自分に与えられた加護をそのために使いたい。凱斗だけじゃなく、明良や西四辻の二人や櫛笥《くしげ》さん……皆についても同じだよ。だから、俺はここへ来たんだ」

「…………」

凜《りん》と澄んだ気配に圧倒され、凱斗は言葉を失っていた。苦痛と憎悪に縁取られた瞳が、静かに光を取り戻していく。苦渋の色は消え、彼は眩《まぶ》しそうに微笑を浮かべた。

「悔しいな。今、おまえを力一杯抱き締めたいのに」

うそぶきながら、だらりと下がった両腕に嘆息する。ひどく痛めつけられただけに、なかなか思うようには動かせないらしい。それなら、と清芽は自分の両腕を伸ばし、そっと彼の頭を掻き抱いた。自分が触れている限り、悪霊は凱斗には手を出せない。

「焦《じ》れているな」

気配を感じるのか、凱斗が呟いた。

獲物を狩る好機を逸し、相手の苛立ちは怒りに変貌《へんぼう》しつつあるようだ。ぴりっと空気が張り詰め、呪詛の振動が清芽にまで伝わってきた。

「このまま睨み合いが続くとまずい。もし第三者が入ってきたら、間違いなくそいつから先に憑《と》り殺される。もともと俺を囮《おとり》におびき寄せたから、目的を達成するまでは引かないぞ」

「自分を囮になんて、何を考えてるんだよ！」

「……そう喚《わめ》くな。一刻も早くカタをつけたい相手だったんだ」

「凱斗……」

それは、昨日打ち合わせに来なかったことと関係があるのだろうか。無謀とも思える除霊を試みるほど、彼を追い詰めるような何かがあったのに違いない。

「凱斗、あの」

「他人を巻き添えにしたり邪魔が入ったりしないよう、結界だって張っておいたんだぞ。それを、誰かさんはあっさり破って上がり込んできたしな」

「あ、あの火花ってそれだったのか。……ごめん」

何も知らずに、静電気くらいの感覚で強引に押し入ってしまった。清芽が恐縮して謝ると、凱斗は呆《あき》れたようにくっくと笑い出す。

「まったく、そら恐ろしい奴だよ。何も知らずに、ナチュラルに結界を越えるとは。おまえの加護なら、危険な場所には近づけまいとするかと思ったが」

「そういえば、そうだよな。俺の霊感を奪っているのだって、そのためなのに」

「つまり、加護とおまえの力関係が一瞬逆転したんだ。さっきの言霊《ことだま》といい、清芽の強烈な思念は加護を従えさせることも可能なんだろう」

「力関係の……逆転……」

それって、と更に続けようとした時だった。

ざくり、と鈍い音が長く響き、清芽はぎくりとして会話を止める。目の前の畳が真一文字に抉《えぐ》られ、藁《わら》が内臓のように飛び出していた。

「まずいな……」

怒り狂う悪霊が、凱斗の目に映っている。いくら攻撃されないとはいえ、いつまでも膠着《こうちゃく》状態では分が悪かった。何かの弾みで清芽が離れれば、今度こそ彼は殺されてしまう。

ちょ……だ……。

微かな囁きだったが、悪意に満ちた響きが闇に広がった。

「凱斗……」

俄《にわ》かに緊張が高まり、清芽は凱斗を抱く腕に力を込める。

ざくり、とまた傷が増えた。それは、座り込む清芽の膝、数ミリ手前まで来ている。

「ちょうだぁい」

ざく。ざくざくざくざく。

畳を抉りながら周囲を旋回し、その速度が急速に速まっていった。清芽は離れまいと一層身を固くし、凱斗は何もいない空間を睨みつけている。

「ねエ、その腕、くれるんだよねぇ?」

突然、耳元ではっきりと声がした。

不意を突かれた清芽は、一瞬びくりと身を引いてしまう。しまった、と思った時には遅く、凱斗の足首を『何か』ががしりと掴んだ。

「凱斗！」

凄まじい力が加わり、そのままぐいーっと引き摺《ず》られていく。手を伸ばしたが間に合わず、凱斗の身体を闇がぱくりと呑み込もうとした。

――その時。

「我が言の葉、縛となりて魔を招来す」

「え……」

「くり返す。我が言の葉、縛となりて魔を招来す！　その力は〝斬〟〝滅〟〝散〟！」

聞き覚えのある声が、朗々と室内に響き渡った。

ぴたりと凱斗の動きが止まり、赤い呪文字が空にゆらりと浮かび上がる。

「これは……櫛笥さんの……」

唖然《あぜん》として見つめる清芽の耳に、別の方向から新たな声が聞こえてきた。

「我が口は炉の口。我は忿怒形《ふんぬぎょう》の隆三世尊《ごうざんぜそん》と同一であり、その周囲を眷属《けんぞく》が囲んでいる」

「煉くん……」

「我、その者に粛《しゅく》として命ずる――燃えろ」

抑揚のない声で煉が命じるや否や、呪文字がめらめらと青く燃え上がる。浄化の炎は霊縛に捕らわれた影に絡みつき、初めて邪悪な輪郭が露《あら》わになった。

「こ……ども……？」

予想に反して、それは非常に小さな塊だった。

しかし、異様に長い両手は肘《ひじ》から先が奇妙な方向へ捩じくれ、まるで枯れ木を生やしているようだ。顔や細かなところまでは判別できなかったが、口と思《おぼ》しき場所がぱっくり裂け、延々と何かを叫んでいるのが見て取れた。

「うるせぇな！」

パン！　と煉が両手を合わせ、断末魔を一蹴《いっしゅう》する。

「オン・スムバ・ニスムバ・フン・グリナ・グリナ・フン・グリナ・アーバヤ……」

続けて彼は真言を口の中で唱え、最後に炎に向かって明言した。

「我、浄化の炎をもってその呪詛を全て消滅させる！」

ジュ、と短い音が散った。

一瞬で周囲は薄闇に戻り、歪んだ妄執が無に帰していく。

終わった――今度こそ。

完全な消滅を目の当たりにして、清芽はようやく深々と息を吐いた。

「間一髪だったな……」

溜め息混じりに凱斗が呟き、よろめきながら身を起こす。助けようと彼に走り寄ったが、片袖が引き裂かれ、むきだしの肌に幾つもの痣や擦《す》り傷が残った姿はまさに壮絶の一言だった。

「凱斗、大丈夫か？」

「心配ない。引きずられたのは、身代わりだ」

彼は苦笑いをして、手のひらの呪符にふっと息を吹きかける。めらっと火のついた紙が丸まり、みるみる小さく燃え尽きた。

「みが……わり……」

「危機一髪だったけどな。さすがに、冷や汗をかいた」

「そ、そんな呑気なこと言ってる場合じゃ……」

大体、呪符は腐ってしまって無効ではなかったのだろうか。

困惑する清芽に、櫛笥がにこやかに説明をしてくれた。

「僕が霊縛の呪をかけた時に、咄嗟に身代わりを立ててすり替わったんだよね。あの悪霊、一度捕まえて油断していたようだから、呪符だと気づくより僕の呪の方が早かったし」

「じゃ、あんなに手強かったのに、あっさり呪にかかったのは」

「不意を突いたってのもあったけど、二荒くんの機転も効いていたかな。悔しいけど」

「へっ、相変わらず素直に負けを認めねぇ男だな」

憎まれ口を叩きながら、煉もこちらにやってくる。相変わらず偉そうな態度だ。だが、先ほどの畏怖すら感じる姿を見てしまうと、目の前の彼と同一人物とは信じ難い思いがした。

「何はともあれ、君たちが無事で良かったよ」

櫛笥がホッと安堵《あんど》の息をつき、外で尊と尚子が待っていると告げる。

しかし、やれやれと気が緩んだのも束の間、彼はすぐに綺麗な顔を曇らせた。

「玄関で、尊くんが憑依《ひょうい》を始めている。どうやら、全ての元凶はそこにありそうだね」

「あ、皆さん。良かった、無事だったのね」

全員が外に出たところで、尚子《しょうこ》が安堵《あんど》したように表情を緩ませた。余程心細かったのか、少し涙目になっている。見れば、彼女のすぐ傍《かたわ》らには正座する尊がいた。地面の上できちんと膝《ひざ》を揃《そろ》えて目を閉じた姿は、整った容姿を更に美しく際立たせている。

「玄関に近づくなり、尊くんが〝僕は行けない〟って言いだして……皆を送り出してから、ここに座ったかと思うと、すぐに瞑想《めいそう》状態に入ってしまったの」

「お姉さん、心配いらねぇよ。もうすぐ戻ってくっから」

「戻る？」

「うん。だから、もうちょっと待っていようぜ」

怪訝《けげん》そうな彼女にニカッと笑い返し、彼は尊の前にしゃがみ込んだ。憑依《ひょうい》状態の従兄弟《いとこ》を待つのは、幼い頃から慣れっこなのだろう。

「やだ、二荒《ふたら》くん。どうしたの、その腕！」

落ち着いた尚子は凱斗《かいと》の怪我《けが》を見咎《みとが》め、今すぐ治療しなきゃと真っ青になった。凱斗は取りあわなかったが、腕が使えなくなるのは致命傷だと周囲からやんやと責めたてられる。仕方なく降参し、湿布くらいあるだろうと再び屋敷内へ戻る彼を見送って、櫛笥《くしげ》がやれやれと溜《た》め息《いき》をついた。

「とりあえず、大事になる前に合流できて良かった。ちょうど煉《れん》くんたちと落ち合った時に、二荒家へ来てくれと彼女から電話が入ったんだ。いいタイミングだったよね」

「そうだったんですか。でも、櫛笥さんがいてくれて本当に助かりました。さっきの奴、俺にまで声や気配が感じられたくらいだから、けっこうヤバかったと思います」

「ああ、そういえば葉室《はむろ》くんには二荒くんの影響が残ってるんだっけ」

「借りた霊能力はすぐ返したんですけど、一度身内に取り込んだ感覚のせいか以前よりは敏感になったみたいです。でも、それだけ強力な霊ってことだから嬉《うれ》しくはないけど」

話している間に、今更のように身震いが出た。

あんな化け物相手に、我ながらよく怒りだけで立ち向かえたものだと感心する。

(でも、それ以上に得るものが大きかったもんな)

恐怖を凌駕《りょうが》した時、初めて清芽は加護を意識的に扱えたのだ。

それは、何より大事な収穫だったと思う。

「そうだね、確かにアレはちょっと厄介な霊だったな。一人だったら、祓《はら》うまではいかなかったかもしれない。それは、二荒くんや煉くんにしても同じことが言えるはずだよ」

「え……」

櫛笥が小難しい顔で、先ほどの一幕を分析した。

「恐らく、尊くんが降霊を始めたんで霊の意識が分散されたんだな。それで、僕たちにもつけ込む隙《すき》ができたんだ。奴らが集合体になったらモンスター級だったと思う。ほら、以前に皆で祓った食い意地の張った悪霊みたいにさ」

「それって……まるで、敵が一体じゃなかったって言ってるみたいじゃゃ……」

「うん、そうだよ？　現に、尊くんは今他の霊と交信を行っているでしょう？」

事も無げに言われて、改めて背筋が寒くなる。

それでは、さっきので全部が終わったわけではないのだ。

「僕も煉くんも、同じ感じを受けたんだよ。この家の玄関は、ちょっと変だ。臨時の封印が施されているけど、これは多分、二荒くんがやったんだろう」

「凱斗が？」

「彼、しばらくここで寝泊まりしていたんだろう？　だったら、ここを無視できるはずがないし。だけど……おかしなことに、封印はもう緩み始めている。二荒くんがそんなに荒い仕事をするとは思えないから、霊たちの力がそれほど強いか、あるいは……」

そこまで話しかけて、櫛笥はふと躊躇《ちゅうちょ》した。どうしたんだろう、と清芽《せいが》はもどかしくなったが、彼はしばしためらってから、気を取り直したように清芽へ微笑《ほほえ》みかける。

「憶測の話は、この辺で止めておこうか。話が逸《そ》れたけど、僕が言いたかったのは一人じゃ除霊は難しかったということ。僕が霊縛の呪《じゅ》をかけて、煉くんは調伏《ちょうぶく》の術を行う。それぞれが自分の術に集中できたからこそ、成し得た除霊だ」

「はい、それは俺も同感です」

「そういや、大抵は不動明王《ふどうみょうおう》の調伏法を用いるんだけど、煉くんは降三世明王を選んだね。あの子も、あれこれ手を出しているなぁ。まだ中学生だっていうのに、西四辻《にしよつつじ》の二人は末恐ろしいよ。さすが〝先祖返り〟と言われるだけはあるな。同じチームなら、実に心強いよね」

「櫛笥さん……？」

つまりね、と櫛笥はある程度の確信を持って断言した。

「霊能力者のチーム、悪くないってことさ。一人一人のリスクが減って、ミッション遂行の能率と成功率が格段に飛躍する。そうじゃない？」

「それ、どこぞの王様に言ってやってくれ」

「二荒くん……」

「あいつが認めない以上、兄貴を引っ張り込むわけにはいかないからな。何しろ、今でさえ相当おかんむりだ。本気で神経を逆撫《さかな》でするると、何をやらかすかわからない」

はぁ、とウンザリしたような溜め息をつき、凱斗が再び姿を現した。彼の言う『王様』が誰を指すのか、改めて口にしなくても皆がわかっている。それだけではなく、清芽にとって今の発言は非常に重要な意味を持っていた。

(要するに、明良《あきら》が認めてくれればってことなんだよな？　そうしたら、霊能力者のチームプロジェクトに参加できる可能性が俺にもあるんだ)

希望が出て来たら、ますますやる気が湧《わ》いてきた。正直、凱斗を敵対視する明良が素直に認めるとは思えなかったが、先ほど櫛笥が言ったようにチームの足並みさえ揃えば各々のメリットは非常に高い。一人で何でもこなす明良には無縁のプロジェクトだが、加護というイレギュラーな能力を持つ清芽には最も安全な手段にも思えた。何より嬉《うれ》しいのは、少し前まで頭ごなしに反対していた凱斗が、どういう心境の変化か態度を軟化させたことだ。

(明良も凱斗も、霊能力者として生きることを俺に望んではいないようだけど……でも)

だからと言って、いつまでも庇護《ひご》される立場ではいられない。

二荒凱斗という男を選んだ時点で、清芽の進む道も決まったのだ。彼が霊能力者として異端の存在に関わって生きていくのなら、自分もまたそうするだけだ。

「尊が戻ってきた！」

根気強く見守っていた煉が、弾んだ声を出した。

その言葉に呼応するかのように、瞼《まぶた》が小刻みに震え始める。長い睫毛《まつげ》が重たく揺れ、濡《ぬ》れた黒目が神秘的に見開かれると、一同は魅せられたように一斉に息を呑《の》んだ。

「……ちょうだい……」

薄い唇が開かれ、あどけない声が零《こぼ》れ落ちる。

「その腕、ちょうだい。足をちょうだい」

「た……ける……？」

「返して。僕の腕を、足を、目玉を返して。痛い。痛いよぅ。痛い、痛い痛い痛い痛い……」

「これは……」

くり返される妄執《もうしゅう》の言葉が、凱斗の顔色を変えさせた。

摑《つか》まれた腕が再び痛み出したのか、こめかみには汗の粒が浮いている。

「凱斗、顔色が……」

「俺が……まだこの家にいた頃……」

誰に言うともなく、彼は呻《うめ》くように声を絞り出した。

「執拗《しつよう》に俺の腕を欲しがる霊がいた。子どもだ。多分、さっき襲ってきた奴だと思う」

「凱斗……」

「だから、祓おうと思ったんだ。もう振り回されるのは嫌だった。アレが家を徘徊《はいかい》するようになってから、ただでさえ険悪だった母親との仲が加速をつけて悪化した。俺の家を、家族を蝕《むしば》んだだけじゃ飽き足らず、アレはまだ俺の腕を欲しがっている。昔の俺は怯《おび》えるだけの子どもだった。でも、今ならいっきに祓える――そう思ったんだ」

「ふぅん。じゃあ、自分を餌《えさ》におびきだしてカタをつけるつもりだったのか」

感心しない、というように、櫛笥が眉《まゆ》をひそめて口を挟《はさ》んだ。

「二荒くん、それはちょっと賢くなかったね。何だか、君らしくないなぁ。あそこまで妄執が肥大した悪霊相手に、単独行動は危険すぎるよ。まして、君は霊能力者のチーム化プロジェクトを推進する立場なのに。葉室くんが来なかったら、どうなっていたことか」

「や、櫛笥さん、俺は別に……」

「葉室くんも、変なところで謙遜《けんそん》しない。君の加護の力、凄《すご》かったよ。二荒くんは当事者だから冷静になれというのも酷だけど、ここにはあくまで仕事で来ているんだろう？　それを忘れてはダメだよ。第一、辰巳町《たつみちょう》にはびこる悪意と霊障は、ここに封印されている霊の仕業で間違いないの？　確証があるなら、僕たちにも聞かせてほしいな」

「それは……」

「〝ちょうだぁい〟」

唐突に、尚子が尊の言葉を反芻《はんすう》した。

皆がギョッとして彼女を見たが、その視線は真っ直ぐ凱斗だけに向けられている。

「ね、覚えてない？　二荒くんには話したでしょ？　私の叔母が、数日間失踪した後で遺体で発見されたって話。彼女の自殺した友人が、子どもの霊が這《は》い寄ってくるって怖がっていたって。〝ちょうだぁい〟って、何かをせがむんだって」

「それ本当ですか、茅野さん?」

「ええ、私も父から聞いたんだけど。その話をしたら、二荒くんひどく狼狽《ろうばい》していたわよね。あの時から、何か関連があるんじゃないかって思っていたんでしょう?」

清芽の質問に頷《うなず》き、尚子は再び凱斗へ向き直った。

「同じ妄執を抱いた霊がたくさんいるなら、話が一番わかりやすいわ。町のいろんなところで事件が起きたり、あちこちに被害者が分散しているのだって説明がつく。問題は、その霊たちが何者でどうして呪詛《じゅそ》を撒《ま》き散らすのかってことよね?」

「…………」

誰も、異を唱えなかった。

確かに、そう考えれば腑《ふ》に落ちる部分が多々あるのだ。呪詛絡みと思われる情報は清芽も目を通したが、遺体はいずれも身体の一部を欠損していた。腕、目玉、足や舌——全て、先ほど尊が発した言葉に出てきたものだ。

「——沓脱《くつぬぎ》石の呪法です」

凛《りん》とした響きが、不気味な沈黙を破った。尊だ。瞳に自我の光が戻り、夢見るようだった顔つきにもしっかりと生気が蘇《よみがえ》っている。

彼はゆっくりと立ち上がると、服についた土を丁寧に掃《はら》い落とした。

「おい、大丈夫か?」

俺様な態度はどこへやら、煉が優しく従兄弟を気遣う。尊はニコリと微笑んで頷くと、ゆっくりとその場の全員を見回した。

「お気づきの方もいるでしょうが、この家は路殺《ろさつ》に位置します」

「路殺？」

「道を塞《ふさ》ぐ位置に建っていて、気の流れをせき止める家のことです、葉室さん。そういうのは凶相と言われていて、魔を呼び込みやすいんですよ。だから、災いを避けるために玄関が吉方にずらされている。この家が門から入ってわざわざ左へ回らないとならないのは、魔除けのためなんです。改築はされているでしょうが、玄関の位置だけは変わっていないはずです。いえ、変えてはいけないんです。何故なら、二重の意味で利用されているから」

「二重の……意味……」

「そうです、二荒さん。もう一つの目的は――死霊封じです」

玄関前の一ヶ所を、尊は険しい眼差しで見下ろす。引き戸の手前のそこは、庭から一段高くしてあった。石が地中に埋め込まれ、段差を作っているのだ。

「皆も感じているように、ここに凄《すさ》まじい怨念《おんねん》の集合体が封印されています。そのほとんどは赤ん坊か、五歳未満の子どもです。さっき僕が憑依させたのはその内の一人で……その子には両腕がありませんでした。代わりに枯れ木のような棒がくっついていた。恐らく、無くした腕の代わりにと埋葬した者が付けたんでしょう。副葬品と呼ぶには、あまりに質素ですが」

「…………」

「尊くんの話が本当なら、それは呪術的葬法の一つだね。死霊の祟《たた》りを防ぐために、沓脱石の下に遺体を埋めるんだ。大体は、間引きや非業の死を遂げた死者に行うのが一般的だけど」

櫛笥の言葉に、尊は「はい」と重々しく答える。

「一人二人じゃありません。何十人といます。それら全てが子どもです」

「どうして……誰がそんなことを……」

ひっと尚子が口を押さえ、真っ青な顔で震え始めた。おぞましい事実に清芽も寒気を覚えたが、他の連中はある程度予想をしていたのか、無言で表情を曇らせるに留まっている。

この家に、無数の子どもが埋められている。しかも、身体の一部を失った姿で。

これは、一体何を意味しているのだろう。

「気になるのはさ、何で、子どもが大量に死んだかってことだよな。おまけに、いくら祟りを怖れたからって、まともな埋葬も供養もされないなんて変だよ。どんだけ特殊なパターンだったのか、想像もつかねぇ。……したくもねぇけど」

苦い顔で腕を組み、煉がぶっきらぼうに呟《つぶや》いた。ひどく不愉快そうだ。当事者の凱斗も同じ気持ちらしく、答えを求めるかのように尊を見た。

「尊、おまえなら、わかるだろう？　霊から知り得た情報を教えてくれ」

「それは……」

「俺は、『協会』から派遣された者として緩んだ封印をもう一度結ばなくてはならない。だが、今までと同じやり方では恐らく意味がないだろう。徹底的に封じ込めるか除霊で一掃するか、二つに一つだ。どちらにせよ、事情がわからなくては判断できない」

「そもそも、誰がここに封印したのかって謎もあるしね。二荒くんに心当たりは？」

櫛笥から質問され、凱斗は悔しそうに首を振る。それがわかれば、もっと早くに手を打てたと言いたいのだろう。彼にしてみれば、実家に死霊封じの呪が施されていたなんて寝耳に水の事実なのだ。

「俺の家は旧家で、代々この土地の名主を務めていたと聞いている。だが、霊的な世界と関わりがあったことはないはずだ。親族に、そういった人間もいない。だからこそ、両親にとって俺は異端の息子だったんだと思う。申し訳ないが、まるきり見当がつかない」

「二荒くんが何も知らないのは当然だ」

突然、聞き覚えのない声が門の方から聞こえてきた。

一同はサッと警戒を強め、たちまち空気に緊張の糸が張り詰める。

「何しろ、彼は十代の頃に辰巳を離れているんだからね」

「お父さん……」

尚子の一言が、その糸を破った。背の高い初老の男性が、優雅にこちらへ歩いてくる。半分ほど銀髪の混じった頭部を綺麗《きれい》に撫《な》でつけ、質素だが仕立ての良いスーツは育ちの良さを思わせたが、何より物腰の上品さに目を奪われた。

そういえば、茅野家は宮司《ぐうじ》の家系なんだっけ。

どことなく神職の父と似た雰囲気を感じ、清芽はなるほどと納得をする。尚子が父と呼ぶからには、間違いなく彼が今回の依頼人、茅野崇彦《たかひこ》氏なのだろう。

「お父さん、どうしてここに?」

「やっと時間が空いたので、皆さんに一度ご挨拶《あいさつ》をと思ってね。そうしたら、家政婦の牧田《まきた》さんが二荒家へ向かったと言うんで追ってきたんだよ。またすぐ事務所へ戻らねばならないが、運よく『協会』の方々が全員お揃いのようだ。皆さん、このたびはお世話になります。私が依頼人の茅野崇彦です。何もかも娘に任せきりで、本当に申し訳ない」

「ど……どうも……」

唐突な対面に面食らいつつ、皆がそれぞれ簡単な挨拶をした。凱斗だけは面識があるのか軽く会釈しただけだったが、尚子は二人の間に立って何故か焦っている。まるで、初めてボーイフレンドを親に紹介するようだと、見ていた清芽は少し気になった。

「君たちは、ここに封印された霊が辰巳町を祟っていると、そう結論を出したんだね?」

「ええ。推論に過ぎませんが、どちらにせよ放置しておくのは危険な霊です」

「そうですか……では、私も依頼人として知る限りの話をお教えしましょう」

一番年長の櫛笥へ居住まいを正し、彼は驚くべき真実を口にする。

「二荒家の土地に死霊封じをしたのは、我が茅野家の先祖なのです。ここに埋葬されている子どもたちは、皆、人身御供《ひとみごくう》として選ばれた者たちなのですよ」

「な……」

「人身……御供……だって……？」

「その通り。辰巳のために、尊い命を犠牲にしてくれた子どもたちです」

「ちょっと待てよ、おじさん」

一同が愕然《がくぜん》とする中、煉がきつい口調で嚙《か》みついた。

「納得いかねぇな。〝尊い犠牲〟が、何で祀《まつ》られもせずに悪霊扱いされてんだよ。ちゃんと供養して立派な祠《ほこら》で眠らせてやりゃあいいじゃねぇか。ふざけんなっ」

「れ、煉。落ち着いて、まずは話を最後まで聞こうよ。ね？」

「いや、確かにそこの少年の言う通りです。私たちの先祖は、出発点からして間違えていたのかもしれない。だが……そうするに足る理由もあった。何故ならこの子たちは、それはそれは惨《むご》い死に方をしたのだ。そのことを、まず念頭に置いていただきたい」

「惨い死に方……って……」

唯一人、事情をわかっている尊が顔を曇らせる。だが、埋められた身体の一部が欠損している以上、子どもたちの死に様が凄惨《せいさん》なのは想像に難くなかった。

崇彦は少し間を取り、重々しい声音で再び語り始めた。

「これから私が話すことは、茅野家の当主に引き継がれてきた記録です。しかし、郷土史に纏《まつ》わる文献にも一切触れられていない、いわばこの土地の禁忌《きんき》に繋《つな》がる事柄だ。どうか、皆さんにもそのつもりで聞いていていただきたい」

ただし、と厳しい顔で付け加える。

「私は、今日この場に来るまで沓脱石の呪法など失念していました。まして、依頼内容と関連付けて考えたことなどなかった。それほどに遠い過去の話だったし、伝えられた内容自体が実際にあったことなのかも半信半疑だった。いや、もっと正直に言うと……信じたくなかったのです。それほどまでに、残酷で忌《い》まわしい出来事だった……」

「は～ん、それじゃ封印が緩むはずだよなぁ。どうせ、定期的な呪詛封じさえしてこなかったんじゃねぇの。ご先祖様がどんだけ強力な結界を張っておいたか知らないけど、そんなの年月重ねれば効力は薄くなるんだ。そういう〝手抜き工事〟のお陰で、俺たちがどんだけ今まで尻《しり》拭《ぬぐ》いしてきたと思ってんだよ」

「煉、やめなよ。今、それを茅野さんに言っても仕方ないだろ」

「まさしく君の言う通りだ。まったく弁明の言葉もない」

崇彦は謙虚な姿勢で煉の言葉を受け止め、思い切ったように先を続けた。

「先ほど〝人身御供だ〟と言ったが、正確には〝人身御供の残骸《ざんがい》〟だ」

「な……」

「残……骸……？」

まるで人ではなく、不要なゴミかガラクタのことを語っているようだ。

嫌悪のどよめきが広がり、剣呑《けんのん》な空気がたちまち周囲を包み込んだ。

「今から、数百年前のことだ。まだここが村だった頃、町外れの沼を埋め立てて神楽殿《かぐらでん》を建立《こんりゅう》せよというお触れが領主から出された。その沼一帯の景観が墨絵のように趣があると、非常に気に入られてのことらしい。大変光栄なことだと、村中が喜びに湧いた」

「沼を……埋め立てる……」

どこかで、今と似たような話を聞いたばかりな気がする。

清芽はふと引っかかりを覚え、すぐに尚子の言葉を思い出した。

『うちは代々宮司を務めている家柄で、ご先祖は水神様を祀った神社を守っていたのよ。だけどだいぶ昔に水神様の棲み処《すか》とされる沼が埋め立てられちゃって、自然と信仰も廃《すた》れちゃったみたい』

まさか――嫌な想像が、脳裏を駆け巡る。

神楽殿建立のために氏神の棲み処を埋め立てるなんて、まるきり本末転倒だ。そんな真似《まね》をしたら、後々の影響は計り知れないのではないか。

「沼を埋め立てるなんて、当時の土木技術でいったら大工事ですね」

驚く櫛笥に、崇彦はいいやと首を振った。

「沼と言っても、十分もあればぐるりと回れてしまう規模だったそうだよ。ただ、問題は別にあった。その沼には、水神が棲むという言い伝えがあったんだ。昔から村人たちはほとりの祠にお参りをし、供物《くもつ》を捧げ、あらゆる水害から村を守ってもらっていたと聞いている」

「それは……ヤバい……」

「そうだよ、煉くん。そこは非常に神聖な場所であると同時に、人間が不用意に荒らしてはいけない領域だったんだ。しかし、領主の命令は絶対だ。下手に逆らえば、村全体にどんなお咎めがくるか知れない。当時の村長、名主、宮司など村の重鎮たちは、額を突き合わせて連日会合を開いた。もし、神楽殿が領主のお気に召せば、それは村の繁栄を約束するからね」

「二つに一つ、天国か地獄か……ってことか」

煉が何とも言えない顔で、深い溜め息を漏《も》らす。やるせない思いを感じた尊が、慰めるように彼の手をギュッと握った。

「ご存じの通り、私の先祖は宮司だ。話し合いの末、神楽殿建立が決定されたものの、どうすれば水神様のお怒りを避けられるかの神託を迫られた。ちなみに、その埋め立て工事の責任者が名主だった二荒家だ。そうして、神託は下された」

「それが……人身御供か……」

「そうだとも、二荒くん。神託は、村の五歳未満の子ども三十人を供物として捧げよ、というものだったんだ。しかも、水神様が望まれたのは身体の一部だけで、ある者は右腕、ある者は左足、右目、左目、舌、歯――そういった部分を差し出さねばならなかった。生まれて間もない赤ん坊も容赦なく耳を削がれ、あるいは舌を引き抜かれ、目玉をくり抜かれた。それは、筆舌に尽くしがたい壮絶な光景だったと記録されている」

「………」

いつしか、恐ろしいほどの静寂が満ちていた。

煩《うるさ》いほど鳴いていた蟬《せみ》も、生温《なまぬる》い夏の風も、遠くで囀《さえず》る雀《すずめ》の声も、全てが死に絶えたように沈黙している。けれど、その事実にさえ気づかないほど全員が崇彦の話に惹《ひ》き込まれていた。

「身体の一部を供物に捧げさせられた子どもは、そのまま殺されて別の場所へ葬られることになった。ほとんどは手をかけるまでもなく、痛みや大量出血で亡くなったそうだがね。あまりに陰惨な死体の山に、村人は今度は子どもたちの祟りを怖れた。しかし、水神様の手前、贄《にえ》の残骸を祀るわけにはいかない。そこで、死霊封じの呪法が施されることとなった」

「その場所に選ばれたのが、二荒家の土地ってことか。確かに、死霊封じなら呪《のろ》われる対象の家でなければ意味を為さない。俺の先祖は埋め立て工事と神楽殿建立の総責任者だったから、もっとも災いを受けやすいと解釈されたわけか……。そうか、そういうことだったのか……」

「凱斗……」

苦々しげに吐かれた独白に、清芽の胸もキリキリと痛む。

緩んだ封印から這い出した死霊たちは、失った身体を求める余り妄執の虜《とりこ》となった。二荒の血を引き、霊に呼応しやすい霊能力を持った凱斗が目を付けられるのも無理はなかったのだ。

（でも、凱斗のお母さんは信じてくれなかった。悪霊の影響もあっただろうけど、どんどん凱斗を憎むようになって最後には家から追い出したんだ。結果的には、それで凱斗は憑《と》り込まれずに済んだけど、そんなのは後づけにすぎないよな……）

先ほどの一体だけでも、かなり手こずらされたのに。

あんなのが町中に這い出しているなんて、考えただけでゾッとする。

「それじゃ、辰巳町に起こった不可解な失踪《しっそう》や死亡事件は、人身御供にさせられた子どもたちの怨霊が原因だったの？　私の叔母さんも？　叔母さんの友達や、団地で被害に遭った人たちも？　ねぇ、お父さん。そういうことなの？」

「あの団地が、神楽殿のあった場所なんです。そうですよね、茅野さん？」

真実をなかなか受け入れられない尚子に、尊の冷静な声が向けられた。

「僕、子どもたちの声を聴きました。神楽殿は建立されて一年もたたずに落雷に遭い、全焼してしまった。ちょうど奉納舞を楽しんでいた領主も、一緒に焼け死んだはずです」

「え……」

「水神は龍の化身だから、雷を操るのはわかります。でも、そんなのは理不尽だ。だって、彼は贄によっておとなしく沼から去ったのではなかったのですか？　どうして一年もたってから、まるで復讐《ふくしゅう》するように神楽殿ごと攻撃したのでしょう？　その答えを考えると、僕は怖くて仕方ありません」

「何……どういうこと……」

尋ねる尚子の声が、上ずって震えている。他の者も、尊が言わんとしていることがはっきりわからず、不安を隠せないでいた。

（尊くん……）

無論、清芽も気持ちは皆と同じだ。

けれど、それ以上に（凄い）と感嘆せずにはいられなかった。

この凄まじい話を、彼は憑依させた霊から直接訴えられていたはずだ。あたかも目の前でくり広げられているように、怨念と痛みと苦悶《くもん》の声を聴いたはずなのだ。

けれど、尊の精神には一糸の乱れも見られない。澄んだ水面にはさざ波一つたたず、引きずられて恐怖に支配されることもない。以前、凱斗が彼のことを「もっとも優秀な霊媒師」だと紹介してくれたが、まさにその名に恥じない凛とした強さに圧倒された。

「まぁ、ここでいつまでも立ち話していても仕方ないよね」

重苦しい空気を払拭《ふっしょく》するように、櫛笥が努めて軽やかな声を出す。

「大体のところは、茅野さんと尊くんの話で掴めたし。次は、僕たちがどうするか、それを考えていかないと。団地がポイントになっているなら、そっちの土地の浄化も検討しといた方がいいだろうし」

「そうだな。こうなると、人数がいるのは強みだ」

凱斗も同意し、ようやく普段の彼らが戻ってきた。清芽は安堵《あんど》の息をつき、今は封印しか方法がなくても、いつかは除霊によって悪霊化した子どもたちが救われることを密《ひそ》かに願う。もし浄化が不可能で消滅させることにでもなれば、輪廻《りんね》の輪には二度と入れないからだ。それでは、あまりに彼らの運命が悲しすぎる。

「封印が緩んでいるとなると、二荒くんのお母さん以外にも憑《つ》かれる人が出てくる可能性があるな。念のため、お母さんの意識がしっかりするまでは、第三者との接触はできるだけ避けてもらおう。担当の看護師さんにも、気をつけてもらわないと」

「え、そんなところにまで、影響が出るんですか？」

「それはねぇ、葉室くん」

まるで教師が教え諭すように、櫛笥が眼鏡《めがね》の奥で瞳を細めた。

「恐怖は伝染するからだよ」

「伝染……」

「要するに、一人が霊障に遭った場合、その影響は一番間近で見ていた人間が受けやすいってこと。幽霊だ、祟りだって話だけ聞いても〝ふーん〟だろうけど、自分の目で見ちゃったら信じないわけにはいかないだろう？　だけどね、信じるってことは、その存在を認めるってことなんだ。当然、霊はつけ込みやすくなる。わかるかな？」

「そうそ。恐怖ってさ、心を空っぽにしちゃうんだよな。だから、そっちに囚《とら》われていると悪いモノがどんどん入って占領しちまうんだ。わかった、センセエ？」

呆気《あっけ》に取られた顔が気に入ったのか、煉が調子に乗って後を引き継いだ。その得意げな様子に苦笑がこみ上げ、それじゃあと悪戯《いたずら》心で彼に向き直る。

「煉くんはさ、怖くなったりはしないの？」

「しない。俺には尊がいるし」

「え？」

「尊を失くす以上に怖いことは、俺にはない。だから、それ以外のことはヘーキ」

「…………」

あまりの潔さに、返事をするのも忘れてしまう。

確かに、煉の尊への溺愛《できあい》ぶりは並々ならぬものがあるが、こうまで断言されると天晴《あっぱ》れとしか言いようがなかった。

「でもさ、センセエだって一緒だろ？　必死になって、二荒さんのこと庇《かば》ってたじゃん」

「あ、あれは……」

見ていたのか、と真っ赤になる清芽に、無遠慮な煉は更なる追い打ちをかける。

「〝蚊帳《かや》の外であんたが傷つくのを見るくらいなら、飛び込んで一緒に傷を負った方がいい。俺は、自分に与えられた加護をそのために使いたい〟──ってさ。すっげぇ決まってたぜ」

「清芽さん、そんなこと言ってたんだ！　アニメの主人公みたいでカッコいいなぁ」

「だろだろ、尊？　やっぱ、『御影《みかげ》』の人間は違うよな？」

「あのねぇ、あんまり人をからかっていると……ちょっと、凱斗も何か言ってくれよ！」

「俺が？」

薄情な恋人は、子どものじゃれ合いに割り込めるか、と言わんばかりの態度だ。しかも、気づけば茅野親子がすっかり白けた目線を向けている。特に尚子の方は何とも言えない微妙な表情で、笑顔もすっかり強張《こわば》っていた。

「あ、あの、今のはですね」

慌てて言い訳しようとして、清芽はぐらりと足元を崩す。あれ、と思った瞬間、地鳴りが響いて、玄関や窓の木枠が小刻みに揺れ出した。屋根の瓦《かわら》がカタカタ音をたて、壁に無数のひびが走り始める。地震か、と狼狽して後ずさると、背後にいた凱斗に受け止められた。

見上げた肩越しの瞳が、鋭い光を放っている。

彼が見据《みす》える先には、死霊を封じ込めた沓脱石があった。

「凱斗、これは……」

「気をつけろ。――封印が破られた」

言うが早いか清芽の前へ回り込み、庇うように立ちはだかる。櫛笥や煉もそれぞれ呪符を手にして構え、高まる殺気に神経を張り詰めた。

「封印が破られた……？　何で急に……」

「さぁな。もともと、緩んでいたのは確かだが……とにかく、できるだけ食い止める」

凱斗はあくまで冷静だが、厄介な事態になったと、言外に伝わってくる。

じゃりじゃりじゃりじゃり。じゃりじゃりじゃりじゃり。

「凱斗……」

恐怖のあまり、足が竦《すく》んだ。

たくさんの手が、地中から這い出ようと引っ掻《か》く音がする。

じゃり。じゃり。じゃり。じゃり。

じゃり。じゃり。じゃり。じゃり。

「何……何なの……」

尚子が父親にしがみつき、蒼白《そうはく》な顔で呻いた。じゃり。じゃり。じゃり。じゃり。地鳴りは生き物のようにうねり、彼女はヒステリックに「もう嫌ぁっ！」と叫び出す。

「何か来る！　土の中から、何か来るぅっ！」

「尚子、落ち着きなさい！　尚子！」

「嫌ぁっ、帰して！　私を家に帰してぇっ！」

崇彦の腕の中で暴れる尚子をよそに、凱斗たちは気を張り巡らせて微動だにしない。

ドウン！

子どもが一斉に地団太を踏むように、地面が幾度も波打った。咆哮《ほうこう》するように屋敷が震え、家鳴りが耳障りな不協和音を奏でる。

（いるんだ……――）

清芽は、ぞくりとしながら悟った。

たとえ自分には視《み》えなくても、仲間の視線を見ていればわかる。

（来る……地上に出てくる。土の中から、良くないモノが）

封印の解けた出口から、『何か』がわらわらと湧いてくる。

己が何であったかも見失った、執着と妄念で蠢《うごめ》く悪意の塊が。

「あ……あ……」

どうしよう。どうすればいいんだろう。

清芽の全身が、恐怖と冷や汗で冷たくなった。加護を、と焦る頭で思うものの、不意を突かれたせいか少しも思考がまとまらない。和室での勢いはどうしたよ、と自分を叱咤《しった》している間も、禍々《まがまが》しい波動はどんどん強さを増していくようだ。

「こんなの……」

こんなの無理だ――本能的に、そう思った。

そうだ、櫛笥だって言っていたではないか。集合体になればモンスター級だと。凱斗だって認めていた。純化した妄執は、消滅しない限り諦《あきら》めることがないんだと。だから――。

「無理だ……」

絶望にかられ、思わず口にした時だった。

「あ〜あ、悲壮な顔しちゃって。兄さん、しっかりしようよ」

「え……?」

空耳だろうか。

いるはずのない人間の声が、澱《よど》んだ空気を一瞬で塗《ぬ》り替える。

門からゆっくりと姿を現した青年に、その場の全員が目を奪われた。

「あき……ら……?」

不浄を寄せ付けない清廉《せいれん》な空気を纏《まと》い、明良は屈託のない笑顔を見せる。

「いつまで待っても来ないから、こっちから迎えに来ちゃったよ」

「おまえ……」

どうして。

清芽の思考は、瞬時にその言葉で埋め尽くされた。どうして、明良がここにいるんだ。

「明良、おまえ何で……」

「ちょっと待って。その前に、静かにさせる」

清芽のセリフを遮《さえぎ》ると、彼は優美な仕草で周囲を仰《あお》ぎ見た。

空から屋根。庭の木々や葉陰。そうして、玄関の引き戸から沓脱石へ。

その目に何を映しているのか、不透明な眼差しからは読み取れなかった。瞳のみならず表情から一切の感情が抜け落ち、そこにいるのは人の形をした器だけだ。

ただし、こんなにも美しい器を清芽は他に知らなかった。

「何……してんだ……この人」

突然の来訪者にも拘《かかわ》らず、煉が惚《ほう》けた顔で魅入っている。

櫛笥も尊も——凱斗でさえも、ひたすら明良の行動を目で追っていた。

あれほどざわついていた空気が、いつしかシンと静まり返る。同時に地表を引っ掻く音も、徐々に小さくなっていった。明良は満足そうに笑むと、音もなくその場にしゃがみ込む。そうして右の人差し指で、地面にさらさらと呪文字を刻んだ。

「オン・ドドマリ・ギャキテイ・ソワカ」

歌でも口ずさむような調子で、短く真言をくり返す。

やがて一つ息を吸いこむと、彼は右の手のひらで勢いよく地面を叩《たた》いた。

バン！

小気味良い音が宙に吸い込まれ、それきり家も地面も嘘のようにおとなしくなる。壁のひびは途中で止まり、屋敷は家鳴りを止めて普段の陰気な建物に戻った。

「す……げ……」

かろうじて喉《のど》から絞り出した声が、煉の受けた感銘を物語る。恐れ入った、と言うように櫛笥が深く息を吐き出し、尊は瞳を輝かせて明良をうっとり眺めていた。

「止んだ……の……」

何が起きたのかさっぱりわからない尚子は、とりあえず危機を脱したことに脱力する。へなへなと土の上に座り込み、呆然《ぼうぜん》自失の体《てい》で崇彦の介抱を受けていた。

「やっぱり、子どもには母親だよね。効果てきめんだ」

ふふ、と笑いながら、明良が立ち上がる。

飄々《ひょうひょう》とした様子は、駄々っ子を窘《たしな》めたくらいの感想しか抱いていないように見えた。

「明良、おまえ今何を……」

「ん？　ああ、鬼子母神《きしもじん》の真言を唱えただけ。おとなしくなったでしょ？」

「………」

「じゃあ、このまま封印しちゃおうか」

ついで仕事のような、実にあっけらかんとした口ぶりだ。

「封印って、おまえ……」

今度こそ、その場の全員が絶句した。

倒すには皆の力が必要だ、と再確認したのは、ほんの三十分くらい前のことだ。

弟がたった一人で封印を結び直すのを、清芽はただ見守ることしかできなかった。

ご馳走《ちそう》さまでした、と卓袱台《ちゃぶだい》に向かって両手を合わせると、小さく噴き出す声がした。むっとしてそちらを見た清芽《せいが》は、小刻みに肩を震わせている凱斗《かいと》を軽く睨《にら》みつける。

「あのさ、何がそんなに可笑《おか》しいわけ?」

「いや……悪い。ちょっと感心していたんだ」

「は? 感心って何に?」

意味がわからず問い返すと、ようやく凱斗は顔を上げた。夕飯を綺麗《きれい》にたいらげた清芽とは対照的に半分ほど手をつけた状態のまま、すっかり足も崩している。和室の居間には他に誰もおらず、昼間の怖ろしかった一幕が嘘のように和やかな空気が室内を満たしていた。

「はっきり言って、この家は化け物屋敷みたいなものだぞ。明良《あきら》が封印をしたとはいえ、子どもたちの亡骸《なきがら》は埋められたままだ。おまえ、そんな場所でよく飯が食えるな」

「だって、食べなきゃ元気が出ないじゃないか。明日から、また大変なんだろ? それに、わざわざ茅野《かやの》さんの方で夕食を差し入れしてくれたんだし。オクラと赤ピーマンの南蛮漬《なんばんづ》けなんて、すっごい美味《うま》かった。あの家の家政婦さん、牧田《まきた》さんだっけ、料理上手だよなぁ」

それにさ、と汗をかいたペットボトルからコップに麦茶を移し、清芽はいっきに呷《あお》る。

「凱斗のお父さん、今夜も事務所に泊まりなんだろ？　だったら俺がこっちに泊まんないと、いろいろ不便なんじゃないの？　腕、まだ痛むだろうし」

「大したことはない。箸《はし》も何とか使えるし、動かすと鈍痛が走る程度だ。まぁ、痣《あざ》は当分消えないだろうけど仕方ないな。瘴気《しょうき》が残らないよう、解毒の呪もかけておいた」

「………………」

「どうした？」

「そうやってさ、何でも〝大丈夫〟で済ませるの止めろよな」

やや強い口調で言い返すと、凱斗が面食らったように目を見開いた。本気でわかってないのか、と胸で溜め息をつき、清芽は改めて口を開く。

「怪我のことだけじゃなく、今日はいろいろあっただろ。凱斗も知らなかった二荒《ふたら》家の秘密とか、苦しめられてきた悪霊の除霊にやっと成功したとかさ。お母さんの退院もまだだし、そんなこんなを全部一人で抱えるなよ」

「清芽……」

初めは、こんな喧嘩《けんか》腰に物を言うつもりではなかった。だが、今夜ここへ来るために清芽は明良と軽い口喧嘩までしてきたのだ。兄を実家へ引っ張っていくつもりで来ていた彼は、凱斗の家で一晩過ごすなんてどういうつもりかと文句を言ってきたのだった。

（まったく、こっちは大変だったんだぞ。煉《れん》くんたちが上手い具合に明良に付き纏ってくれたから、その隙にこっそり出てこられたけどさ）

付き纏う――その表現は、決して大袈裟《おおげさ》ではない。かねてより「最強の霊能力者」として憧《あこが》れの対象だった人物が、自分たちの眼前でその力の一端を見せたのだ。アニメや漫画好きの二人が、明良に熱狂しないわけがなかった。

（あんなに無邪気に喜ぶ煉くんたちを見るの、初めてだったなぁ）

封印が済んだ後、弟も交えて茅野家へ場所を移した一同だったが、煉と尊《たける》のはしゃぎっぷりは今思い出しても苦笑してしまう。目をきらきらに潤ませて明良の一挙手一投足を追い、しゃべった、お茶を飲んだと言っては感動する。まるで、アイドルとその追っかけだ。

『あのあのあの！　明良さんは、いつ生者と死者の区別がつくようになりましたかっ？』

胸の前で指を組み、恋する乙女のような尊から、乙女とは百光年かけ離れた質問が出る。

『僕、小さい時はわかってなくて、よく霊とおしゃべりしては怒られたんですよね』

『簡単だろ。兄さんに寄っていくのが死者、俺に寄ってくるのが生者だよ』

『ああ、そっかぁ。清芽さん、極上の魂の持ち主なんでしたっけ。なるほどなぁ』

『ま、ほとんど兄さんに近寄った途端、弾き飛ばされてたけどね』

凄いだろ、とさりげなく自慢する明良に、何の話だと清芽が嘆息する。じゃあさじゃあさ、と感心している尊を押し退《の》けて、煉が興奮気味に明良へ詰め寄った。

『今までに、どんな霊で手こずりましたかっ？　そいつ、何の呪法で吹っ飛ばした？』

『いちいち覚えてない。兄さんに近づくモノは片っ端に潰《つぶ》すから』

『すげぇ！　明良無双だ！』

『は？　おまえら、バカじゃないの？』

一事が万事この調子で、さすがの明良もドン引きしていたが、何かにつけて清芽を引き合いに出す彼も相当なものだと思う。

『う〜ん。世間一般では、僕の方が人気あると思うんだけどなぁ』

お陰ですっかり空気と化した櫛笥の、本気とも冗談ともつかない口調が可笑しかった。

「……で？」

うっかり回想に浸っていたら、凱斗のだるそうな声が現実に引き戻す。彼は嘆息混じりにこちらを見つめると、覚悟を決めたように自分から切り出してきた。

「おまえ、俺に何か訊《き》きたいことがあって来たんだろう？」

「あ……うん。その……昨日、凱斗は打ち合わせに来なかったから」

「…………」

「そのことと、一人で除霊しようとしたのは関係あるんじゃないかって思ってさ」

思い切って口にしてみたら、案の定、凱斗が表情を強張らせる。しかし、ここで怯《ひる》んではダメだと清芽は心を強くした。年齢の差か育った生活環境故か、凱斗は他人と距離を取りがちだが、こちらまで遠慮していてはいつか取り返しのつかないことになってしまう。

そう、今日の昼間、単独で悪霊と対峙《たいじ》しようとしていたように。

「櫛笥さんも言っていたけど、あんなの無謀なだけじゃないか。もし俺や他の皆の駆けつけるのが遅れたら、本当に危なかったんだぞ?」

「……すまない」

「謝ってほしいんじゃなくてさ、つまり、その……ああもうっ」

歯がゆさが勝って言葉に詰まり、清芽は畳に手を突いて移動した。猫のようにいざって凱斗の前で止まると、そのまま無言で彼の首にしがみつく。ギュッと力を込め、羞恥《しゅうち》を堪《こら》えて身体を寄せると、彼の鼓動が直接胸に響いてきた。

「俺、言ったよな? 凱斗に何かあったら生きていけないって」

「………」

「あれ、勢いで言ったんじゃないから。気づいてないかもしれないけど、あんたは進んで自分を危ない目に遭わせようとする。まるで、傷つくのを望んでいるように。だけど、そのたびに俺は心臓が潰れるような思いをしているんだよ」

懸命に言葉を紡ぎながら、（ああ、そうか）と思った。

そう、これが自分の正直な気持ちだ。恋する気持ちとは別に、どうしても放っておけないと感じてしまうのは凱斗の危うさを懸念したからなのだ。「おまえを守る」と彼は誓ってくれたけれど、もし『葉室《はむろ》清芽』という存在がなかったら、とっくに生への執着を失くしていたのではないかと怖かった。

「俺は……」

肩越しに、困惑を滲《にじ》ませた声が耳に入る。

表情は見えなかったが、凱斗がひどく困惑しているのは手に取るようにわかった。言うべきではなかったか、と一瞬弱気になったが、清芽はあえて返事を待つ。

「俺は……母親に〝早く死んでくれ〟と言われて育った」

「え……」

振り絞るように吐き出された言葉は、思わず耳を疑うようなものだった。

「無論、そんな風に彼女を追い詰めたのは俺だ。父は留守がちだし、息子は四六時中〝化け物がいる〟と騒いでいる。そんな家で生活していたら、おかしくもなるさ。だけど、俺だって必死だった。少し油断すると、悪霊が腕を欲しがって襲ってくるんだからな。そんなこんなで家族の関係はめちゃくちゃで、おまえのせいだ、おまえが気味の悪い子どもだからだと、また責められた。暴力こそ滅多に振るわれなかったが、起きてから眠るまで毒の吐き通しだ」

「それ……家を出るまでずっと……？」

「ああ。遠戚に預けると決めたのは父だが、あのままだと母親が俺に何をするかわからないと危機感を持ったんだろう。俺の怪我は、世間的には彼女がつけたと思われていたし」

「………」

「昨日は、何も連絡しないで悪かった。見舞いに行った母親から、久しぶりに昔と同じセリフを吐かれて……ちょっと混乱した」

そうあってほしくはなかった想像が当たったことに、清芽は胸を詰まらせる。十数年を経ても尚、消えない確執を思い知らされて凱斗はどんなに傷ついただろう。それでも、母親が失踪したと聞いた彼は放ってはおけなくて、自ら帰郷を決めたのだ。その心中を誰にも悟らせず、いつもと変わらない顔を作って。

「ありがとうな、清芽」

悔しさ、もどかしさ。怒り……いろんな感情が混ざって、身体に震えが走る。そんな清芽の背中を優しく撫でてから「腕、やっぱり痛むな」と凱斗が苦笑いを零した。

「俺が無茶したら、おまえの心臓が潰れちゃうのか。じゃあ、次からは気をつける」

「え……？」

「おまえに害を為す者は全て俺が祓う——そう言ったのに、これじゃ真っ先に俺自身を祓わなきゃならなくなるだろ。でも、それは困る。俺は……清芽、おまえをやっと手に入れたんだ。

これから先、おまえを見てきた年月よりもっと長い時間を一緒に過ごしたい」

「俺も……」

凱斗が痛めた腕の分まで、強く強く力を込めて抱き締める。

半年前、それが再会とも知らずに「無愛想で強引な奴だ」と穿《うが》って彼を見ていた。けれど、ぶっきらぼうな言動の一つ一つが全て自分のためだと知った時、清芽は否応もなく恋に落ちていたのだ。自分は霊感などない葉室家の落ちこぼれだ、同性同士だし叶《かな》うはずなんてないと気持ちを抑えながら、それでも心を欲してしまう自分がいた。

今、自分の腕の中に凱斗がいる。

奇跡にも似たこの巡り合わせを、絶対に手放したくはない。

「好きだよ、凱斗。だから、約束して。これからは一人で無茶をしたり、黙って全部を引き受けようとしないって」

「……ああ。わかった、約束する」

「本当だよ？　俺、ちゃんとついていくから。もう、守られるだけの存在にはならないから」

「おまえは、とっくにその領域を飛び出しているじゃないか」

「え？」

「今日だって、俺はおまえに救われたんだ。清芽、おまえは庇護されるだけの人間じゃない。俺の方こそ、おまえに相応《ふさわ》しい男になってみせるよ」

「凱斗……」

　短く嘆息し、凱斗は身じろいで少し身体を離す。

　すぐ間近から、情熱に包まれた瞳が清芽を真っ直ぐに見据えた。

「清芽、おまえを愛している」

「………」

「絶対に離さない。おまえと一緒にいるためなら、俺はどんな犠牲も厭《いと》わない」

　決意を秘めた告白に、清芽の身体が指先まで熱くなる。

　近づく唇に瞳を閉じ、そのまま彼を受け入れた。どちらからともなく舌を絡め、貪《むさぼ》るように求め合う。柔らかく濡れた場所に吐息を滲ませ、不埒《ふらち》な愛撫《あいぶ》に目眩《めまい》を覚えながら、いつしか清芽の身体は畳の上に押し倒されていた。

「腕は……」

　掠《かす》れて上ずる声音で問うと、やせ我慢の苦笑が返ってくる。こちらを見下ろす凱斗は前髪が乱れ、しどけない表情がひどく色っぽかった。

「もう一度、いいか……?」

　新たな口づけをせがみ、触れるぎりぎりの距離で凱斗が囁く。絶対にわざとやっているんだろうと思ったが、頷くより他に選択肢はなかった。

　唇が、先ほどより深く激しく押し付けられる。

古い畳の香りが懐かしく、燃えるような羞恥を静かに押し流してくれた。圧《の》しかかる愛しい人の重みは、それだけで清芽を幸せにする。彼の温もりが身体に染み通って、一つの同じ生き物になっていくのが嬉しかった。

薄手のシャツに指がかかり、裾《すそ》から胸元まで捲《まく》り上げられる。以前、触れられた時よりも動きがぎこちないのは、痛みが抜けきっていないせいだろう。それでも「ダメ」と言えない自分に欲望の深さを痛感し、清芽はひっそり溜め息を漏らす。凱斗に無理をさせているのに、止めてほしくない、と望む自分が愚かで愛しかった。

「背中、痛くないか？」

幾度目かのキスを休んで、凱斗が労《いた》わるように髪を撫でる。逆に気遣われてしまった気まずさに、慌てて首を振って「平気」と答えた。

「俺のことより、凱斗の……」

「悪い、ここで止められる方がきつい」

言わんとすることを察して、途中で素早く遮られる。

「まったく……自分がこんなに堪え性がないとは思わなかった」

やれやれと苦笑し、どうしようか、というように視線を向けられた。ずるい、と思いながら清芽は目を伏せる。欲しい気持ちは同じだし、身体はすでに淫《みだ》らな熱に侵されていた。

「清芽……」

囁きと一緒に瞼《まぶた》へキスが落とされ、びくりと甘い刺激が走る。

凱斗の唇は少しずつ下へ移っていき、こめかみ、左頬《ほお》、やがて唇へとたどり着いた。優しさが一転し、荒々しい情熱で微かに残った理性を食い尽くされる。

「う……ふ……っ……」

嚙みつくような愛撫に快感を引きずり出され、清芽は甘く喘《あえ》ぎを漏らした。こんなにも凱斗に飢えていたのだと、震えるような心が訴えている。

怖くなどない、彼がいれば。

その指で、唇で自分が変えられるなら、それはずっと望んでいたことだから。

触れられたい。奪われたい。

そうして、自分も彼に触れて、奪いたい。

欲望は熱く燃え上がり、内側から清芽を壊していく気がした。

「かい……と……」

「苦しいか?」

ふと口にした呼びかけに、柔らかな囁きが返ってくる。火照《ほて》る耳たぶを吐息が湿らせ、清芽は身を捩《よじ》ってくすぐったさに耐えた。

苦しくはない。けれど、鼓動が煩くて胸が痛い。

かつて感覚に刻まれた快楽が蘇り、それだけで身体の芯《しん》がやるせなく疼《うず》いた。

「清芽……」

狂おしく名前を呟かれ、ぞくりと官能が背中を染めていく。ゆっくりと首筋を舐《な》め、時に深く唇を埋めながら、凱斗は徐々に愛撫を進めていった。同時に左手が胸をまさぐり、右の乳首に指先が触れる。あ、と思う間もなく軽く摘まれ、思わず声が溢《あふ》れ出た。

「んく……ふぁ……っ」

決して滑らかな動きではなかったが、そのままやわやわと弄《いじ》られると、それだけで先端が固く浮き上がっていく。凱斗の唇が左の胸へ下り、両方を一度に責められた清芽は、閉じることを忘れたようにただ喘ぎ続けるしかなかった。

「や……そこ……は……」

舌先で周囲に円を描き、中心の乳首を悪戯《いたずら》っぽく突かれる。もう一方は指先で擦《こす》られ、腰から下まで幾度も快感が走り抜けた。ねっとりと舐《ねぶ》られ、時に強く抓《つね》られ、嫌らしく啜《すす》る音が耳から清芽を刺激する。きつめに吸われて身体がしなり、為す術もなく畳に爪《つめ》を立てた。

「あぁ……ッ」

「……清芽。爪を痛める」

「ふぁ、で……も……あぁ……」

右手で上から押さえられ、動きを封じられて身悶《みもだ》える。ちゅ、とわざと音をたてて吸い、次いで舌先で強めに刺激されると、もう何も考えられなくなった。

「や……やだ……ふぁ……」

それ以上されたら、おかしくなる。自分が変になってしまう。

止めてと懇願したいのに、頭が真っ白で言葉もろくに紡げなかった。敏感な反応に気を良くしたのか、凱斗は摘むのを休んで指の腹で擦り始める。押し潰され、ぐりぐり捏《こ》ねられて、幾度も光が脳裏で飛び散った。

「ああ、もう……もう……」

うねる波のような快楽に、翻弄《ほんろう》される身体を持て余す。熱を孕《はら》んで屹立《きつりつ》する場所は、すでに痛いほど張り詰めていた。本当は、そこを触ってほしい。いやらしく愛撫にまみれて、高まる情欲を吐き出したい。本能がそう叫び、無意識に腰を凱斗へ擦りつける。わかっていながら彼は巧みにはぐらかし、胸への執拗《しつよう》な愛撫を止めようとはしなかった。

「ひぅ……ッ」

右を摘まれ、擦り合わされる。左を舐め上げられ、舌で転がされる。

同時に二ヶ所を責められて、清芽の意識は蕩《とろ》ける寸前だ。もう思考する力はなく、ひたすら感じるだけだった。

切なく震え、潤んだ肌を、凱斗の指が煽《あお》っていく。これ以上悪戯されたら、触れられる前に達してしまいそうだった。そんなの嫌だ、と首を振りながら、何とかしてほしいと訴える。視界が生理的な涙でぼやけ、感じ過ぎた身体はしっとり汗ばんでいた。

「あ……あ……かいと……もう……」

淫靡《いんび》にねだる声音を、恥じる心などとっくに無い。薄く瞳を開いて見つめる先で、淫らな陶酔を浮かべた凱斗と目が合った。

「かい……と……？」

「どうやら、俺は……間違っていたようだ」

「え……」

彼はそっと唇を重ねると、愛おしげに柔らかく吸い上げる。

端整な顔に、照れを含んだ艶《なま》めかしい微笑が刻まれた。

「以前、今はおまえを抱かずに未練を残そう。そうして、共に生き残ろうと言ったが……」

「うん、覚えているよ」

清芽も、こくりと頷いた。その後でなかなか機会に恵まれず、半年も過ごしてしまうとは予想していなかったが、その間に凱斗のいろんな側面を知ることができた。だから、決して無駄な時間だったとは思わない。今、こうして彼の傷に触れ、己の覚悟を決めて抱き合えるのは、それらの積み重ねがあってこそだ。

「だから、凱斗が間違っているとは思わないけど……」

「いや、俺は浅はかだった。一回や二回おまえを抱いたくらいで未練が昇華されるなんて、そんなことあるわけがないのに。むしろ逆だ。きっと、煩悩《ぼんのう》まみれだ」

「え?」

「おまえに、今まで以上に執着するぞ。それでも、いいのか?」

「凱斗……」

大真面目に問われて、清芽は呆気に取られてしまう。そんな今更なこと、改まって訊かれるなんて夢にも思わなかった。大体、清芽が五歳の頃から見守ってきたくせに、これ以上何をどう執着するつもりなのか全然わからない。

――でも。

「うん、いいよ」

清芽は笑って答えると、甘く蕩ける肌で彼にしがみついた。

「俺だって、凱斗に執着してる。なぁ、生きている者の方が念は強いんだろ? それなら、この想いはきっと最強だよ。俺、悪霊に凱斗を傷つけられるって思った瞬間、初めて加護の力を意識的に使えたんだ。あんたを守りたいって気持ちが、俺を強くさせるんだよ」

「清芽……」

「だから、続けて。俺に執着して。他に何も目に入らないくらい、俺だけを欲しがって」

自分のどこに、こんな大胆な想いが潜んでいたのかと思う。

けれど、口にしたのは掛け値なしの本音だった。次に目の前で凱斗を奪われるようなことがあれば、きっと正気ではいられない。昼間の恐怖は、清芽にそう確信させていた。

「ん……」

再び、唇を重ねられる。熱い舌が割り込み、清芽の舌を妖《あや》しく搦《から》め捕った。言葉にならない想いを伝えるように、その愛撫は激しく狂おしい。幾度も口づけをくり返しながら、凱斗の右手が下へ伸ばされてきた。

「あ……っ」

びくん、と全身が震え、瞬時に頭に血が上る。下着ごとズボンを膝まで引き下ろされ、清芽は羞恥にまみれながら顔を背けた。

「あんま……見ないで……」

死にそうな思いで呟いた言葉に、笑んだ気配が返ってくる。やがて凱斗がゆっくりと圧しかかり、こめかみへ唇を寄せてきた。

「好きだよ、清芽」

「ん……」

さんざん焦《じ》らされた身体は僅《わず》かな刺激にも反応し、清芽の分身が淫らに脈を打ち始める。触れられ、輪郭をなぞられると、びくびくと続けて痙攣《けいれん》が走った。

「……う……く……」

情欲の塊と化したその場所が、凱斗の手の中で快感にむせぶ。強く弱く上下に擦られ、先端からは早くも蜜《みつ》がほろほろ零れ出していた。それが一層動きを滑らかにし、幾度も光が弾け飛ぶ。抑えても溢れる嬌声《きょうせい》は、まるきり自分のものではないようだった。

「はん……っ……うく……」

屹立に加えられた愛撫に、爪先まで疼いて止まらない。組み敷かれ、乱れる清芽の姿態に、いつしか凱斗の息も荒く弾み出していた。彼は右手で清芽を扱《しご》きながら、さんざん弄られて赤く色づいた胸へむしゃぶりつく。その途端、びりびりっと電気のような刺激に襲われ、清芽は大きく背中を仰《の》け反らせた。

「ああぅ……ッ……や……それ、やぁ……ッ」

乳首に歯を立てられ、扱く動きに合わせて舐め転がされる。

分身を弄られ、胸をねぶられて、気がおかしくなりそうだ。

「はぅ……あ……あ……」

初めて味わう強烈な快感に、頭の芯がくらくらした。呼吸の仕方も忘れ、心臓は今にも爆発しそうだ。凱斗の手の中で煽られて、堪え切れず新たな蜜が零れ出ると、彼は濡れた指をそのまま後ろへそっと這わせてきた。

「な……に……」

「少し馴染《なじ》ませる」

「え……あ、あぅ！」

入口から入り込んだ異物の感触に、清芽は激しく狼狽する。濡れていたせいで痛みはほとん

どなかったが、それでも反射的に身体が固くなった。

「いや……やだ、それ……あ……ッ」

「く……」

きつく指を銜《くわ》えこんだせいで、思わず凱斗が声を漏らす。だが、じっくりと時間をかけて抜き差しをくり返されると、次第に感じるのは違和感だけではなくなってきた。

清芽の反応を窺《うかが》いながら、凱斗は慎重に指を増やしていく。内壁を擦られ、粘膜に微妙な刺激が与えられると、屹立する分身が小さくわななないた。

「凱斗……も……脱いで……」

布一枚の距離ですら、今はとても煩《わずら》わしい。願いはすぐに聞き届けられ、凱斗は手早く着ていたシャツを脱ぎ捨てた。久しぶりに見る裸身は逞《たくま》しく引き締まり、綺麗な隆起を描く身体のラインに清芽はうっとりと見惚《みと》れてしまう。

「満身創痍《そうい》で、ちょっと冴《さ》えないけどな」

両腕の湿布に彼は苦笑するが、痛々しい傷さえ色気を放っている。凱斗は改めて清芽に寄りそうと、内股に右手を這わせ、慈しむように撫で上げた。

「息をゆっくり吐いて。力、抜いてみて」

「あ……あ……」

無我夢中で、言われる通りに息を吐く。次の瞬間、先刻とは比べ物にならないほど荒々しく張り詰めた凱斗の雄が、ゆっくりと侵入してきた。

「あ……ッ……！」

ずぷりと淫猥《いんわい》な音が響き、そのまま熱い昂《たか》ぶりに貫かれる。

視界が一瞬白くなり、愛する人と一つに繋《つな》がる瞬間を清芽は目眩の中で迎えていた。

「ひ……あ……っ……かい……と……っ」

「痛くないか？」

「ん……ん……」

上ずる声で囁かれると、その優しさに泣きたくなる。

ずっとずっと、こうなることを望んでいた。

凱斗の楔《くさび》を呑み込んで、心と身体の両方で彼を受け止めたかった。今にも弾けそうな欲望を抱え、清芽は静かな感動を噛み締める。

「凱斗……」

溜め息混じりに呼ぶ名前は、この世でもっとも愛しい音だ。

鼓動も体温も快感も、全てが溶け合って互いの心を満たしていく。

「凱斗、愛してる」

「…………」

一瞬、凱斗が息を呑んだ。吐息が震えている。

言葉で答える代わりに、その唇が恭しく清芽の唇に下りてきた。

「……動くぞ」

長いキスの後で、掠れた声で彼が呟いた。最奥まで埋め込んだ雄が、緩やかな律動を始める。深く浅く突きながら、甘い刺激は次第に激しさを増していった。

「あ……あぅ……あぁ……」

恋人の下で揺れながら、切れ切れに声が上がる。火のついた情欲は出口を求め、もどかしく清芽を悩ませた。敏感な場所を突かれるたびに、触られてもいないのに先端から蜜が溢れてくる。欲望に忠実な身体を持て余し、ただ喘ぐことしかできなかった。

「いい……凱斗……もう……あぁ……っ」

何を口走っているのか、自分でもわからない。燃え狂う情熱の昂ぶりに掻き回され、幾度も壊れそうだと清芽は思った。貪られ、食い尽くされる感覚に朦朧《もうろう》とし、絶え間なく押し寄せる快楽に為す術もなく侵される。

「凱斗……かい……と……」

「清芽……」

互いを呼び合いながら、溶けていく悦びに包まれる。

限界が近いのか、凱斗がグンと深くまで己を突き刺した。

「あ、あぁ、や、も……ああッ」

嬌声にも似た声を上げ、清芽が身体をしならせる。

ああ、と溜め息が零れた瞬間、熱い精がいっきに解放された。

「あ……ぁ……」

「ん……」

僅かに遅れて凱斗も達し、深々と溜め息をつく。僅かに増した重みに苦笑し、清芽はそっと湿った背中に腕を回した。応じるように凱斗が左手で髪をくしゃくしゃと撫で、啄《ついば》むようなキスをする。言葉は交わさず、ただ目を合わせて微笑むだけで、満ち足りた幸福に包まれた。

しばらく沈黙したまま、二人は余韻《よいん》を絡ませる。

鼓動が、愛し合った名残《なご》りのように時を刻み、夏の夜に滲《にじ》み込んでいった。

「腕、大丈夫だった……？」

「ん？　ああ、言うな。思い出すと痛む」

「えっ」

眉間《みけん》に皺《しわ》を寄せて答えられ、まさかと清芽は青くなる。だが、すぐに凱斗は表情を緩め、心配いらないというように頭をポンポンと軽く叩いた。

「痛がってる余裕、なかったからな。おまえこそ、身体はどうだ？」

「ど、どうって」

「傷つけたりしてないか？　一応、注意はしたんだが、俺も途中からは理性がぶっ飛んでたからな。もし、どこか不具合でも……」

「大丈夫！　全然、大丈夫だから！」

真顔で「不具合」とか言い出され、慌てて起き上がって否定する。同時に、凱斗にされたあれやこれやの恥ずかしい行為がいっきに蘇り、居たたまれない気分になってきた。

「あ、あのさ、明日から町に散らばって封印しきれなかった霊を皆で除霊するんだよな？」

「何だ、いきなり」

照れ隠しから無理やり捻《ひね》り出した話題に、凱斗が鼻白んだ顔をする。

「もしかして、今日の一体だけでも手こずったのに、とか心配しているのか？」

「あ……う、うん。だって、時間かかりそうだし……」

「それなら問題ない。もう〝わかって〟いるからな」

「〝わかる〟……？」

どういうことだろう、と興味が湧いた。

それは、除霊するにあたって重要なポイントなんだろうか。

「相手を怨霊たらしめたもの、憎悪の根源や求めているもの。そういった要因を、通常は知らずに俺たち霊能力者は対峙する。それは、こちらに都合よく霊が情報を与えてくれないからだ。あいつらに、理屈や話し合いって概念はないしな。あるのは妄執だけだ」

「妄執……」

それは、清芽にもよくわかる。実際、自分を魂ごと喰らおうと付け狙《ねら》っていた悪霊は、己の妄執に取り込まれて化け物になっていた。ただ「喰いたい」という執着のみで存在し、もはや元が人間であったかどうかさえあやふやだったのだ。

「西四辻《にしよつつじ》の場合は尊が通訳の役目を果たすから、煉の除霊も楽にいく。つまり、どこを責めればもっとも効率よく祓えるか、わかっているのが強みなんだ。ゲームの攻略と同じだと考えればいい。アイテムやヒントを多く持っていれば、クリアのハードルが下がるだろう？」

「何だか、デジタルな話になってきたね」

「今回、茅野《かや の》さんの話で悪霊たちの正体がわかった。奴らが何故身体の一部を欲しがるのか、今まで呪詛の犠牲になったと思われる人たちが、どうして悉《ことごと》く足や目玉のない状態で死んでいたのか、それらの理由にも説明がついた。――それを〝わかる〟と言う」

「ああ、そうか。弱点を知ったのと同意なんだ」

「そういうことだ」

納得する清芽に頷き返し、ふと凱斗は真面目な顔になった。

「なぁ、清芽。おまえの弟が、霊能力者として最強と言われる所以《ゆえん》がわかるか？」

「え……？」

どうしてここで明良が、と面食らう。そういえば、清芽がいないことに気づいたら電話攻撃をしてくるかと覚悟していたが、不思議なことに着信の一本も入ってはいなかった。

「あの、明良が最強って……」

「あいつには、今俺が話したような手順が必要ない。全部わかるんだ、霊と対峙した瞬間に。今日の昼間、実際にやってみせていただろう？　明良が来た途端、真言も呪法の発動もなしに悪霊たちがおとなしくなった。あれは、明良にしか出来ない業だ」

「………」

「あいつの力がどうしてオールマイティなのか、よく考えてみろ。言い方を変えれば、あいつは——葉室明良は、向こう側に近い人間なんだ」

ぞくっと、身震いが走った。

まるで見知らぬ人間の話を聞かされているようで、妙に現実感がない。清芽にとって、明良はどんなに桁外《けたはず》れの力を有していても弟でしかないのだ。

この世でたった二人の兄弟。

それが全てだし、それだけで良いと思っていた。

「それは違う、清芽」

「凱斗……」

「おまえが、あいつを現世に引き留めている。前にも言っただろう、おまえたち兄弟は葉室家の表と裏だと。明良にとって、おまえは存在価値そのものなんだ。そのことは、覚えておいた方がいい。おまえの言葉一つで、あれは人間であることを簡単に止める」

「…………」

その忠告は、清芽に言葉を失わせた。

自分と明良が背負った絶対的な宿命――凱斗は、今それを教えたのだ。

「凱斗、俺……」

「ま、深刻な話はひとまずここまでだ。せっかく、二人でいるんだしな」

「え……」

蒼白な顔色を見て、話しすぎたと思ったのだろう。凱斗が表情を和らげて、くしゃくしゃと頭を撫でてくる。伝わる温もりに心の底からホッとし、清芽はおずおずと甘えるようにその胸に額を擦りつけた。どんなに過酷な運命が待っていようと、自分の居場所はここだけだ。そう素直に信じられることが、しんみりと嬉しかった。

「そうだ、汗をかいたんじゃないか？　良かったら、シャワーでも浴びてこい」

「へっ？」

「遠慮することはないぞ。どちらにせよ、この状態のままじゃ寝られないだろう？」

「あ、う、うん……でも」

「どうした？」

途端に顔を曇らせ、清芽はしどろもどろになる。

シャワーを浴びたいのは山々だ。だが、情欲の嵐が過ぎ去った後、目の前に立ち塞がるのは昼間の記憶だった。いくら臨時で封印しているとはいえ、悪霊がはびこる家で単独行動するのは勇気がいる。しかし、仮にも霊能力者チームに入れてもらおうと頑張っている身で「幽霊が怖い」とは言い難かった。

「………」

「ああ、じゃあ」

「え?」

「一緒に入るか? 風呂沸かすから」

清芽の表情から全てを察したらしく、事もなげに凱斗が言う。えええええ、とさすがに即答はためらったが、他に選択肢がないのも事実だ。内心、抵抗がないわけではなかったが、背に腹は替えられないと羞恥を捨てて頷いた。

「よし、ちょっと待ってろ」

何故だか機嫌の良くなった凱斗が、準備のために居間を出て行く。

胸に満ちていく幸せの余韻に、清芽はひっそりと微笑んだ。

さく、と土を踏む足音がする。

明良は背中に近づく相手を振り返りもせず、冷ややかに唇を動かした。

「俺に、何か御用ですか?」

「おやおや。お兄さんの顔も見ないで、帰ってしまうのかい?」

「…………」

「本当は、お兄さんの身を案じてここへ来たんだろう?」

聞き取り難い、ひどくしわがれた声だった。どこか別の場所から降ってきた言葉を、無理やり舌に乗せた不自然さが目立つ。周囲はとっくに闇に包まれていたが、相手が纏っているのは夜ではなく、ぽかりと空いた穴だった。

明良はすっと目を細め、〝視えない〟ものを感覚で視る。

少し懸念していたのだが、やはり悪い予感は当たったようだ。

「おまえが、そうなのは察していたよ」

「ほう?」

「どうりで、祓えないと思った。おまえは、すでに死霊ではないんだな」

「ほうほうほう。よく気づいたね。さすがだ、さすがだねぇ」

からかうように同じ単語をくり返すのは、人の言の葉に慣れていないせいだ。表面は穏やかに話していても、その内側では怒りが渦巻いている。あと少しで自由を得るところを、無理やり上から押さえつけられたからだ。憎悪が彼らの贄となり、以前にも増して強い執着がどろどろの腐臭を放っていた。

ちりっ。

右手に携えてきた古い絵本が、呪詛に呼応して青白い火花を散らす。

明良は軽く眉《まゆ》をひそめ、どうしてこんなものを持ってきたんだろうと狼狽した。

「おやぁ、いいものを持っているね。それは、いいものだ。大変いいものだ」

「——うせろ」

呟くや否や、言霊《ことだま》の剣が空間を切り裂いた。明良は身じろぎ一つしない。ただ相手を冷ややかに見て、『声』を音にしただけだ。その波動が閃光《せんこう》となり、瞬時に不浄の気が一掃される。

相手は一瞬たじろいだが、すぐに感心したようにニヤリとほくそ笑んだ。

「ほほう、これは驚いた。おまえは、兄とは別の加護を受けているんだな」

「俺が加護を？　バカを言うな。この程度の術なら印を結ぶまでもないよ。そもそも、俺には霊縛も憑依も必要ない。全部わかるから」

「…………」

「そんなことより、さっさとその器は捨てるんだな。しがみついたところで、もうおまえらの役には立たないだろう？　不浄の輩《やから》がいくら知恵をつけても、悪食《あくじき》では意味がないぞ」

素っ気なく言い捨てて、明良はその場を去ろうとした。もとより、来たことを激しく後悔している。電話越しの悪意の残響に感応し、何も気づかずにいる兄が心配で辰巳町まで来たが、お陰でとんでもない場面に遭遇する羽目になった。とても最後までは聞いていられず途中で離れたが、昼間の封印が気になって今まで立ち去りかねていたのだ。

まったくあんな——。

鼓膜に残る淫靡な音色に、明良の思考がぐんにゃりと歪《ゆが》む。

兄のあんな声、聞きたくなんかなかった。この目で見ずに済んだのは、不幸中の幸いだ。もし視界に入れていたら、自分はどうなっていただろう。いや、そうじゃない。自分じゃない。兄を、どうにかしてしまったかもしれない。

「おまえが外にいることも知らず、ご自慢の兄さんは呑気《のんき》なものだな」

微かに生まれた負の感情に、すかさず相手が食らいついた。普段の明良なら無視して立ち去れる戯言《たわごと》なのに、今夜ばかりは足が止まってしまう。

右手の絵本が、ちりちりと焼けるように熱い。

己の意志とは反対に、鼓動が少しずつ速度を上げ始めた。

「聞いただろう、あの声を。媚《こ》びた啜り泣きを。快楽に堕《お》ちた喘ぎ声を」

「…………」

「おまえの兄は歪んだ恋情に捕らわれて、自然の摂理に逆らっている。可愛《かわい》い弟が心を砕いているのも知らないで、男を相手に脚を開くとはな。情けない。ああ、情けない」

「……黙れよ」

声が震える。思い出させるな、と神経が尖《とが》る。

「おまえだ。おまえが、おかしな遠慮などするから手遅れになる。兄の意向など無視すればいい。何が彼にとって一番大切か、思い知らせてやったらどうだ」

「うるさい……」

「あの男と一緒にいれば、兄の寿命は早く尽きるぞ」

「うるさい！」

耳を貸すな、と本能が警告したが、うっかり怒鳴り返してしまった。

相手はしめたとばかりに身を乗り出し、舐めるように顔を近づけてくる。

「愚かな兄は、不確かな加護を操ろうなどと妄言を抜かしていた。だが、正体も知らずにそれは無茶というものだ。おまえの兄は恋情で目が眩《くら》んでいる。あの男を庇って、早晩必ず非業の死を遂げるだろう。おまえも気がついているんだろう？」

「何を……」

「あやつの加護は、あらゆる霊障を無に帰すもの。言い換えれば、霊障でさえなければあっさり死ぬのだ。されば、直接危害を加えずとも殺す方法など幾らでもある。人間の殺意、不慮の事故、病魔に侵されるのでもいい。なぁ？」

「黙れ！」

放った言霊は千の針となり、相手を四方から串刺しにしかける。だが、すんでのところで危うく思い留まった。これはただの器であって、肉体を持つ生身の人間だ。

「おやおや。まだ、少しは冷静な頭が残っているとみえる」

いかにも残念、と言うように、相手がわざとらしく肩を竦めた。挑発に乗せられた怒りがこみ上げ、明良は慎重に呼吸を整える。ここで気を乱しては、命取りだ。

「あの男が邪魔だろう?」

にんまりと、闇へ誘う声がした。

「あの男のせいで、おまえは兄を失くすかもしれないぞ?」

「……あいつの……?」

震える唇が、意志とは無関係に言葉を反芻《はんすう》する。

青白く燃え上がる絵本が、腕の中で歓喜の叫びをあげていた。

かえして。それは、ぼくのものだよ。かえして。かえしてかえしてかえして。

『それは、おまえとの相性が良すぎる。憑り込まれるぞ』

そんなバカな、と明良は首を振る。

自分は、そんなに弱い人間ではない。誰よりも強くあろうと、そのために心身ともに修業を重ねてきた。兄を守るために。いつ、兄の加護が消え失せても大丈夫なように。

「だが、それはもうおまえの役目ではない」

一度は霧散したはずの『穴』が、ぽかりと口を開けていた。

「兄の守護者は、すでにおまえではない」

「俺は……──」

どうかしている。こんなものの戯言に耳を貸すなんて。

だが、実際に兄は何をしていた？

これほど自分が心配しているのに、わざわざ進んで危険な霊障の場へ赴いて。あまつさえ、あの男を守るために加護を利用するつもりだと言う。そんなこと、許せるのか？

違う。加護は、誰かのためのものじゃない。兄は『天御影命《あめのみかげのみこと》』に選ばれた、特別な存在なのだ。だから、その命を不浄に奪われぬように加護が働いている。明良は、そう信じている。

自分が生まれたのだって、そのためだ。並外れた霊能力も、普通には生きられない運命も、全てにちゃんと意味がある。異端の種として自分が存在するのは、兄がこの世にいるからこそだ。

お兄ちゃん、起きて。ねぇ、起きてってば。

ドキリとした。

対峙する器から、幼かった頃の記憶が溢れ出す。四六時中霊に悩まされ、怯えて暮らしていた明良が唯一安心して逃げ込める場所。それが、清芽だった。

「奪い返せ、あの男から。おまえは、兄を守らねばならない」

蠢く妄執の塊が、相手の口から鼻から耳から、ありとあらゆる場所から手を伸ばしてくる。

それは、無数の小さな手だった。子どもと赤ん坊の手だ。

可憐《かれん》な紅葉《もみじ》のように愛らしい手が、明良に群がってキイキイと喚《わめ》いている。

ねぇ、ちょうだぁい。

耳障りな声が、ねっとりと纏わりついてきた。拒もうにも、身体は指一本動かない。

——奪い返せ。

抱えた絵本の禍々しい炎が、轟音《ごうおん》を伴って明良の全身を包み込んだ。まともな思考は塗り潰され、凄まじい執着の念が意識を蝕んでいく。

塗り替えられた頭の中を、同じ言葉が狂ったように占領していった。

どうせシぬんだから、ちょうだいよぉう。

7

「明良《あきら》がいない？」

朝食を終えてから茅野《かやの》家を訪れた清芽《せいが》は、まさかと耳を疑った。昨夜の外泊をどう弁解しようかと悩みながら帰ってきたのに、明良の姿がどこにも見当たらないと言うのだ。

「正確には、昨晩からいなかったみたいなんだよね。疲れたから休むって部屋に入ったんだけど、その後は誰も彼を目撃していないんだよ。で、朝食の席にも来ないから様子を見に行ったら布団にも寝た形跡はなかったんだ」

「荷物は？　書き置きとかはありましたか、櫛笥《くしげ》さん？」

「いや、荷物はそのまま。と言っても、もともと泊まる予定はなかったようだよ。携帯と財布は残してあったけど、他に私物は何もなかった。多分、葉室《はむろ》くんを連れてすぐ実家へ帰るつもりでいたんじゃないかなぁ」

「…………」

玄関で立ち話も何だから、と櫛笥は上がるよう勧めてくれたが、清芽は少し躊躇《ちゅうちょ》した。何だかひどく胸騒ぎがするのだが、土地勘のない町を闇雲に探し回っても見つけられる自信はない。貴重品がそのままなら実家へ帰ったということもないだろうし、一体どこへ消えたのだろうと不安ばかりが膨《ふく》れていった。

「俺たちが、煩《うるさ》くしたからかなぁ」

「ごめんなさい、清芽さん。僕たち、明良さんに会えて嬉《うれ》しくて」

西四辻《にしよつつじ》の二人が、あたかも自分たちの責任のようにしょんぼりと項垂《うなだ》れる。確かに多少辟易《へきえき》はしたかもしれないが、それで行方をくらますほど明良も子どもではないだろう。気にしなくていいよ、と笑顔で慰め、さてどうしようかと頭を抱えた時だった。

「明良はいるか？」

「凱斗《かいと》……」

息を荒く弾ませて、凱斗が玄関に飛び込んでくる。走ってきたのか、額には大粒の汗が浮かんでいた。朝、母親の病院へ寄るからと別れたのだが、何かあったのだろうか。

「今、葉室くんにも話していたんだけど、明良くんならいないよ」

「いない？」

「行方不明なんだよ、昨日の夜から」

櫛笥の説明を聞くなり、凱斗の顔色がさっと青ざめる。ただ事ではない雰囲気に、その場の緊張が高まった。

「凱斗、病院で何かあったのか？　明良がどうかしたか？」

　答えを聞くのが怖い気もしたが、尋ねないわけにはいかない。清芽の問いにしばし沈黙し、凱斗は困惑した表情で小さく呟《つぶや》いた。

「母親が、病院からいなくなった」

「え……」

「今朝、見舞いに行ったら担当の看護師が血相を変えて出てきて。ちょうど連絡しようと思っていた、朝食を下げに行ったら手つかずのまま消えていた、って言うんだ。慌てて病院内を隈《くま》なく捜したが、どこにもいないらしい。それで……」

　少し言い難そうに眉根《まゆね》を寄せ、窺《うかが》うように視線をこちらに向ける。

「唯一の目撃者は、隣室の入院患者だった。若い男が病室に入るのを見たって言っている。その男の特徴から考えると、明良が来たとしか思えない」

「明良が？　まさか、何かの間違い……」

「兄のおまえならわかるだろう。明良は人目を惹《ひ》く目立つ奴だ。よく似た人間が、そうそういるとは思えない。多分、母親を連れ去ったのはあいつだ」

「そ……んな……どうして……」

　俄《にわ》かには信じ難い話に、清芽はハッとして自分の携帯電話を取り出した。期待に反して明良からの着信はなく、何がどうなっているのかと混乱するばかりだ。

「俺にも、まったく意味がわからない。母親を連れて行って、どうする気なんだ。大体、明良がそんな真似《まね》をする理由なんて見当もつかない。清芽、おまえ何か聞いてないか？」

「知らない……」

半ば呆然《ぼうぜん》と首を振り、必死になって考える。だが、どれだけ想像を働かせても無駄だった。ありえない、としか答えはなく、今彼がどこにいるのかもわからない。

重苦しい沈黙に耐えかねたように、櫛笥が気丈な声を出した。

「とにかく、皆で一刻も早く二人を探そう。明良くんの目的はわからないけど、そんなことをしたからには絶対に理由があるはずだ。二荒《ふたら》くん、お母さんの容体は？」

「相変わらずだ。ほとんど、こっちの話には反応しない。意志の疎通は難しいと思う」

「そうか。じゃあ、やっぱり本人の意志で抜け出したわけではないようだね。とはいえ、明良くんが担いで連れ出したとも思えないから、何かしらの呪《じゅ》を使った可能性が高いな」

「呪を……？　あいつ、そこまでして一体何がしたいんだ？」

「それは、見つけたら本人に訊《き》けばいい。じゃあ、煉《れん》くんと尊《たける》くんと僕、凱斗くんと清芽くんで二手に分かれよう。煉くんたちは町を探索しているから、だいぶ詳しくなっただろう？」

櫛笥の言葉にこくこくと頷《うなず》き、西四辻の二人は急いで玄関に下りてきた。一方の凱斗は辰巳《たつみ》町《ちょう》の出身だから、清芽も彼と一緒なら心強い。

「何かあったら、すぐ連絡を取りあうこと。じゃあ始めようか」

テキパキと櫛笥が指示を出し、清芽たちは一斉に外へ向かった。

結界を張り終えた明良は、陣の中央に横たわる女性を憐《あわ》れむように見下ろした。

二荒佐和子《さわこ》。自分から、大切な兄を奪った男の母親。長年に亘《わた》って積み重ねた負の感情に、精神を喰い尽くされそうになっている。彼女の中で澱《おり》となっているのは息子への恐怖と疎《うと》ましさ、夫への憎悪と蔑《さげす》み、そうして自身への憐憫《れんびん》と諦《あきら》めだ。

「二度も囮《おとり》に使われれば、そりゃあ壊れもするか」

「よく育って贄《にえ》には最適だろう？　喰わずに帰したのは惜しかった」

くぐもった忍び笑いが、頭上から聞こえてくる。

視線を上げると、ジャングルジムのてっぺんから『器』が楽しそうにこちらを眺めていた。陣には近寄れないので、先刻からあちこちに移動しては口を挟《はさ》んでくる。

「代わりに、腕をもらうんだ。あいつの腕。我慢したんだから」

相手にしないでいたら、一人でどんどん話し出した。耳障りだが、好きにさせておく。凱斗がここへやって来る前に、機嫌を損なうと面倒だ。

「腕をもらうんだ。シんじゃえば、どうせもらえるけど」

「凱斗なら、もうすぐ来るよ。ちゃんと印を置いてきた」

おざなりに答えると、相手はひどく喜んだようだ。しかし、明良はそれきり口を閉じた。

一体、誰がしゃべっているんだろう。

先刻から、ずっと違和感が付き纏《まと》って離れない。

自分の唇から、他人の言葉が溢《あふ》れ出す。指は勝手に陣を描き、五感は暗闇に捕らわれたままだ。印。結界。陣の中の母親。これから起きることへの、微《かす》かな高揚と愉悦の笑み。

ああ、そうか。再び意識の底へ沈みながら、絶望的な気持ちで呟いた。

俺が望んでいたのは、こんなことだったのか。


茅野家の門前で二手に分かれた後、凱斗は迷いもせず町外れの方角へ足を向けた。

その後を早足で追いながら、清芽は何とも言えない複雑な思いを抱える。いくら確執があるとはいえ、やはり凱斗にとっては唯一人の母親だ。それを自分の弟が連れ去ったとなれば、かける言葉さえわからなくなる。

「……清芽」

罪悪感から遅れ気味な清芽を振り返り、凱斗がやや速度を緩めた。表情は切羽詰まっているものの、こちらを見つめる眼差しは変わらずに温かい。

「清芽、おまえに頼みがある」

「え……？」

意外な言葉に面食らっていると、すっと眼前に右手を差し出された。

「正直、今の俺には余裕がない。何が起きているのか摑《つか》めないし、憎んでいるはずの母親に振り回されている状況も苦痛だ。だが……やっぱり放ってはおけない」

「……うん」

「だから、手伝ってくれるか。おまえが側にいてくれれば、きっと俺は自分に負けない。過去の傷や憎悪のために、道を誤ったりしないから」

「凱斗……」

素直に求められたのが嬉しくて、清芽は感動に胸を詰まらせる。今までの凱斗なら、きっと一人で何とかしようとしたはずだ。自分が訴えたことは、ちゃんと彼に届いていたのだ。

「うん、もちろん」

彼の右手を両手で挟み、ぎゅっと力強く握り返した。人目があるのですぐに離したが、心は離れずに寄り添っている。それを実感できるのが、何より嬉しかった。

先を急ごう、と二人は再び歩き出す。今度は、ちゃんと並んで同じ速度で急いだ。

新興住宅街を抜けると、やがて周辺の景色が変わってきた。高層の建物が減り、気のせいか点在する商店も営業していないか、空き家になっている物件が多い。

(何か……中心地に比べると、寂《さび》れているような……)

逆に緑は増えてきたのか、蟬《せみ》が煩いくらい鳴き始めた。ただしどの植物も手入れは行き届かず、民家の庭や空き地や駐車場で放置され、伸び放題になっているのが現状だ。

見れば、舗装道路もアスファルトが割れて盛り上がったり、道路標識のペンキが剝《は》げて判別不能だったりする。真夏の空の下、青々とした田んぼが広がる光景は気持ちは良いが、心細くなるくらい人の気配が薄かった。

「なぁ、凱斗。おまえ、一体どこを目指してるんだよ？　何か、当てがあるっぽいけど」

「団地だ。三十年以上前に、住民を誘致するために建てた集合住宅だよ。すっかり古びてる上に住人に失踪者《しっそうしゃ》が複数出たせいで、最近は半分も埋まってないらしい」

「そこって……昔、神楽殿《かぐらでん》があったところだろ？　確か、浄化する予定なんじゃ……」

「俺の母親は、そこの団地で発見されたんだ。改めて贄にされるなら、悪霊たちにとっては最適の土地だからな。別行動の櫛笥たちには悪いが、恐らくはそこで間違いないと思う」

やけにきっぱりと断言され、清芽は少し疑問に思う。

そこまで確信があるなら、どうして皆で一緒に向かわなかったのだろう。

「本当は、おまえだって連れて行くのは躊躇したんだ」

「え？」

「だが、昨夜言われただろう？　俺が一人で無茶をしたら、心配で心臓が潰《つぶ》れると。どちらに転んでも負担をかけるなら、一緒にいようと決めたんだ。それがどんな結果になっても、二人で受け止めるならいいんじゃないかと、そう思った」

「………」

やっぱり、凱斗は明らかに変わった。

ひたすら「清芽を守る」というスタンスから、今は共に戦おうとしてくれている。それは、彼が自分を信頼し、認めてくれたからこその変化だ。

「櫛笥たちに言わなかったのは、もし俺の予感が当たっていれば最悪の結果を生むからだ。あいつらを、俺の身内のことで危険に晒《さら》すわけにはいかないしな。何かの間違いであってくれと、茅野氏の家へ寄ったんだが……やはり対峙は避けられそうもない」

「最悪の結果？　対峙？　それって……」

続きを言葉にするのに、少し勇気がいった。けれど、現実から目を背けても事態は何も変わらない。清芽は気を強く引き締め、思い切って口を開いた。

「明良が、俺たちと敵対するってことか？」

「……そうだ」

凱斗もまた、相当な覚悟でいるのだろう。

きっぱりと断言し、決意を秘めた目で清芽を見返した。

「おまえには、辛《つら》い展開が待っているかもしれない。だが、唯一の救いがあるとすれば、仮に明良が立ちはだかったとしても、それはあいつの意志ではない、ということだ」

「それって……何かに憑《つ》かれている、とか……」

「あいつほどの霊能力者が、そう簡単に憑《と》り込まれるとも思えないが……やはり、そうとしか考えられない。何かのきっかけで、明良の心に隙《すき》ができたんだ。そうでないと、説明のつかないことが多すぎる。あいつ、昨日沓《くつ》脱《ぬぎ》石の封印を結び直しただろう？」

「う、うん」

目に鮮やかな明良の姿を、清芽は瞼《まぶた》の裏に蘇《よみがえ》らせる。我が弟ながら、その霊能力の高さは凄《すさ》まじいの一言に尽きた。皆が力を合わせて事に当たろうとしていたのを、脇からひょいと割り込んでさっさと片付けてしまったのだ。

「今朝、その封印が解除されていた」

「えっ」

驚きのあまり、足が止まった。

もし、あんな性質《たち》の悪い悪霊が放たれたら……と、考えるだけでも背筋が寒くなる。だが、清芽の心配はすでに手遅れだったようだ。凱斗の沈痛な面持ちが、それを物語っていた。

「俺が確認した時には、もうもぬけの殻だったよ。夜中には、すでに解かれていたんだろう。しかし、よく考えてみろ。明良ほどの術者が施した封印が、雑霊や普通の霊能力者に解けるわけがない。その意味するところは――たった一つだ」

「明良が……あいつが自ら封印を解除したってこと……？」

「そうなるな。もともと、封印自体も成り行きだったようだし」

「どういう意味だよ。明良の呪が、不完全だったって言うのか？」

　意味深な返事に、ますます清芽は混乱する。

「そうじゃない。封印は完璧《かんぺき》だった。ただ、本当は明良は悪霊たちを祓《はら》うつもりだったんじゃないかと思う。清芽、おまえがそれを望んでいたから」

「お、俺っ？」

「おまえの性格なら、人身御供《ひとみごくう》の子どもたちに同情したはずだ。できれば封じ込めるのではなく、浄化して魂を救ってやりたい……そう思ったんじゃないのか？」

「……そ、だけど……」

　図星を指されて、激しく狼狽《ろうばい》した。モンスター級と言われる悪霊の浄化など、恐らく不可能に近いだろう。だから口には出せなかったのだが、それでも「いつか」とは考えた。それを、凱斗も明良も見抜いていたと言うのだ。

「だが――できなかった。初め、明良は鬼子母神の真言を唱え、母性の力で浄化を試みようとしたんだと思う。でも、無理だと判断して咄嗟《とっさ》に封印に切り替えたんだ。それをおくびにも出さなかったのは、あいつのプライド故だろうな」

「明良が……祓えなかった……」

「抑えることはできても、それ以上の手は出せなかったんだ。俺たちが祓った一体は、どうやら生温《なまぬる》い方だったらしいな。しかも、そいつらを明良は解放してしまった」

「…………」

「母親を餌《えさ》に俺をおびきだしたということは、悪霊たちもそこに集中している可能性が高い。これで合点がいったよ。何故、俺の母親だけが五体満足で発見されたのかと、ずっと不思議に思っていたんだ。彼女は、もともと俺を誘い出すための囮だったんだな」

狙《ねら》いは、最初から凱斗だった――。

驚愕《きょうがく》の事実に、清芽はもう言葉もない。しかも、目的遂行に自分の弟が動いているのだ。明良を憑り込んだ悪霊は、彼を使って凱斗を喰らおうと手ぐすねを引いて待っている。

「なぁ、凱斗。一つ疑問なんだけど……」

「うん？」

前方に、四角いコンクリートの建物が見えてきた。あの角を曲がれば、目指す目的地だ。いやが上にも緊張が高まり、震え出す足を懸命に清芽は動かした。

「じゃあ、最初に凱斗のお母さんに呪詛《じゅそ》をかけたのは誰なんだ？　その時は、まだ明良は無関係なはずだよな？　凱斗の腕を欲しがっていた悪霊がやったのか？」

「いや、それは考え難いな。あいつらは妄執《もうしゅう》で行動しているだけで、囮のような策を練ったりするとは思えない。何しろ本質は幼い子どもだ」

「じゃあ……やっぱり、その……」

勢いで口にしかけて、すんでのところで躊躇する。だが、他の答えは考えられなかった。あらゆる状況が一人の人物を指し示しており、その事実はもう無視できない。

「依頼人の茅野崇彦《たかひこ》氏――彼が始めたことなんだよね」

「…………」

無言の肯定に背中を押され、清芽はその先を続けた。

「茅野さんは、辰巳町の怪事件と人身御供の話を関連づけて考えてはいなかった、沓脱石の呪法なんて失念していた、そんな風に言っていた。でも、それは少し変だと思うんだ。だって、呪詛によって事件が起きていると思ったからこそ、警察じゃなくて『協会』に相談したんだろう？　だったら、真っ先に祟《たた》りの可能性を疑ってもおかしくないじゃないか」

「ああ。大体、あれほどの事件を……しかも、きっかけは自分の先祖が口にした神託なのに、今まで怪異現象と結び付けて考えなかったのは不自然だ」

「やっぱり、そうだよな。霊現象に偏見がないなら、尚更変だよ。そもそも、長い年月に亘って不規則に起きた事件を、今頃になって呪詛じゃないかと思うに至ったきっかけって何なんだろう。あの人は、封印が緩んでいたことを以前から知っていたんじゃないのかな」

「多分、それが正解だ」

ニヤリ、と凱斗が横顔で笑んだ。

それは、苦々しさと静かな怒りに満ちた笑みだった。

「あの人は二荒家直系の俺を贄にすることで、再び封印を成功させようとしたんだ。そのために母親を失踪させ、『協会』に依頼して俺が帰郷するように企んだ。恐らく、普通のやり方じゃ俺が辰巳に戻ることはないとわかっていたんだろう」

「そうか。『協会』と付き合いがあるなら、凱斗の動向もわかるもんな」

「ただ、茅野氏にとって計算外のことが二つ起きた。一つは『協会』からの派遣が、俺一人ではなかったこと。まさか、霊能力者がチームを組んで除霊に来るとは思わないからな。そうしてもう一つは、葉室明良の存在だ」

「…………」

「明良がいる以上、悪霊は全て封印か撃退される。俺を贄にする計画は水泡に帰すわけだ。茅野氏がもっとも怖れていたのは、明良なんだよ。昨日、あいつの力を目の当たりにした彼はさぞかし焦っただろう。何とか憑り込まねばと思ったはずだ」

でも、と清芽は心の中で思った。明良に、そんな心の隙があったなんて信じられない。誰より自信家で、最強の霊能力者で、日々の精進も怠《おこた》らない奴なのだ。悪霊につけ込まれる怖ろしさは、きっと彼自身が一番よく知っているはずだ。

「だけど……納得いかないな。茅野さんの目的が封印の結び直しなら、明良がしたことは渡りに舟なんじゃないの？　どうして、まだ凱斗に固執するんだよ」

「それは、本人に訊いてみるしかないな。あの人には、何が何でも俺を贄にしたい理由があるんだろうが……悪いがまったく見当がつかない」

「俺は、嫌だからな」

憤然と、清芽は宣言した。崇彦への怒りで、腸《はらわた》が煮えくり返りそうだった。

「凱斗を贄だなんて、とんでもないよ。そんな真似、絶対にさせるもんか」

「大丈夫。俺には秘密兵器がある」

曲がり角を右に折れ、ようやく凱斗が足を止める。

眼前には寒々とした集合住宅が四棟、そびえたっていた。

薄汚れた壁面にはひびが雷鳴のように走り、昼間なのにどこの棟も黒い靄《もや》がかかったように薄暗い。出入りする人影は一つもなく、話し声や物音さえ死に絶えた空間に、清芽の足が再び震え始めていた。

「凱斗……俺にも秘密兵器、くれる？」

「ああ」

建物に視線を留めたまま、決意を秘めて右手を突き出す。パッと開いた手のひらに、先日自分が贈ったお呪《まじな》いのチョコレートが数粒転がり落ちてきた。

「凄《すご》いな。真夏なのに全然溶けてない。これも呪の一種かな」

「いや、愛の力だろう」

耳を疑うような言葉をボソリと吐き、凱斗が自分の分を口へ放り込む。

つられて清芽が含んだ小さなロケットたちは、束の間、恐怖を甘く包んでくれた。

「なぁ、櫛笥。やっぱり間違いないのかよ。俺、まだ信じられねぇんだけど」

早足というよりは、もうほとんど駆け足だ。携帯電話をかけながら前を急ぐ櫛笥の後を、煉と尊が戸惑いながら必死についていく。気温は昼の段階で三十三度を記録しており、一番体力のない尊は早くも息が上がり出していた。

「大丈夫か、尊。熱中症になるから、あんま無理すんなよ」

「うん。ポカリ持参してるから、大丈夫。それより櫛笥さん、どうですか?」

「ダメだな、何度かけても通じない。二荒くんも葉室くんも、どっちの携帯もアウトだ」

「ああ、こりゃ確定だな。あいつら、どっか結界に入っちゃってるんだ」

諦めて携帯電話を上着の内ポケットへ収め、櫛笥が煉の言葉に溜《た》め息《いき》をつく。彼は短期間だが明良の下で修業をしていたので、その結界がどれほど厄介《やっかい》かよく知っていた。

「煉くんが信じたくないのは無理ないけど、さっき君も見ただろう、明良くんが残していった印を。封印を解除したのも、二荒くんのお母さんを連れ去ったのも間違いなく彼だ」

「くそ、何でだよ、納得いかねぇよっ。明良さんほどの人が、何でそこらの悪霊にホイホイ憑り込まれたりするんだよっ！」

「そこらの悪霊……じゃないかもしれないよ、煉」

「え……？」

深刻な声音に驚いて振り返ると、尊が妙に厳しい顔つきになっている。櫛笥も思わず足を止め、彼が追いつくのを待って尋ねてみた。

「尊くん、何か知っているの？　だったら、僕たちに教えてくれないかな。恐らく、事は一刻を争う。明良くんの印を見たなら、わかるだろう？」

「すげぇよな、俺ゾッとした。あんなの、正気の沙汰《さた》じゃねぇよ」

煉が口を挟むのも無理はなく、彼らが念のために寄った二荒家の玄関先で発見したものは一種異様な呪具だった。それは人の爪《つめ》――剝がされた生爪だったのだ。

「あれ、明良さんのだろ。絶対おかしいって」

「だから、明良さんの意志じゃないんだよ。あの人はただ、二荒さんに結界の張られた場所まで来いとメッセージを残しただけなんだ。自分の身体を痛めつけるのは、あの人に憑いたモノの遊び心だと思う。だって、あれは……」

「尊……？」

「あれは、もっと怖くて禍々《まがまが》しくて触れちゃいけないモノだから。僕たちが祓ったのは、全然マシなやつだった。でも、本体は封印も除霊も、最初っからできっこないんだよ！」

「え……」

「尊くん……」

恐怖に青ざめる尊を見て、何事か悟った櫛笥がきゅっと唇を嚙《か》む。

『水神は龍の化身だから、雷を操るのはわかります。でも、そんなのは理不尽だ。だって、彼は贄によっておとなしく沼から去ったのではなかったのですか？　どうして一年もたってから、まるで復讐《ふくしゅう》するように神楽殿ごと攻撃したのでしょう？　その答えを考えると、僕は怖くて仕方ありません』

昨日、尊が言いかけたセリフがはっきりと脳裏に蘇る。

その続きを、心して聞かねばならない時が来たようだ。たとえどんなに怖ろしい答えでも、怖気《おじけ》づいている時間はない。

何故なら、自分たちが集った真の意味が今まさに問われているからだ。

「聞かせて、尊くん。君が出した答えを」

間に合えばいいが、と祈りながら、櫛笥は尊の言葉に耳を傾けた。

ぼこり。

突然、足元の土が緩み、泥の泡が地中から生まれた。

凱斗はすぐさま身構えると、きつい眼差しで周囲を見回していく。その間にもぼこぼこと嫌な音をたて、次から次へと灰色の泡が生まれては弾けていった。

「な……んで……雨も降ってないのに、地面がぬかるんで……」

「清芽、おまえ〝視《み》える〟のか？」

驚いたように問われ、うん、と緊張しながら頷く。改まって尋ねるということは、リアルな現象とは別物なのだ。凱斗がちっと舌打ちをし、苦々しく呟いた。

「要するに、それだけ危険な結界ってことか。油断はするなよ」

「わ、わかった。俺なら大丈夫だから。早くお母さんを……」

「——あそこだ」

目を細め、前方の柵《さく》で囲まれた敷地を指差す。そこは住人の憩《いこ》いの場として作られた、幾つかの遊具を置いた狭い公園だった。あまり利用する者がいないのか、錆《さび》の浮いたジャングルジムや鉄棒、鎖が片方外れたブランコなど、見るだけで寒々しい光景だ。

その中心に、褪《あ》せた水色の入院服を着た、鶏ガラのように痩《や》せた女性が寝かされていた。

「凱斗、早く！」

泥の絡みつく足を懸命に動かし、何とか近づこうと清芽は焦る。だが、凱斗は左手でそれを止めると、険しい表情のまま「ちょっと待て」と呟いた。

「彼女の周囲に陣が描かれている。迂闊《うかつ》に踏み込むのは危ない」

「まさか、それも明良が……？」

「葉室明良！　出てきて今すぐ説明しろ。一体、何を考えている！」

誰もいない空間に向かって、凱斗が声を張り上げる。その間にも地面はぐずぐずと溶け出して、嫌な臭気が立ち上り始めた。濁った水が湧《わ》き、ぼこり、ぼこりと耳障りな音をたてる。かつて水神が棲《す》んだ沼の姿を取り戻そうとするように、水位が二人の足首まで上がってきた。

「明良……本当に、おまえがこんなことしてるのか……？」

嘘だろう、と清芽は首を振る。出てきて、今すぐ悪い冗談だと言ってほしかった。こんなのは本気じゃない、ちょっと遊んでみただけなんだと。けれど、どれだけ待っても明良からの答えはなく、清芽の呼びかけは空しく泥に呑《の》み込まれていく。

「清芽、俺から離れていろ」

泥に足止めを食らった状態で、忌々《いまいま》しげに凱斗が言った。

「あいつの狙いは俺一人だ。離れていた方が安全だ」

「嫌だ！　何、勝手なこと言ってんだよっ！　それじゃ、俺が一緒に来た意味がないだろっ！」

「落ち着け。耳元で喚《わめ》くな」

「俺、離れないからな!」

凱斗のシャツの袖《そで》を力一杯握り締め、ぐっと力を込めて睨《にら》みつける。だが、どんなに強がっても小刻みな震えは隠しようもなかった。

(落ち着け。恐怖に呑まれちゃダメだ。これは、明良の結界が産んだ妄想だ)

どろどろに濡《ぬ》れた、小さな手がズボンの裾《すそ》を引っ張っている。キイキイとくぐもった声をあげながら、そいつらは清芽の両脚にわらわらと群がってきた。たぷんたぷん、と水面が揺れ、生温い感触に怖気《おぞけ》が走る。

「怖いの? 気味が悪いの?」

不意に、明良の声がした。清芽はハッとして、視線を彷徨《さまよ》わせる。どこだ。

「それなら、俺を呼んでよ。〝明良、助けて〟って言ってよ。そうしたら、すぐに助けてあげる。俺が、兄さんを助けてあげるよ。だから、怖いって正直に言いなよ」

「明良……?」

「そう。ここだよ。兄さん、俺はここにいるよ?」

何かがおかしい、と思った。日頃聞き慣れた、不遜《ふそん》で生意気な弟とは少し違う。間違いなく明良の声なのに、これはまるで――。

お兄ちゃん、ねぇ起きて。

化け物がいるんだ。ぼくのへやで、こっちを見てわらうんだ。ぼくを連れていくって。嫌だよ。ぼくは行きたくない。お兄ちゃん、だから起きてよ。ぼくをたすけて。たすけてよ。

「ここだよ、兄さん」

明良が、ジャングルジムの中心にゆらりと姿を現した。交差する平行棒の向こう側の彼は、まるで鳥籠《とりかご》の中で囀《さえず》っているように楽しげだ。

「明良、おまえどうしちゃったんだよ。何を考えて、こんなこと……」

「どうかしているのは、兄さんの方だ」

「え……」

一転して声音が冷たくなり、清芽はひどく面食らう。明良の瞳には薄い膜が張られ、そこにあるのは凍りついた愛情と憎しみだけに見えた。

「俺が、心の底から凱斗との付き合いを応援してると思ってた？　思わないよね？　兄さんは俺の気持ちを知っていて、気がつかない振りをしていたんだよね？」

「おまえの……気持ち……？」

「兄さんを守れるのは、俺だけだって言ってきたじゃないか」

忘れたの？　と咎《とが》めるように睨まれ、何も言えなくなる。確かに、それは明良の口癖のようなものだったが、いちいち相手にしていたらキリがないと適当に流すことが多かった。

「俺は、もう我慢しないよ。欲しいものは手に入れるし、邪魔な存在には消えてもらう。凱斗なんかより、兄さんには俺の方が相応《ふさわ》しいからね。そうだろう?」

「明良……」

まさか、弟はずっとそんなことを考えながら自分の側にいたんだろうか。

清芽は愕然とし、それは違う、と訴えようとした。凱斗が言ったように自分たちが表と裏で対になる存在だとしても、明良には彼自身の人生を生きて欲しい。全てが清芽で始まって閉じる世界になんて、満足してほしくはない。

「少々面白くはないが」

「え?」

表情から読み取ったのか、凱斗がボソリと呟いた。

「あいつが正気に返ったら、もう一度ちゃんと言ってやれ」

そう言った次の瞬間、思い切り強く突き飛ばされる。不意を突かれてよろめき、清芽は泥の中に尻餅《しりもち》をついた。ぱしゃん、と泥が四方に撥《は》ね、スローモーションのように視界が遮《さえぎ》られていく。その向こうで、巨大な泥の塊が獣のように凱斗へ襲いかかった。

「凱斗——ッ!」

その時、清芽ははっきりと五感で視た。

幾重にもひび割れて響き渡る、甲高い子どもの声。それを発しているモノの正体を。

「ひ……っ……」

塊のあちこちから、ぼこぼこと顔が浮き出ている。

子どもだった。皮膚を剝《む》かれ、肉がむきだしになった血まみれの子どもたちだ。

目をくり抜かれた者、切られた耳から血を垂らしている者。

無残に鼻を削がれた顔、舌が半分千切れた口。

伸ばした手の指が、全部切断されていた。髪を引き抜かれ、頭皮がまだらに変色している。

激烈な痛み。底知れない恐怖。断末魔の叫びは、延々と途切れることがない。

「い……嫌だ……こんな……」

額を真一文字に切り裂かれ、桃色の脳みそがはみ出していた。欲しい。盗られた身体が欲しい。痛い。痛いよぅ。何も見えない。何も摑めない。歩けない。走れない。

腕をちょうだい。

おまえの腕を、ちょうだいよぉおおォ！

「オン・バロダヤ・ソワカ！」

凛《りん》と張った声が、鬼気迫る妄執を吹き飛ばした。

凱斗が両手で印を結び、真言と共に泥の塊を打ち払う。水柱が一瞬で放射状に広がり、苦悶《くもん》に歪《ゆが》む顔が粉々に砕かれた。

「く……ッ……」

消えゆく叫びが尾を引いて、空間に幾つも反響する。全てが瞬きする間に行われ、清芽が我に返った時には群がる子どもたちもいなくなっていた。

「や……った……？」

半信半疑のまま呆然と呟く。急いで立ち上がろうとしたが、情けないことに膝《ひざ》が震えて力が入らなかった。しかも肝心の凱斗は印を解かずに立ち尽くし、ちらとも視線を動かさない。

「凱斗……」

嫌な予感に生唾《なまつば》を呑み込み、清芽はおそるおそる声をかけた。

「祓えた……んだよな……？」

「──いや」

ドォンッ！

濁った轟音《ごうおん》と共に、足元が大きく揺らいだ。泥の塊が再び現れ、ああああ、と不気味な雄叫《おたけ》びを上げる。無残な子どもたち、呪詛に満ちた声。一つの塊になった彼らは狂ったように喚き散らし、凱斗に再び飛びかかろうとした。

「うわっ！」

泥に突いた手を、清芽はびくっと引く。一度は消えた子どもたちが、再び縋《すが》りついてきたのだ。腐った手で服を掴み、ぱくりと開けた口から鮮血が溢れ出す。

ごぼごぼ。ごぼごぼ。

何を言っているのかはわからない。けれど、直視するにはあまりに凄惨な光景だった。凱斗が今一度印を結び、同じ真言を唱えようとする。一度姿を消した明良が、今度はジャングルジムの上に現れた。彼は感心したようにくっくと笑い、こちらを見下ろしてくる。

「水天の印とは考えたね。確かに水場では強力な呪法だ。でも無駄だよ」

「……明良、おまえが操ってるのか？」

「操る？　とんでもない。そいつは、昨日祓った雑魚《ざこ》の悪霊とは違うよ。そんなの、凱斗だって感じているだろう？　どんな真言で対応しようが、絶対に祓えないってさ」

「絶対に祓えない？　明良、それどういう意味だよ！　ふざけんな！」

思わず口を挟むと、明良はわざとらしく傷ついた顔をする。その表情に、清芽はぞくっと鳥肌を立てた。まるで明良の皮を被《かぶ》った別の『何か』が、ふざけて演じているようだ。

「聞いたことないかなあ？　〝神様は祓えない〟って」

「え……」

その瞬間、脳裏に一つの会話が蘇った。

あれは、凱斗が出張から戻ってきた日だった。「触らぬ神に祟りなし」――そう言った後で、凱斗はこう付け加えたのだ。霊は祓えるが、神様は祓えない――と。

「おまえ、あれが神だって言うのか？」

「そうだよ」

明良がにんまりと微笑《ほほえ》み、その瞬間、清芽は唐突に悟った。

弟の中に、良くないモノが入り込んでいる。

そうであってほしくはないと、幾度も可能性を打ち消していた。けれど、もう疑いようがない。明良の意識に入り込み、悪意に染めている『何か』がいる。

「おまえ……」

おまえ、誰だ……？

喉元《のど》まで、そんな言葉が出かかった。

どれだけ言動が不遜でも、明良には相手にそれを許させてしまう魅力がある。生まれつき備わっている涼やかな資質に日々の鍛練が磨きをかけ、彼のカリスマ性を引き立てるからだ。けれど、目の前で笑う彼はまったく違う。澱《よど》んだ闇の臭いがする。

「俺は、俺だよ」

清芽の心を読んだかのように、明良が口を開いた。呼応して、凱斗の隙を窺っていた妄執の塊が僅《わず》かに動きを鈍くする。まるで、彼の邪魔をするまいと配慮したかのようだ。

「でも、兄さんにそんな目で見られるのは、ちょっと辛いかな」

辛い、と言いながら、その唇には無感情な笑みが刻まれていた。彼はすっと右手を上げ、眼下の陣に向ける。ぼこり、と地面が小さくうねり、地中から一人の男が現れた。目を閉じていて生死もわからないが、その顔を見た清芽と凱斗はハッと息を呑む。

「茅野さん……」

「そいつは、もういらないから返してあげるよ。もっとも、さして寿命も長くないけどね。大した霊力もないくせに、封印に手を出したリスクは背負わないと」

「待てよ。それじゃ、まるで茅野さんがわざと封印を緩めたみたいじゃないか」

「そうだよ？　普通ならそんな芸当は無理だけど、そもそもこいつの先祖が施した呪法だからね。寿命何年分かと引き換えなら、できないこともない」

「なんで……そんな真似を……」

清芽には、まるきり理解できなかった。

だが、封印の緩みが意図的なものなら、それが不定期に起きた説明がつく。十年前、団地の主婦と記者が失踪して遺体で見つかった。次が八年前のＯＬの自殺、そして五年前は……そこまで考えて、愕然とする。

「茅野さんの妹だ。左足を千切られた状態で死んでいた」

凱斗の声が、苦々しい響きで耳に届いた。

そうだ、尚子《しょうこ》がまとめた事件のあらましに、ちゃんと書かれていたではないか。五年前、呪詛によって死んだと思われる女性は茅野崇彦の妹だ。遺体は左足が食い千切られ、寂れた神社の境内《けいだい》で発見された、と。

「こいつが封印を緩めるたびに、這《は》い出た悪霊は失った身体を探し回った。舌や目玉、右足と左足。だから、残りは腕なんだ。あとは両腕さえ揃《そろ》えば、彼らの願いは叶《かな》う」

「自分の妹まで犠牲になったのに？　茅野さんは、何でそんなことしたんだよ！」

「妹が巻き添えを食らったのは、不可抗力だ。彼女の友人が憑かれて自殺し、その恐怖が伝染したのは皮肉としか言えないな」

激昂《げっこう》する清芽を一蹴《いっしゅう》し、何の感慨も持たない顔で明良は続けた。

「その後も、茅野は封印解除を止めなかった。そうして、今度は凱斗の母親が失踪した。わかる？　茅野は寿命を縮めては封印を解き、その都度わざわざ結び直していたんだよ。狂ってるとしか言えない。先祖同様に、こいつもおかしいんだ」

「先祖って……人身御供の神託をした宮司《ぐうじ》のことか？」

「そう。兄さんもショックを受けていたよね。あんな悲惨な話を聞けば、誰だってそうなる。でも、あの神託は嘘だ。茅野の先祖は、水神の神託なんか聞いてないんだ」

「なん……だって……」

予想だにしない事実を聞かされ、清芽も凱斗も絶句する。

話に聞いた、凄惨な人身御供の儀式。

まさか、あれが水神の望みではなかったと言うのか。

「――呪詛か」

険しい声音で呟かれた凱斗の言葉に、明良が酷薄な笑みで答えた。

「さすが、よくわかったね。そう、あれは贄で水神の怒りを鎮め、他所の地へ移ってもらうための儀式じゃない。水神そのものを封じ込める呪詛だったんだよ」

「う……そだろう……」

「ひょっとして、水神の神託は違う内容だったんじゃないのか。水神は怒り狂い、沼を埋め立てるなら村ごと祟るとでも言ったんだろう。だが、話を聞くと領主からの圧力もあったようだし、辰巳の人間は選択を迫られたんだ。平和な暮らしと水神への信仰、そのどちらかを」

「……そんな……」

ありえない。そんなこと、あってはいけない。

それでは、あの想像を絶する残酷な儀式は、神ではなく人間が仕組んだと言うのか。

「ああ、可哀想に。凱斗があけすけに話すから、兄さんがショックを受けてるじゃないか。でもね、兄さん。あいつの言っていることは、概ね正しいよ。辰巳の発展のため、そして領主から褒美《ほうび》を得るために、当時の村の有力者たちはここぞとばかりに茅野の先祖に詰め寄った。もし神楽殿建立を許さぬなら、村に貸した田畑を取り上げると領主に脅《おど》されてもいたからね」

「田畑を取り上げる？　そんなことをしたら、村はお終《しま》いじゃないか！」

「その通りだよ。生きるか死ぬか、二つに一つの選択だ」

「…………」

「人が鬼に変わるのなんて、スイッチ一つの問題なんだよ」

ほんの一瞬、明良の瞳に苦い色が浮かんだ。だが、瞬きする間に呑み込まれ、すぐにまた感情のない無機質の目に取って代わられる。

「水神を呪詛で封じて沼から追い出し、埋め立てた土地に神楽殿を建立する。それが、人身御供の真実か。なまじ相手が神だけに、そう簡単には封じられない。だからこそ……」

あんな非道な贄が必要だったんだな、と凱斗は顔を嫌悪に歪ませた。

「強力な呪詛を成功させるには、憎悪や恐怖に満ちた怨念《おんねん》の塊で抑えつけなくてはいけない。より純度の高い呪いで、相手の呪いを捻《ね》じ伏せるんだ。追い詰められた茅野の先祖は、神託と称して子どもの肉体の一部を捧げるように言った。方法がより残酷だったのは、子どもたちの恐怖や想像を絶する痛みの記憶が呪詛を強くするからだ」

「ひ……どい……」

「兄さんは、優しいなぁ」

青ざめる清芽へ、ねっとりと優しく明良が声をかける。

「でもね、言っておくけど、ひどいのは茅野の先祖だけじゃないんだよ。そこには、二荒家も噛んでるんだから。ためらう宮司の背中を押したのは、二荒の人間だ。祟り封じのために子どもたちの遺骸が二荒家の敷地に埋められていたのが、何よりの証拠だろう？」

「なるほどな……そういうことか」

ようやく得心がいった、と言うように凱斗が忌々しげに吐き捨てた。

「そこから這い出た悪霊が、俺の腕を欲しがるのも無理はないってことだ。二荒の人間なら、奴らにはより理想的な身体だろう。何せ、呪詛の詰まった血の末裔《まつえい》だ。そうか、これで何もかもわかったよ。どうして、昔から父親が家に寄りつかないのかもな」

「凱斗……」

「二荒家の直系として、今の話は俺の家にも伝わっていたはずだ。当主の父親は、自分にいつか呪詛返しがくるんじゃないかと怯《おび》えていたってわけだ。それでも、旧家の面子《メンツ》もあって家屋敷を売り払って逃げ出すわけにはいかない。第一、土地が人手に渡れば沓脱石の下から死骸が掘り返されて、それこそ封印がめちゃめちゃになる」

「その通り。そうして全てのしわ寄せが、哀れな息子の方へいったってわけさ」

「…………」

唇を噛んだまま、凱斗は何も言い返さない。けれど、行き場のない憤りや悲しみは見つめる清芽にも痛いくらい伝わってきた。

「俺は……」

ざり。

鋭い音が、いっきに現実へ引き戻す。

聞き覚えのある、爪を立てて引っ掻《か》く音。動きを止めていた塊が、再び蠢《うごめ》き出したのだ。

(凱斗が危ない)

何とか立ち上がったものの、足が泥に阻まれて動かなかった。募る焦りが追い打ちをかけ、ますます動きを鈍くする。落ち着け、と己を叱咤《しった》し、何とか明良が自分を取り戻してくれないかと願う。そもそも、彼の口を借りて語っているのは何者だ。何もかも見透かしたように自分たちを翻弄《ほんろう》する、この邪悪な相手は——。

「兄さん、下手にもがいたら危ないよ？」

いとも容易《たやす》く泥の中を移動し、明良が身体を近づけてきた。吐息がかかるほどの距離から見つめられ、視線を逸《そ》らすに逸らせなくなる。

「あ、明良、おい……」

「平和な棲み処を奪われ、違う神のための神楽殿を建立され、水神は怒り狂った。だけど、呪詛で封印された身では何もできない。暗く狭い場所に、贄となった子どもの腕や足や目玉と閉じ込められ、少しずつ彼は狂っていったんだ」

「………」

「ねぇ、想像してみてよ。贄の痛みに感応して、苦痛にのたうちまわる様をさ。村人の信仰は薄らぎ、〝神託によって〟子どもを殺された親たちは昼夜を問わず呪詛を吐き続けたんだってさ。そんな目に遭いながら、狂うなって言う方が無理じゃない？　誰も自分を敬わなくなったのに。信仰を喪った神は、もはや存在価値なんかないよね？」

「おまえ……」

「信仰が、水神を生かしていたんだ。いらないって言われて、どうすれば良かった？」

喪失と混乱が、明良の唇から溢れ出た。紡がれる言葉は彼自身の心を呑み込み、水神の絶望に染めていく。あんなに慈しんだ者たちに憎まれ、排除され、存在価値を喪う。それは、許していいことなのか。奪い返せ。どんな手を使っても。明良の声が、瞳が、その一色になっていく。奪い返せ。それは、自分のものだったのだ。

おかあさん、それはぼくのだよ。かえして。

「う……」

ドクン、と心臓が脈打った。夢に見た子どもの声が蘇る。

かえして。それはぼくのだよ。おかあさん、おかあさん。

「う……あ……」

「清芽！」

切り裂くような凱斗の声が、パニックに落ちかけた清芽を引き戻した。冷たい汗がぶわっと吹き出し、キンと目眩《めまい》が襲ってくる。ふらつきかけた腕を誰かが素早く掴み、何とか泥に沈まずに済んだ。同時に温度のない眼差しが、ジッとこちらを窺っている。

「明良……」

いや、違う。明良じゃない。

口にするのもおぞましい事実を、為す術《すべ》もなく清芽は受け止めた。

「おまえは……水神……」

「なぁに、兄さん」

悪意の輪郭に、唇が微笑んだ。

「やっと、わかってくれたんだね。でも、それは昔の名前だ。今はもう、祟り神に堕《お》ちちゃった」

「祟り……神だって……？」

「凱斗の腕を喰らおうと、あそこで舌なめずりしている悪霊たちと一緒にね。あの子たちは狂っていく水神の影響を受けて、あんな姿になったんだ」

「…………」

「だから、俺もあの子たちも決して祓えない。人間如きには浄化も無理。消滅させるか、封印するか、そのどっちかしかないんだ。でも、今の凱斗や兄さんにそれができるかな」

明良がうっとりと勝ち誇り、凱斗と祟り神と化した子どもたちを指差した。

「凱斗……」

護身法が崩れ始め、凱斗の足元から瘴気《しょうき》が立ち上っている。毒の靄《もや》が全身を包むのを見て、明良はしごく満足そうに喉を鳴らした。

「そもそも、ここは俺の結界内だよ？　勝手に暴れてもらっちゃ困るな」

「凱斗！　凱斗、嫌だ！」

泥を蹴《け》って進もうとしたが、腕を摑まれているので叶わない。無我夢中で振り払おうとした弾みに、バランスを崩してよろめいた。清芽を胸で受け止めた明良が、もがく身体をしっかりと腕に封じ込める。歓喜の溜め息を彼は漏《も》らし、ぎゅっと抱く力を強めた。

「離せ！　明良、離せよっ！」

「さあ、待ち兼ねた腕だ！　食い千切って持っていくがいい！」

「やめろ——ッ」

あらん限りの絶叫が、清芽の喉から迸《ほとばし》った。

護身法が解け、無防備になった凱斗を渦巻く泥が覆っていく。ああ、と絶望に目を閉じ、膝からくずおれそうになった——瞬間。

「な……っ……？」

全ての音が、呪詛が、妄執が一瞬で途絶え、塵《ちり》となって消えていく。

凱斗から放たれた白銀の閃光《せんこう》が、爆発的な勢いであらゆる不浄を吹き飛ばしていた。群がる子どもが光に溶け、渦を巻く浄化の炎が瞬時に泥を蒸発させる。

「かい……と……」

「なん……だと……どうして……」

想像を絶する光景に、明良がわなわなと唇を震わせた。一体何が起きたのか、清芽も呆然とするばかりだ。静寂の中を光の粒が降り、彼の左手の甲に普段は呪で隠している刻印が浮かんでいる。それは燃えるように赤く染まったかと思うと、やがて少しずつ薄くなっていった。

「おまえ……」

明良が、喘《あえ》ぐように声を絞り出す。

「おまえ……兄さんの加護を……」

「賭《か》けだったけどな」

それまで微動だにしなかった凱斗が、初めて目線をこちらに向けた。

「さすがに、加護となると自信はなかったが。でも、清芽が自分の意志で使いこなすと決心しただろう? だから、おまえに従属する力としてならいけるかと思ったんだ」

「で、でも一体いつ……あ!」

だから、手伝ってくれるか。

ここに向かう途中で、凱斗が差し出してきた右手を思い出した。うん、もちろん。そう言って強くその手を握り返した、あの時の温もりまでしっかり覚えている。

「じゃあ、あの時に……」

「ああ。ただし、こんな荒業は一度切りだろうな」

左手の甲を眩《まぶ》しげにかざし、彼は消えた刻印に苦笑いを浮かべた。

「神格に近い力なんぞ、そうそう使えたら苦労はない。万一の保険が効いただけ、運が……」

「凱斗……?」

「う……く……っ」

「凱斗！　おい、凱斗、どうしたんだよっ」

突然苦悶の表情を滲《にじ》ませ、凱斗が膝を折って苦しみ出した。一体何が、と狼狽している間に、呪符が彼の周りへゆるゆると集まり始めている。風に乗ったそれらは次々と数を増やし、旋回しながら距離を狭めていった。

「凄いな、さすがは兄さんの加護だ。まさか、祟り神を消滅させるなんて。正直脱帽だよ」

「明良……」

明良が、左手に呪符を持って微笑んでいる。彼から逃れた清芽は凱斗の元へ駆けつけようとしたが、「来るな！」と怒鳴られて足が止まった。

「いいから、おまえは手を出すな！」

「何でだよ！　俺にだって加護の力が……」

「発動すれば、明良に呪詛返しがいくぞ！　それでもいいのか！」

「え……」

ギクリとして動きを止め、清芽は失念していた事実に愕然とする。

もし、清芽が凱斗を庇《かば》おうとして身を危険に晒せば、発動した加護が明良の呪術を跳ね返すだろう。そのダメージは計り知れず、下手をすれば明良の命さえ奪ってしまうかもしれない。

「そんな……じゃあ、どうすれば……」

「祟り神に憑かれても、明良の肉体は生身のままだ。それを忘れるな!」

「凱斗……」

では、自分には何もできないのか。清芽は苛立《いらだ》ち、立ち尽くす。せっかくの加護を与えられていながら、役立てることもできないなんて。

「許せないな。おまえなんかが兄さんの加護を使うなんて、少し身の程を知りなよ」

明良の抑揚を抑えた声音の中に、微かな嫉妬《しっと》が滲み出す。彼はぎりぎりと呪符の縛《いまし》めを強めていき、搦《から》め捕られた凱斗が苦痛の声を漏らした。

すでに印を結ぶ力は残っていない。切り札の加護も使い切った。清芽は彼に近づくこともできず、闇雲に焦りだけが募る。

「このまま、呪符で胴体を捩じ切ってやろうか」

新たな札を指に挟み、明良が右手を振り上げた。

「よせ……!」

止めようとした清芽の手が、僅かに届かず空を切る。明良の唇が攻撃の真言を口ずさみ、ゆっくり右手が下りてきた。

「凱斗――っ!」

悲痛な叫びに被さって、一瞬明良の動きが鈍る。そのまま時間が止まったかのように、彼は微動だにしなくなった。

「そのくらいにしとこうか、明良くん」

場違いなほど柔らかな声が、突然割って入ってくる。直後に呪符がばらばらと落ち、赤い呪文字を手のひらで揺らめかせた櫛笥が近づいてきた。

「櫛笥……」

憎々しげに毒づき、明良が彼を睨みつける。両方の手首に淡い光の束が巻き付き、自由を完全に封じていた。櫛笥が得意とする霊縛の呪法だ。

「まさか、君に呪をかける日が来るなんてね。修業の時なら花丸をもらえたかな？」

「褒美が欲しいのか？　それなら、さっさとこの霊縛を解け」

冷ややかに、明良は命令する。

だが、櫛笥はひょいと肩を竦《すく》めると、いかにも残念そうに頭を振った。

「ごめん、それはできないな。うちの子が、君の中の祟り神を封印するまではね」

「贄もなしに、やれるものならやってみろ。おまえらに神の封印なんか、できるものか」

「さて、それはどうかなぁ。ちょっと苦労したけど、ここの結界だって破ったしね。君ほどじゃないにしても、こっちにも将来有望な子たちがいるわけで」

「おい、櫛笥！　てめ、勝手に俺たちのこと〝うちの子〟扱いすんなッ！」

地面に封印儀式の陣を描きながら、煉が耳聡《みみざと》く文句を言ってくる。一方の尊は凱斗の母親と崇彦を介抱するため、広場の方へ走って行った。結界が破られたので、明良の呪も効力が落ちているようだ。

「煉くん……尊くんも……」

「大丈夫！　二人とも無事です！」

「こっちも終わったぜ！」

あらかた陣を描き終えた煉が、張り切って声を張り上げる。何が始まるのかと息を呑む清芽の傍《かたわ》らで、凱斗が「明良を陣に留め、俺と煉で封印の呪をかける！」と叫んだ。

「憑代《よりしろ》はこれです！　二荒家の沓脱石を砕いて、欠片《かけら》を浄化してきました！」

凱斗の言葉に続き、尊が手のひらサイズの石を陣の中央に置く。それを見るなり、明良が愉快そうに笑い出した。一同が戸惑う中、その視線がゆらりと櫛笥の右手で留まる。

「花丸には、まだ遠いな」

次の瞬間、呪文字が火柱を上げて燃え上がった。

反射的に飛び退《すさ》り、櫛笥がきつく彼を睨み返す。炎と同時に縛めの光が呆気《あっけ》なく霧散し、明良は自由を取り戻した。

「櫛笥、おまえの霊縛は確かに優秀だ。でも、俺にかけるなら効果は一分が限度と思え。のんびりおしゃべりなどせずに、さっさと殺してしまえば良かったものを」

「殺す？　面白くない冗談はよしてくれないかな」

眼鏡《めがね》越しの瞳を嫌悪に歪め、櫛笥が憮然《ぶぜん》と言い返す。

「帰ってこい、明良！」

「黙れ！」

バシッと火花が弾け、明良のこめかみから一筋の血が流れる。思わず怯《ひる》んだ清芽に向かい、彼は「いいことを教えてやろう」と笑いかけた。

「贄を出さずに我を封印したければ、この器ごと呪をかけるがいい」

「何……」

「おまえの弟を封印しろ。さすれば我も眠りにつく」

「そ……んな……」

そんなこと、できるわけがない。明良をこの手に取り戻せなかったら何の意味もないのだ。動揺する清芽の心に、水神の笑い声が染み込んでくる。禍々しい欲望に満ちた、残忍で狂った祟り神。そいつは弟を道連れに、究極の選択を迫ってきていた。

どうしよう。どうすればいいんだろう。

「くそっ」

突破口が見当たらず、凱斗が悔しげに拳《こぶし》を握った。尊が蒼白な顔で煉にしがみつき、涙目になって唇を噛む。宥《なだ》める余裕もない煉を櫛笥が気遣いながら、悔しげに清芽たちを見つめていた。誰もが為す術もなく、葛藤《かっとう》の中で時間は過ぎていく。祟り神を野放しにはできないが、明良を犠牲にするなどありえなかった。だが……――。

「そう、正しい答えなどないのだ。ならば、我の封印など諦めろ。我がこの世に祟り、災いを振り撒く様を黙って眺めていればいい。さぁ、わかったら離せ」

「……嫌だ」

無意識に、唇が動いていた。遅れて自覚が促され、清芽はもう一度「嫌だ」とくり返す。

「俺は、明良をおまえになど渡さない。たった一人の大事な弟を、祟り神の巻き添えで封印させてたまるもんか。いいか、絶対に渡さないからな！」

「無理に引き剝がせば、器が壊れるぞ」

「だったら……」

深く、清芽は息を吸った。

自分が、加護について学んだこと。それは、大事な人を守る、という強い思いだった。たとえ正体が何であっても、この気持ちは変わらない。

「――明良」

戻って来い、と心の中で呼びかけた。

抱き締める腕に力を込め、清芽は静かに目を閉じる。追い詰められ、危険に晒された時にしか発動しないのなら、今この瞬間も間違いなくそうだ。弟を奪われ、永久に無くそうとしているのだ。それなら、加護はきっと使える。必ず、使いこなしてみせる。

「何を……」

急におとなしくなったので、相手は訝《いぶか》しんでいるようだ。だが清芽は黙ったまま、ひたすら音を殺して明良を呼び続けた。おまえを器になどさせない、それだけを必死にくり返した。

ざわっと、空気が震え出す。

身体の芯《しん》が熱くなり、瞼に光が溢れ始めた。

かつてない感覚が身を包み、内側から清芽の鍵《かぎ》を外す音がする。

「帰って来い！」

声と同時に清芽の周りが白一色になり、意識まで白銀に染め上げた。

眩しい。何も考えられない。消滅していく憎悪に、狂った笑い声が重なる。連れていかせるものかと明良をかき抱くと、ゆっくりとその目が開かれた。

闇は消えていた。濁りのない眼差しが、真っ直ぐにこちらを見つめ返す。明良は唇を懸命に動かし、掠《かす》れた声を喉から絞り出した。

「急が……ないと……」

「明良？」

力なく清芽の身体を押し退け、明良が煉と凱斗を見上げる。反応は早かった。二人は同時に目の前で手を合わせると、素早く大日如来《だいにちにょらい》の印を結んだ。

「ノウマク・サンマンダボダナン・アビラウンケン！」

声を揃えて真言を唱えると、憑代に用意した石が青白く燃え上がった。明良が這うようにしてそれを摑み、石から漏れる苦悶の叫びを押し殺す。くり返される真言に合わせ、彼は炎ごとそれを手のひらに握り込んだ。

「明良!」

「——砕けろ」

目を閉じて小さく発した言霊《ことだま》が、無数の針となって内側から石を貫く。粉々に砕けた欠片は一瞬で粉塵《ふんじん》となり、凄まじい断末魔が空を駆け巡った。

風に攫《さら》われ、跡形もなく憑代が消えていく。

初めから何もなかったかのように、頭上には真夏の陽光が煌《きら》めいていた。

「終わった……」

誰ともなく声がして、いっきに緊張が緩んでいく。尊が煉に駆け寄り、櫛笥がやれやれと凱斗の背中を叩《たた》いて笑った、それぞれが安堵《あんど》の表情で、不浄の去った空気を胸いっぱいに吸い込む。

「明良、明良、大丈夫かっ」

力尽きたように突っ伏す明良を、清芽が急いで抱き起こした。皆もハッとして周りに集まり、心配そうに様子を窺う。

「この人、ほんと何なんだよ……」

呆《あき》れたように喉を鳴らし、煉がまいったと息を吐いた。

「封印した祟り神を、憑代ごと砕くなんて。しかも、たった一言で……」

「気を込めてる時間も、神様を降ろしてる時間もなかったよね……」

「まぁ、それが葉室明良だからねぇ」

何の説明にもなっていないが、櫛笥の言葉にそうかと二人は納得したようだ。凱斗が苦笑いを口許に刻み、「敵にはしたくないな」と呟いた。

だが、清芽は感心しているどころではない。

明良の目がもう開かないのではないかと、不安で胸が押し潰されそうだ。

「明良……明良……」

「兄……さん……」

何十回目かの呼びかけに、ようやく反応が返ってきた。睫毛《まつげ》を微かに震わせた後、明良の瞼がゆっくりと開かれる。夢から覚めたような眼差しが、清芽を映して微笑んだ。

「俺……」

「心配するな、俺がおまえを守るから！」

夢中で口にした言葉に、明良が息を呑んで黙り込む。

それは、幼い兄弟の間でいつも交わされていた約束だった。

「何かあったら、絶対におまえを守ってやる！」

「兄さん……」

やっと取り戻したのだ、もう絶対に離さない。

それは、兄と弟、どちらの思いだったろうか。

「……そうだね。兄さんがいれば、安心だ」

明良は少し照れ臭そうに答えると、満足したように溜め息をついた。

病室から出てきた尚子が、廊下で待つ清芽たちを見るなり深々と頭を下げる。たった数日で面やつれをし、泣き腫《は》らした赤い目が痛々しかった。

「そうですか、今日皆さん帰られるんですね」

「はい、滞在中はお世話になりました。町に残っていた悪霊も、皆で協力して全て祓えたと思います。それで……あの、お父さんの具合は……」

「意識は戻らないままですけど、私はその方が幸せなんじゃないかと思います」

「そんな……」

何と言っていいのかわからず、清芽は続く言葉に迷う。

「いいんです。父が封印の緩みを見て見ぬ振りをして、あまつさえ二荒くんを贄にしようとしたなんて……それは、決して許されることではないですから」

そう言って悲しそうに微笑み、また少し涙ぐむ。快活で気さくな印象は消え失せ、心身共にかなり落ち込んでいるのが見て取れた。一緒にいた西四辻の二人も、居心地が悪そうな顔でもぞもぞしている。やむを得ないとはいえ、崇彦が病院に担ぎ込まれた際に今までの経緯を説明せねばならなかったので、後味はあまり良くなかった。

「本当は二荒くんにも直接謝りたかったけど、今はお母さんの病室かな」

「あ、ええと……はい。あちらは、だいぶ状態が落ち着いてきたみたいです」

嘘ではない。凱斗は無理やり引っ張ってきた父親と一緒に、母親の見舞いをしている頃だ。けれど、尚子が気を遣うだろうと顔を出さなかったのも本当だった。

「そう……。会えないのは残念だけど、どのみち合わせる顔なんかないものね。でも、どうして父があんな真似をしたのか本当にわからないの。自分の寿命と引き換えに封印を解いたり結んだりするなんて、正気の沙汰とは思えないわ。まして、今回は二荒くんを贄にしようと躍起になってお母さんまで呪詛で攫《さら》ったり。父は、頭がおかしくなっていたんでしょうか……」

「尚子さん……」

その点については、清芽たちもとうとうわからずじまいだ。せめて崇彦の意識が戻れば本人から聞くこともできただろうが、現状ではそれも難しい。悪戯《いたずら》に悪霊を解き放ち、また封印することで、彼にどんなメリットがあったというのだろう。

「あ、ごめんなさい。もうお帰りになるのに、変な話をしちゃって。あの、二荒くんによろしく伝えてください。あと……ご両親のことは、心配しないでって」

「え？」

「二荒家と茅野家は、因縁浅からぬ関係だし。お母さんの方へは、私もできるだけお見舞いに伺いますから。父のことの、せめてもの罪滅ぼしに。そうして、二荒くんの中でいつかわだかまりが少しずつ薄れていったら、また会いに来てくれたらと思います」

「……はい。俺も、早くそんな日が来ればいいなと願っています。勝手ですが、それまでどうかよろしくお願いします」

「ええ。私も待っています。一日も早く再会の日が来ることを」

再び丁寧に頭を下げられ、清芽はもう何も言えなくなる。これからの彼女が崇彦の犯した過ちを背負って生きていくのだと思うと、胸が痛まずにはいられなかった。


あのさぁ、と一階のロビーへ向かう途中で煉が口を開く。見舞いを終えたら、凱斗とそこで落ち合う約束になっているのだ。辰巳町の総合病院はなかなかの規模で、朝から診察を待つ人たちでかなりの賑《にぎ》わいを見せていた。

「櫛笥の奴、どこ行っちゃったのかな。病院までは一緒だったのに」

「うん、そうなんだよね。茅野さんへの挨拶《あいさつ》もしないで、あの人らしくないって言うか」

実は、清芽も先ほどから櫛笥のことは気になっていた。茅野家を出る時は確かにいたのに、病院へ着くなりどこぞへ消えてしまったのだ。

(凱斗のお母さんのところか？　いや、それはないよな)

もしや、と別の可能性がちらりと脳裏をよぎった。櫛笥が訪ねそうな人物が、もう一人この病院にいるからだ。けれど、煉が「なぁなぁ」と言い出して思考を遮られてしまった。

「結局、霊能力者チームの話、どうなんのかな。俺、今回の依頼でつくづく思ったけど、案外需要って多い気がしてきた。だって、祟り神だぜ？　まさか、そんなのとぶち当たる日が来るなんて夢にも思わなかったもんなぁ」

「そうだね。僕もびっくりしてる。もし僕と煉だけで受けた依頼だったらって、想像しただけでゾッとするよ。小さい時から霊障だの祟りだの、そういう現象を当たり前に見てきたけど、どこかで感覚が麻痺《まひ》していたなぁって思う。今回、久々に本気で怖かった」

「だな。俺、尊が無事でマジ良かった」

「うん、僕も」

　顔を見合わせた煉と尊は、互いの無事をしみじみと喜び合う。そんな二人のやり取りに、清芽もようやく日常が戻って来たと実感できた。今回も皆が揃っていたから生き残れたし、誰か一人が欠けても状況が引っくり返るような、とても危うい勝利だった。

「何だかんだでプロジェクト自体が停滞していたけど、凱斗も君たちと同じ気持ちなんだと思う。その証拠に、東京《とうきょう》に戻ったらすぐに『協会』に実現化を掛け合うと言っていたよ」

「お、やっぱりな。とうとう、二荒さんもフリー廃業だ」

「でも、俺はもうとっくにチームになっていると思ってるけどね。ていうか、他のメンバーは考えられないよ。命を預かるのも預けるのも、俺は皆がいい」

　ごく自然に口をついて出た言葉だが、それは掛け値なしの本音だった。

　西四辻の二人も照れ臭そうに笑い、うん、と力強く同意する。それから、尊が少し遠慮がちに「明良さんは……」と切り出してきた。

「やっぱり、一人で何でもできるし、参加は難しいのかな」

「惜しいよな。あの人がいたら最強なんだけどなぁ」

「二人とも……」

本気で残念がる様子に、清芽は思わず胸を詰まらせる。

祟り神と化した水神に憑かれ、皆をあれだけ苦しめた明良に対して、彼らは以前と変わらない憧憬《どうけい》を抱いている。そのことが、兄として素直に嬉しかった。プライドの高い明良はしばらく皆と顔を合わせたくはないと言っているが、待っている人はちゃんといるのだ。

(もちろん、それは俺も……だけど)

あれから、明良とはまだきちんと話をしていない。

事件の後始末も済んだ今、清芽はそろそろ頃合いではないかと思い始めていた。


夏の夕暮れに、ゆらりと煙がたなびいていく。

櫛笥は思わず足を止め、おやおやと目で行方を追った。いくら人気《ひとけ》がないとはいえ、ここは病院の敷地内だ。勝手に焚火《たきび》などしたら顰蹙《ひんしゅく》ものだし、まして真夏にやるなんて余程の変人かわけありのどちらかだろう。

「余計なお世話かも、だけど。それ、許可取ってるのかな？」

裏手の空き地は古い研究棟に面しており、三方を雑木林に囲まれている。その隅にしゃがみ込んで焚火を見つめているのは、入院服を着た若い男性だ。

「ま、怨念こもった絵本のお焚き上げです、なんて言えないか」

「よくわかったな」

「煙の中にね、男の子が視えたんだ。満足そうに笑ってたよ」

正直に打ち明けると、相手がようやく振り返った。祟り神となった水神は消滅したが、彼に憑かれて体力の消耗が激しかったため数日の入院を余儀なくされた明良だ。

「人づてに浄化をずっと頼まれていたんだけど、今なら片付けられそうな気がしたんだ」

「今なら？」

「呆気なさ過ぎて、拍子抜けした」

ふっと小さく息をつき、おもむろに立ち上がる。持参したバケツの水を燃えカスにかける大雑把ぶりに、櫛笥は苦笑を禁じ得なかった。お焚き上げには祈禱《きとう》や護摩《ごま》などそれなりの手順と設備が必要なのだが、相変わらず細かいことに頓着していない。死霊相手でも有無を言わさぬやり口は、櫛笥が明良を「王様」と密《ひそ》かに呼んでいる所以《ゆえん》でもあった。

「ふぅん。何か心境の変化でもあったのかな？」

「どうだかな」

ふっと笑ってかわされてしまったが、そこには清々しさと共に一抹《いちまつ》の淋しさが感じられる。妄執の域まで堕ちかけた兄への執着を、彼が乗り越えたことを窺わせる表情だった。

（かと言って、冷めちゃったとかいうのとは全然違うよな。むしろ……）

開き直ったかのような。

そんな表現が相応しい、嫌みでないふてぶてしさが櫛笥をわくわくさせる。

「あ、そうだ。飲み物とか買ってきてあげたんだよ。あと、プリンとかゼリーとか」

「気持ちは有難いけど、兄さんが毎日山のように買ってくる。冷蔵庫に詰めるだけ詰めたら、忙しいからってろくに話さないで帰っちゃうけどね。昔から、俺が病気になるとやたらと張り切る人なんだ。こういう時でないと、兄貴面できないって」

「へぇ。いいお兄さんじゃないか」

言ってから、ちょっとまずかったかな、と思った。彼が清芽に「いいお兄さん」を求めてはいないと、もう知っているからだ。けれど、明良はさほど気に留めた様子もなく、絵本の残骸を見つめてボソリと呟いた。

「水神に憑かれていた時、意識のほとんどは闇の中だった」

「……うん」

急にどうしたんだろう、と思いつつ、櫛笥は話の先を促す。意識が戻ってからは誰とも会いたくないと言って清芽以外を寄せ付けなかったので、当時の話を聞くのは今が初めてだった。

「兄さんが俺の名前を呼んで〝帰って来い〟って叫んだ時、目が覚めたんだ。俺を縛めていた水神の呪縛が、一瞬で綺麗《きれい》に消滅した」

「…………」

「……凄かった。兄さんを守る、なんて言っていた自分が恥ずかしくなったよ」

だけど、と明良は続ける。顔を上げ、不遜な笑みが唇に刻まれた。

「そうでなくちゃ、俺が強くなる意味がない。そうだろう？」

「明良くん……」

「小さな執着に捕らわれている間は、その先の世界は見えないからな」

「それってさ」

これ以上踏み込んでいいものかどうか、櫛笥は数秒だけ迷う。

けれど、結局は誘惑に勝てず口を開くことにした。明良が本当の意味で欲しいものを手にした時、どんな変化を遂げるのか見届けたい、と強く思う。

「要するに、奪い返すってことじゃないの？」

その時、明良は正邪のどちらに転ぶだろう。

兄の加護に匹敵する存在か、それとも現代の祟り神と呼ばれてしまうのか。全ての鍵は清芽が握っており、その鍵の持ち主は凱斗だった。あの三人は、そうやって互いに影響を及ぼしながら運命を転がしていく、そういう関係なのだ。

「奪い返す……」

櫛笥の言葉を興味深そうに反芻《はんすう》し、明良は堂々と言った。

「違うよ、櫛笥。奪うんじゃない、俺を選ばせるんだ」

「………」

「同じことを、凱斗に言ってみるといい。きっと、あいつもそう答える」

脱帽だ、と心の中で嘆息した。もう、外野がどうこう言える域は超えている。明良を失いかけた時、清芽が彼に縋りついて引き戻したことで彼らの世界はまた変わったのだ。

「オンリーワンと、ナンバーワンか」

明良には聞こえないよう、そっと呟いた。

どちらも素晴らしいと思うが、問題は対峙する二人が似すぎていることだ。彼らは己の置かれた一方の立場だけでは満足せず、必ず両方を欲しがるだろう。

(葉室くんも大変だ……)

少しだけ同情を覚えつつ、でも見応えはあるよな、と高揚する。

とりあえずは、王様の反撃を楽しみに待とうか、と櫛笥はこっそり思った。

「そうか、一緒に帰らないのか」

思い切って切り出した割には、凱斗の反応は落ち着いている。

あれ、と清芽は拍子抜けしつつ、事情を説明することにした。

「実はさ、明良の退院までは残っていようと思って。とか言っても、あと二、三日らしいんだけど。その後は、ちょっと実家にも顔を出してくるよ。いい……かな？」

「ダメだ、とか言ってほしいのか？」

「ち、違うよっ」

意地悪くやり込められ、慌てて否定する。人のまばらな駅舎の待合室は、二人きりで別れを惜しむにはお誂《あつら》え向きの空間だった。もっとも、荷造り中の櫛笥や西四辻の二人が合流するのは時間の問題で、皆が乗る列車は三十分後にホームへ到着する予定だ。

「俺、まだ明良とゆっくり話せてないんだ。あんなことがあったしさ、明良も一人でゆっくり考える時間が必要かなって思って。でも、あまり間が空きすぎても気まずいだろ。で……」

「………」

「思い切って、訊いてみようと思うんだ。あいつほどの奴が、どうして水神なんかにつけ込まれたのか。まぁ、今更知ったところでどうにもできないんだけど」

「それなら、もう心配いらないんじゃないか」

「え？」

謎な言葉に戸惑い、清芽はまじまじと凱斗の顔を見返す。

「あの、凱斗……？」

「おまえと過ごす夏休みも、しばらくお預けってことだな」

はぐらかされたのか、彼はそう言ってふぅと溜め息をついた。確かに、明良のことばかりかまけてしまったが、いろいろ大変だったのは凱斗も同じだ。何しろ十数年ぶりの帰郷で、絶縁状態だった両親と再会までしたのだ。母親は少しずつ回復しているものの、互いに親子の情を復活させるまでには到底いかないらしい。凱斗自身、自分がどうしたいのかは結論が出せていないようだ。一朝一夕に解決できるほど、血の繋《つな》がりからくる愛憎は単純ではないのだろう。

「ごめんな？」

「何が」

「や、だからさ、一緒に帰れなくて……」

言葉の途中で、掠め取るようなキスをされた。

あまりに一瞬のことで拒む間もなく、清芽はみるみる顔を火照《ほて》らせる。公共の場で何するんだ、と文句を言いかけて、この男はそういうことを気にしないんだったと自習室でのキスを思い出した。

「本音を言えば面白くないが、今のでひとまず我慢してやる」

親指の腹でちょいちょい、と熱くなった頬《ほお》を撫《な》で、満更でもなさそうに凱斗は言う。

「それに、弟が入院しているのに一人で残して帰ったりはしないだろう、普通は」

「うん、ありがとう」

「むしろ、おまえが明良を置き去りにする方が問題だ。あれは、怒らせると面倒だからな」

身に覚えがありすぎるのか、凱斗は渋面で溜め息をついた。何となく申し訳ない気持ちになり、清芽は心もち彼に寄り添う。

「もしかしたら、なんだけど……明良は、俺の加護について何か見当をつけている気がするんだ。たまに意味深なことをぽろっと言うし、そのくせ興味ないとか言ってきたりするし」

「まぁ、充分考えられるな。加護については、おまえ自身より家族の方がずっと以前から知っていたわけだし。一度も正体を突き止めようとしない方が不自然だろう」

「やっぱり、そうだよね」

先祖の誰かかもしれない、と考えてみたりはするが、没してから神格に近いところまで魂を高めたとなると、自ずと候補も絞られてくる。もし明良が教えてくれないなら、実家へ戻った時に徹底的に洗ってみようと、清芽は密かに決めていた。

「加護の正体……か」

しばらく、凱斗も考えに耽《ふけ》っていた。

実のところ、明良が他人を遠ざけていることもあり、彼もまともに話はできていない。けれど、このまま兄弟で実家へ帰らせるのは何となく気が進まなかった。

水神に憑かれた明良を、清芽はあんなにも必死に引き戻したのだ。その記憶は、きっと明良の自信となっているだろう。この先は、下手な挑発などで牽制《けんせい》はできなくなる。

それに、ともう一つ面白くないことはあった。

大事な人を守りたい——その一念が加護を動かすのはわかるが、今のところ清芽がそれを実行したのは自分と明良、二人だけなのだ。恋人としては、些《いささ》か問題視すべき状況だ。

「よし、決めた」

「え？」

「俺も、それに付き合う。東京には戻らずに、このままY県へ行く」

凱斗の唐突な申し出に、清芽はひどく面食らった。だが、単なる思い付きで物を言う相手ではないし、その顔を見れば真剣なのはよくわかる。

「一足先に行って、加護に関係ありそうな資料をあたってみよう。どのみち遅い夏休みを取る予定だったし、俺にとっても加護の正体は無視できない重要課題だからな」

「マジで……」

思わぬ展開に驚きはしたが、すぐに嬉しさがこみ上げてきた。それなら、数日我慢すればまたすぐに凱斗と会えるのだ。それに、明良が協力的ではない以上、凱斗が加護について一緒に調べてくれるのは非常に頼もしかった。

「そっか。何か、俄然《がぜん》楽しみになってきたな。じゃあ、先に行って待っててくれよな。俺、明良が退院したら付き添って帰るから」

「ああ。また忙しくなりそうだな」

そう言って笑う姿に、ふと清芽は切なくなる。

今回は垣間見《かいまみ》ることしかできなかったが、どれほどの苦しみや理不尽な思いを嚙み締めて、今まで凱斗は生きてきたのだろう。親に突き放され、誰にも頼れず、己の特殊な力のみを武器に送ってきた日々は清芽の想像を遥《はる》かに超えている。

けれど、今は——その先を、清芽は伸ばした右手に込めた。

指と指を絡め、人目を盗むようにして、ぎゅっときつく握り締める。

そう、彼はもう一人じゃない。

「大好きだよ、凱斗」

「ああ」

返事の代わりに指を握り返し、凱斗は横顔で微笑んだ。

「あ、いたいた。清芽さん、お待たせしました！」

「おまえらさ、いくら冷房効いてるからって、暑苦しいからベタベタすんなよ！」

「そういう煉くんこそ、僕をお土産《みやげ》の荷物もちにするのはどうかと思うよ」

てんでに勝手なことを言いながら、西四辻の二人と櫛笥が賑やかに近づいてくる。

「なぁ、もしさっきの話をしたら、彼らはどうするかな」

「それは……」

言いかけて、ろくでもない想像をしたのか凱斗は黙った。口にすれば、きっと言霊になるからだ。恋人同士の空気を読まずに、待合室のドアを開けた彼らが室内へ雪崩《なだ》れこんでくる。この調子なら、実家での休暇は更に賑やかになりそうな気配だ。

霊能力者戦隊の夏休みは、これからが本番になりそうだった。

一日も早く再会の日がくることを。

胸の中で反芻し、尚子は父親の病室へ戻った。呼吸器をつけられた寝顔は、全ての悪夢からようやく解放された安堵に包まれている。

「お父さん」

小さく、声をかけてみた。

幼い頃に母親を亡くし、仕事で多忙な父と過ごす時間は僅かだったけれど、その分も溺愛《できあい》されて育った。父は何でも我儘《わがまま》を聞いてくれたし、どんなおねだりも笑って許してくれた。それは、成長した今も変わらない。この世でたった二人きりの家族だ、それが父の口癖だった。

「お父さん、今までありがとう」

精一杯の微笑みを浮かべ、命の尽きかけている相手に尚子は礼を言った。

そう、父には感謝してもしきれない。お陰で長年の夢が叶ったのだ。初恋の相手に、十数年ぶりに会うことができた。欲を言えば、彼が贄として喰われてくれれば最高だったのに。そうすれば、彼の魂を永遠に辰巳の土地に縛りつけておける。彼の霊能力は本物だ。いずれは、新たな祟り神になってくれたかもしれない。

「そうしたら、私は神様の花嫁になれたんだけどなぁ」

うっとりと、尚子は呟いた。今まで描いたどんな夢よりも、それは魅力的だった。

しかし、祟り神が消滅したのはつくづく残念だ。尚子は現実に戻って溜め息をついた。

何年かに一度、気まぐれに封印を緩めたくなる。すると、父はどんなに忙しくても帰ってきて後始末をしてくれた。どういうわけか、そのたびにげっそりやつれて「おまえは何ともないのか」と言われたが、今でも何のことかよくわからない。わかっているのは、父はやっぱり自分を愛していたんだなぁということくらいだ。

また悪霊がはびこれば、彼は来てくれるだろうか。助けてと言えば、父のようにきっと帰ってきてくれるはずだ。そうしたら、今度こそ贄にしよう。それから、彼を祟り神に育てる。

そうだ、そうしよう。それがいい。彼が欲しい。どうしても欲しい。

ちょうだぁい。

ベッドの下から、かさこそと音がした。尖《とが》った爪が見える。捩じれた腕が見える。

ねぇ、ちょうだいよぉう。

あとがき

こんにちは、神奈木《かんなぎ》です。このたびは、「守護者2」を読んでいただき本当にありがとうございました。前作を出した後、せっかくキャラもたくさんいるし、明良の活躍は書けなかったし、主役カプは未練を昇華できないしで（前作参照）いろいろ書きたいことまだあるぞ！と思っていたので、続編が出せて感無量です。面白かった、と声を届けてくださった読者様と絶妙のタイミングで背中を押してくださった担当様のお陰で、こうして何とか2をお届けすることができました。なので、万歳三唱じゃ足りないくらい嬉しいです。正直、ホラー色を前面に出していることもあって人を選ぶ内容だろうな、と覚悟していましたので、予想を上回る好意的な感想をいただけたことに、とても感動しました。今回は夏の刊行ですので、怖い話を堪能するにはばっちりな季節です。どうぞ、存分に浸ってやってくださいね。

ところで、今回はかなり弟がクローズアップされています。彼の兄への感情は単なる執着なのか、それとも……みたいな面を改稿でもかなり書き込みました。凱斗とは正反対なようでいて実はとてもよく似ているので、きっと余計に面白くないんだろうなと。あいつなら良くて、何で俺じゃダメなの的な（弟だからだよ、のツッコみはBLなのでナシ！）。そんな明良が本気で参戦したら、霊能力者戦隊のみならず恋の戦争も勃発確定です。他にも、ちょっと意味深な櫛笥の行動とか煉&尊コンビとか、二作目でますます愛着が湧いてしまった彼ら。いつか、またチャンスをいただけたらその後の活躍をお届けできる日がくるかもしれません。それも読者様の応援あってのことなので、まずは本作と前作をよろしくお願いいたします！

そういえば、どこかで補足しとかないと、と思っていたことを一つ。作中、いろんな呪術や真言、呪符などが出てまいります。多くは資料本を読み込み、参考にさせていただいたものなのですが、中には作中のオリジナルとかミックスなんかもあります。そして、設定的に凱斗は「何でもあり」（前作でも清芽が呆れています）な人なので、密教・陰陽道・神道といろんな術を使い分けています。あ、煉もか。こいつら、倒せりゃいいんだよ、という感じです。明良になるともっと開き直っていて、手順も何もあったもんじゃありません。そんな乱暴な人たちに祓われる悪霊は、まったく浮かばれないぜ、という裏話でした。

前作に引き続き、美麗なイラストを描いてくださったみずかね様。プリントアウトしたラフを見ては、挫《くじ》けそうな心を萌えで奮い立たせておりました。お忙しいところを大変なご迷惑をおかけしてしまい、申し訳ありませんでした。でも、みずかね様に彼らを描いていただけて本当に幸せでした。凱斗も明良もカッコ良くて、表紙と口絵で何度目移りしたことか。素敵なイラストの数々、大事に堪能したいと思います。どうもありがとうございました。

また、担当様には今作を生み出すにあたって非常に力になっていただきました。怖いものが超苦手なのに、真夜中に原稿読んでもらったり……心から感謝しております。

今回、エレベーターを降りると玄関の前に化け物が……のくだりは、私が外出から帰る時に毎回怖がっている妄想です。詳しく描写していませんが、うちのマンションがモデルです。八階に住んでいる方、すみません。日常的に、いつもこんなことばかり考えてます。また、それらの妄想が活かせる時の来ることを祈って。

ではでは、またの機会にお会いいたしましょう——。

神奈木　智《さとる》　拝

http://twitter.com/skannagi（ツイッター）http://blog.40winks-sk.net/（ブログ）

※参考文献
術探究〈巻の一〉死の呪法、呪術探究〈巻の二〉呪詛返し、呪術探究〈巻の三〉忍び寄る魔を退ける結界法（呪術探求編集部・原書房）、呪術・占いのすべて—「歴史に伏流する闇の系譜」を探究する！（瓜生中・渋谷申博　著・日本文芸社）、呪術・霊符の秘儀秘伝［実践講座］（大宮司郎　著・ビイングネットプレス；増補版）、日本の神々の事典—神道祭祀と八百万の神々（学研）、図説日本呪術全書（豊島泰国　著・原書房）、印と真言の本（学研）、加持祈禱の本（学研）、図説　神佛祈禱の道具（原書房）、呪いと祟りの日本古代史（東京書籍）

この本を読んでのご意見、ご感想を編集部までお寄せください。
《あて先》〒105－8055　東京都港区芝大門2－2－1　徳間書店　キャラ編集部気付
「守護者がささやく黄泉の刻」係

■初出一覧
守護者がささやく黄泉の刻……書き下ろし

Chara

守護者がささやく黄泉の刻

【キャラ文庫】

2013年7月31日 初刷

著者 神奈木智
発行者 川田 修
発行所 株式会社徳間書店
〒105-8055 東京都港区芝大門2-2-1
電話048-451-5960(販売部)
03-5403-4348(編集部)
振替00140-0-44392

印刷・製本 図書印刷株式会社
カバー・口絵 近代美術株式会社
デザイン 百足屋ユウコ&うちだみほ(ムシカゴグラフィクス)

ISBN978-4-19-900718-7